AF304518

Marlene Menzel wurde 1992 in Berlin geboren. Bereits in ihrer Kindheit entdeckte sie die Liebe zum Schreiben und zu spannenden Geschichten. Ab 2021 arbeitete sie als selbstständige Vollzeit-Autorin und veröffentlicht inzwischen als Marlene von Mainau, Mel Maroon sowie unter Klarnamen regelmäßig romantische und spannende Heftromane für Bastei Lübbe. Zum dp Verlag verschlug es sie 2023 gleich in mehreren Genres.

Die Tote vom Pendle Hill

Erstausgabe Juni 2023

Copyright © 2023 dp Verlag, ein Imprint der
dp DIGITAL PUBLISHERS GmbH
Made in Stuttgart with ♥
Alle Rechte vorbehalten

Die Tote vom Pendle Hill

ISBN: 978-3-98778-348-7
E-Book-ISBN: 978-3-98778-454-5
Hörbuch-ISBN: 978-3-98778-456-9

Covergestaltung: ARTC.ore Design/Wildly & Slow
Umschlaggestaltung ARTC.ore Design
Unter Verwendung von Abbildungen von
© shutterstock.com: © Laurie Dugdale, © Vadym Zaitsev, © Flower
Studio, © Ivonne Wierink, © Gianluca Piccin
Lektorat Katrin Gönnewig
Satz: dp DIGITAL PUBLISHERS GmbH
Druck und Bindung: Books on Demand GmbH, Norderstedt

Für Marco

Prolog

Lancashire, 2008

Hope rannte, bis ihre Brust eng wurde und sie außer Gefecht setzte. Ihr gehetzter Atem drang in warmen Wolken aus ihrem Mund. Sie keuchte und hielt sich mit schmerzverzerrtem Gesicht die Seite.

Hope wagte einen Blick zurück und suchte die verschwommene Ferne nach ihrem Verfolger ab. Noch immer waren kaum Lichter durch die Nebelbank zu erkennen. Das Städtchen schlief tief und fest. Einzig die Kirchenglocke ertönte in diesem Moment und untermalte diese gespenstische Szene. Auf Reverend Hughing war eben Verlass, selbst in den frühen Morgenstunden.

Ihr aufgeregtes Herz hämmerte wie wild, und sie konnte ihren schnellen Puls im Kopf fühlen. Ihre trockene Kehle sehnte sich seit geraumer Zeit nach einem Schluck Wasser.

»Hab ich dich!« Die Stimme holte sie mit erbarmungsloser Härte aus ihrer Trance.

Hope fuhr entsetzt herum und wurde zu Boden gerissen. Dort endete ihre kleine Rangelei in einem stürmischen Kuss mitten auf dem Pendle Hill. Um diese Uhrzeit traute sich für gewöhnlich niemand hier herauf. Die Einwohner waren viel zu schreckhaft und abergläubisch dafür, wie Hope von ihrem eigenen Vater wusste, der wahrscheinlich davon ausging, dass sie gerade seelenruhig in ihrem Bett schlief.

»Nicht, dass wir noch verflucht werden«, murmelte sie grinsend an seinen Lippen und kostete jede Berührung voll aus. »Du weißt, was man sich über den Pendle Hill erzählt.«

»Für dich würde ich mich tausendfach verfluchen lassen«, erwiderte er überzeugt und strich ihr durchs Haar. »Ich liebe dich, Hope Fernsby.«

Sie schob ihn von sich und begann eine neue Jagd. Hope liebte das Spiel mehr, als sich zu binden. Er war nicht der Erste, mit dem sie sich nachts oder im frühen Morgengrauen wie heute auf dem Pendle Hill traf.

»Wetten, du kriegst mich nicht, bis wir an der alten Eiche sind?«, rief sie nach hinten, bemerkte aber, dass er sich bergab schneller näherte als aufwärts.

Sie konnte seinen heißen Atem schon beinahe in ihrem Nacken spüren und beschleunigte ihre Schritte, auch wenn ihr Körper sie anflehte, endlich damit aufzuhören und sich zu setzen. Das Adrenalin trieb Hope an und ließ sie bis an ihre Grenzen gehen. Sie hatte nicht vor, aufzugeben. Dafür liebte sie den Sieg viel zu sehr.

»Na warte!«

»So viel Spaß hast du mit deiner Freundin sicher nicht!«, kreischte sie lachend und berührte die Eiche am Fuße des grünen Hügels als Erste.

Ob er sie absichtlich gewinnen ließ, wusste sie nicht. Sie spielte wieder einmal mit dem Feuer. Hope provozierte gern, vor allem Männer. Sie reizte sie so lange mit Andeutungen in der Bücherei oder Blicken auf der

Straße, bis sie schier willenlos waren. Dann fühlte sie sich erhaben und befriedigt.

Hope drehte sich außer Atem zu ihrem Verfolger und suchte seinen Blick. Sie schenkte ihm einen herausfordernden Augenaufschlag, der auf die meisten unwiderstehlich wirkte. Selbst Frauen konnten der schönen, einnehmenden Hope nur schwer etwas abschlagen, bildete sie sich ein.

»Du kleine Hexe«, knurrte er und stützte eine Hand neben ihrem Kopf an die Rinde des breiten Baumstammes. »Du ahnst ja nicht, was ich jetzt am liebsten mit dir anstellen würde.«

Hope duckte sich unter seinem Arm hindurch und schritt langsam über die Wiese davon. So langsam kamen sie beide wieder zu Atem. Ihre kleine Jagd war bloß dazu da gewesen, ihn noch verrückter nach ihr zu machen.

Mission geglückt, dachte sie siegessicher, als er ihr wie ein treuer Hund ins hohe Gras folgte und sich neben ihr niederließ.

»Ich habe gleich gesehen, dass du mit ihr nicht glücklich bist. Dafür braucht man Antennen, die sie nun einmal nicht hat.«

»Du weißt ja nicht, was du da redest.« Sein Ärger war deutlich zu hören. »Schämst du dich denn gar nicht, den Freund einer anderen zu verführen? Ihr steht euch so nah ...«

Hope fühlte sich gekränkt angesichts seines strengen Tonfalls. Sie mochte es nicht, wenn man sie auf Fehler hinwies oder sie in ein schlechtes Licht rückte.

Hope wandte sich mit einem Ruck um und lächelte grimmig. »Nicht so nah, wie du vielleicht denkst«, erwiderte sie schnippisch und zupfte ein Gänseblümchen aus der Erde, um ihm mit großer Genugtuung jedes Blütenblatt einzeln auszureißen. »Alle in Pendle wissen, dass ihr nicht zusammengehört und sowieso irgendwann wieder getrennte Wege geht. Du wärst nicht hier, wenn es anders wäre. Ihr seid unglücklich, alle beide. Wenn du mich fragst, seid ihr viel zu schnell zusammengekommen. Simpel, nicht wahr? Außerdem konntest du mir noch nie widerstehen. Ich habe deine ständigen Blicke bemerkt. Wie sie an meinem Körper abwärts gewandert sind und mich bereits am Tisch ausgezogen haben.« Um ihre Worte zu unterstreichen, fuhr sie ihm mit dem Zeigefinger am Hosenbein entlang. »Es ist keine Schande, Gefühle zu haben. So ergeht es vielen, wenn sie mich sehen. Ihr Männer könnt gar nicht anders, als mich zu begehren.«

»Zurückhaltend bist du jedenfalls nicht, das muss man dir lassen. Ich habe dich immer für schüchtern und reizend gehalten, aber du bist in Wahrheit ein richtiger Vamp.«

»Das ist doch das, was du dir insgeheim gewünscht hast, oder? Brave Mädchen will niemand. Daheim wartet ein graues Mäuschen auf dich und liest dir jeden Wunsch von den Augen ab, aber mit mir erlebst du Abenteuer und spürst endlich wieder, was es heißt, richtig zu leben. Ich habe meinen eigenen Kopf, und den setze ich für gewöhnlich auch durch. Niemand kann sich mir entziehen, wenn ich es nicht will.«

Seine Augen leuchteten, und sein Gesichtsausdruck wurde von Wort zu Wort lüsterner. Es fehlte nur noch, dass er anfing zu sabbern. »Also hast du doch noch andere Liebhaber neben mir?« Es klang mehr nach einer Feststellung als nach einer Frage. Als sie nichts sagte, packte er Hope etwas zu grob am Arm und zwang sie, ihn anzusehen. »Antworte mir!« Er sah ihr tief in die Augen. Sie spielte ihm die Ängstliche vor, doch davon durfte man sich nicht täuschen lassen. Alles, was Hope tat, war von langer Hand geplant. »Liebst du mich?«

Sie antwortete mit einem innigen Kuss und schlang die Arme um seinen Hals. Hope ignorierte den Geschmack des Alkohols auf seiner Zunge, wie sie es immer tat, wenn sie sich trafen. Dass er aus Frust langsam zum Säufer mutierte, bemerkte er wahrscheinlich selbst erst, wenn es zu spät war. Hope konnte das egal sein. Sie brauchte ihn nur für diese eine Sache und würde ganz sicher nicht ihr ganzes Leben mit ihm verbringen. Er hatte sich ohnehin längst anderweitig festgelegt.

Mit ihrem Kuss entfachte sie sofort wieder das Feuer in ihm. Vergessen war die Frage aller Fragen, die sie sowieso nicht beantwortet hätte.

***

Hope ließ ihren Geliebten im Gras zurück. Sie wand sich aus seinen starken Armen und betrachtete den Schlafenden im Licht der aufgehenden Sonne, die die malerische Landschaft von Pendle erhellte. Wie ruhig er doch wirkte, wenn er einmal entspannt war! Schnell schlüpfte sie in ihre Hose und knöpfte die weiße Bluse zu. Sie musste rechtzeitig zurück sein, ehe ihr Vater ihr Fehlen bemerkte.

Seit dem Tod ihrer Mutter führte er die Familie mit strenger Hand. Hope sehnte sich nach Ferne. Sie wollte diesem tristen Familienleben nur noch entfliehen und nichts mehr davon wiedersehen, sobald sie ihr Studium begann. Paris oder Rom standen auf ihrer Wunschliste. Vielleicht würde sie auswandern und woanders ihr Glück versuchen. Das nötige Kleingeld dafür würde sie sich bald beschaffen ...

Sie eilte den Hügel hinab Richtung Wald. Selbst mit verbundenen Augen hätte sie den Weg nach Hause gefunden. Hope kannte Pendle wie ihre Westentasche und war schon als kleines Mädchen herumgestreunt, wenn ihr Vater nicht aufgepasst hatte.

Sie bemerkte das Knacken der Äste allerdings zu spät. Ihre Nackenhaare richteten sich auf, und sie erstarrte zu Stein. Jemand war zeitgleich mit ihr zum Stehen gekommen und befand sich wahrscheinlich keine neun Fuß von ihr entfernt. Wurde sie die ganze Zeit beobachtet und verfolgt?

»Wenn du das bist, dann muss ich dich jetzt leider umbringen und aufessen.« Hope lachte leise. Sicher hatte sie ihren Liebhaber mit der kleinen Flucht aufgeweckt. »Wir können uns morgen wiedersehen, aber jetzt muss ich erst einmal nach Hause. Der Alte dreht mir sonst den Hals um. Du weißt, wie er mit seinen Hühnern draußen in Bentham verfährt. Ich will nicht genauso enden.«

Es folgte keine Antwort, obwohl Hope ein tiefes Lachen erwartet hätte.

Genervt wandte sie sich um. Als sie die Person hinter sich erkannte, war sie zunächst überrascht, doch dann entspannte sie sich. »Ach, du bist es«, meinte sie erleichtert und atmete die angehaltene Luft endlich aus. »Ich dachte schon ... Wieso erschreckst du mich so? Was soll das? Und was treibst du um diese Uhrzeit hier draußen?« Der Brustkorb hob und senkte sich in rascher Folge. Sie kniff ihre Augen zusammen und verschränkte die Arme fest vor dem Oberkörper. »Bist du etwa gerannt, um mich abzufangen? Wir können auch noch später über alles reden. Mein Vater erwartet mich zum Frühstück.« Sie wollte weitergehen, kam aber nicht voran. »Geh mir gefälligst aus dem Weg!«, fauchte sie zornig. Finster sah Hope auf. Ihre Geduld wurde heute auf die Probe gestellt. »Du brauchst keine Angst zu haben. Dieses nette kleine Geheimnis ist bei mir sicher.« Sie machte einen großen Schritt vorwärts, um keine Schwäche zu zeigen. Wütend funkelten sie sich an. »Zumindest so lange, wie ich es für nötig erachte«, zischte sie. Die Drohung war unmissverständlich. »Verzieh dich endlich, du hast in Pendle nichts mehr zu melden. Ich werde damit an die Öffentlichkeit gehen, wenn ich es für richtig halte.«

Hope verschickte einen provokanten Luftkuss und lief weiter Richtung Trampelpfad, der direkt zu ihrem Haus führte.

Wenn du mir Angst einjagen wolltest, ist dein Plan kläglich gescheitert, dachte sie. Niemand spielte mit einer Hope Fernsby, denn sie befehligte ihre Marionetten selbst!

Plötzlich traf sie ein Schlag, und Hope taumelte perplex nach vorne. Sie ging auf die Knie und sackte zusammen, als hätte sie keine Kontrolle mehr über ihren

Körper. Im nächsten Moment tropfte Blut auf den Boden. Ihr Blut!

»Was zum ...« Sie keuchte und drehte sich schockiert um. Verschwommen nahm sie einen bedrohlichen Schatten wahr, der etwas Großes über dem Kopf erhob und auf ihre Stirn niedersausen ließ.

Ein heiserer Schrei drang aus ihrer Kehle, ehe Hope zur Seite fiel und am Waldrand liegen blieb. Der Schmerz verursachte Blitze vor ihren Augen. Ihr fehlte die Luft zum Atmen.

»Nicht mit mir«, war das Letzte, was sie durch einen dumpfen Schleier hörte. »Du hast dir den Falschen für deine Spielchen ausgesucht, kleine dumme Hope.«

Immer wieder verlor sie das Bewusstsein und versuchte krampfhaft, weiterzukrauchen, aber ihr Körper war wie gelähmt und hörte auf keinen ihrer Befehle. In ihrem Kopf schwirrte alles, und Blut rann ihr ins Auge.

Sie fühlte sich wie nach der Party zu ihrem achtzehnten Geburtstag, als sie drogenberauscht ins Bett gefallen war. Ein apathisches Grinsen erschien auf ihren Lippen, weil sie sich ausgerechnet jetzt daran erinnerte.

Hope spürte kaum, dass sich zwei Hände um ihren Hals legten und zudrückten.

1 Kapitel

Lancashire, 2023

»Wir erreichen in Kürze Clitheroe und wünschen allen aussteigenden Fahrgästen einen angenehmen Aufenthalt.«

Es knackte im Lautsprecher über ihrem Kopf, als die Durchsage endete. Thea griff nach ihrem Reisekoffer und dem alten verbeulten Rucksack, den sie sich über die Schulter warf. Mehr hatte sie nicht aus ihrer Londoner Wohngemeinschaft mitgenommen.

Sie stieg aus dem Zug und fand sich bereits jetzt in einer ländlichen Gegend wieder. Automatisch fragte sie sich, wie es dann wohl im noch weiter entfernten Pendle aussehen würde.

Sie entschied sich, Clitheroe Castle zu besuchen, bevor sie weiterfuhr. Die Burgruine aus dem 12. Jahrhundert sollte normannischen Ursprungs sein und interessierte Thea. Ruinen beruhigten sie seit ihrer Kindheit. Sie genoss die Stille und den Geist der Vergangenheit, der darin herumspukte, wie es ihr Vater einst formuliert hatte.

Thea schüttelte den Kopf, um die Gedanken an ihn loszuwerden. Erst seinetwegen war sie ins Nirgendwo in der englischen Einöde gereist. Was er an dieser tristen Gegend gefunden hatte, erschloss sich Thea nicht. Allerdings teilte sie mit ihm das seltsame Faible für

Stille. Vielleicht war es das. *Nicht hier, nicht jetzt*, entschied sie eisern und band sich das schulterlange Haar zu einem kurzen Pferdeschwanz. In der Spiegelung einer Fensterscheibe sah sie, dass es nicht schwarz, sondern kastanienbraun wie das ihrer Mutter war, sobald die Sonne darauf traf.

Wieder ein Kopfschütteln. Sie wollte sich lieber auf das kleine Clitheroe konzentrieren, solange sie hier war.

Thea streifte samt Gepäck durch das behagliche Städtchen. Neben einer katholischen Privatschule, von der sie noch nie gehört hatte, gab es noch eine alte Bibliothek, ein Pfadfinderzentrum, ein Fußballstadion und einen Rosengarten. Theas Augenmerk lag allerdings weiterhin auf Clitheroe Castle, das auf einem Felsen in der Stadt in den Himmel ragte.

Sie besuchte das Museum in der Burgruine und den rechteckigen Turm, den Donjon, bis es Zeit war, zum Bahnhof zurückzukehren. Theas letzter Blick vom Burggelände aus reichte bis nach Pendle Hill. Von dort aus soll der Teufel Steine auf Clitheroe Castle geworfen und ein großes Loch hineingerissen haben. Auf dem Land glaubten die Menschen vielerorts noch an Sagen, Geister, Gott und das Böse in Gestalt übernatürlicher Wesen.

Eine Windböe streifte ihre Wange, die bereits nach Frühling roch, sich aber nicht so anfühlte. Thea schlug den Kragen ihrer blauen Herbstjacke hoch und riss sich notgedrungen vom Anblick des Hügels los. Sie würde noch genug Zeit haben, sich Pendle Hill genauer anzusehen.

Ihr Weg führte sie zum Bahnhof zurück, wo sie einen Taxistand erspäht hatte. Sie hatte die Wahl zwischen einer zwanzigminütigen Autofahrt oder einem Fußmarsch von gut zwei Stunden. Thea liebte lange Spaziergänge zwar, aber nicht nach einer fast vierstündigen Zugfahrt, einem Umstieg in Manchester und mit mehreren Gepäckstücken im Schlepptau. Sie nannte dem Fahrer die Adresse.

»Sie wollen wirklich nach Pendle? Wussten Sie, dass dieses gottverlassene Stück Land auf Platz eins der Orte in Großbritannien steht, an denen die Menschen am meisten Angst haben zu leben? Kein Wunder bei dieser dunklen Vorgeschichte. Früher lebten dort Hexen, die man gehängt hat.«

An seinen aufgerissenen Augen erkannte Thea, dass er diesen Unsinn tatsächlich glaubte.

»Ich bin mutig genug, es zu versuchen. Mein Vater hat mir ein Haus vererbt. Ich muss es mir wenigstens einmal ansehen.«

»Also ist Ihr Vater tot.«

»Ein Herzinfarkt vor zwei Wochen«, antwortete Thea knapp angebunden und sah aus dem Fenster, während Hügel und Weiden an ihr vorbeiflogen.

Sie erwartete nun die typischen Beileidsbekundungen. Stattdessen hörte sie: »Sehen Sie, Pendle tut niemandem gut. Früher oder später stirbt jeder an diesem teuflischen Ort.«

»Früher oder später sterben wir alle, ob in einem Hexendorf oder in der Großstadt«, erwiderte sie unbeeindruckt.

Der Taxifahrer warf Thea einen letzten skeptischen Blick über den Rückspiegel zu, bevor er für den Rest ihrer Route schwieg. Sie wollte weder Small Talk betreiben noch Freundschaften hier draußen schließen. Thea war einzig aus dem Grund angereist, das alte Herrenhaus ihres Vaters zu übernehmen und gleich danach an den erstbesten Bieter wieder zu verkaufen.

Sie träumte sich bereits in ihre neue Londoner Wohnung. Drei große, helle Zimmer sollte sie haben. Genug Platz, um sich voll auszubreiten. Thea würde morgens mit einer dampfenden Tasse Earl Grey auf dem Balkon sitzen und sich vollkommen auf ihren Blog konzentrieren, während weit unter ihr das Stadtleben tobte. Vielleicht traute sie sich eines Tages sogar einen Podcast zu, sobald sie lernte, ihre eigene Stimme zu lieben. Bis dahin musste ihr der True-Crime-Blog genügen, in den sie ihr ganzes Herzblut steckte.

Thea holte den Laptop aus ihrer Tasche und aktualisierte die Kommentarspalte. Es war kein neuer Follower hinzugekommen. Immer wieder brach die Verbindung ab, während sie durch die hügelige Landschaft fuhren, aber für einen kurzen Check reichte es.

Plötzlich ploppte die E-Mail eines ehemaligen Kommilitonen auf. Er wollte wissen, ob sie zur Veranstaltung heute Abend in der Uni erschien. Thea brachte es nicht übers Herz, zu antworten. Lieber schlug sie den Laptop zu und verstaute ihn wieder in ihrer Tasche. Sie wollte keinen Gedanken an ihr geschmissenes Kunststudium verschwenden.

Sie fühlte sich gestrandet. Als hätte sie keine Bestimmung mehr im Leben. Thea wusste nicht, wohin mit sich. Sie hatte schon oft von solchen Phasen des Umbruchs gehört, in denen sich die Menschen ihrer Selbstfindung widmeten, hätte aber niemals für möglich gehalten, eines Tages zu ihnen zu gehören. Der überraschende Tod ihres Vaters hatte dazu beigetragen, dass Thea ihr Leben plötzlich überdachte. Als ein großer Rabe beinahe die Frontscheibe streifte und der Fahrer in einem eigenartigen Dialekt schimpfte, erwachte sie aus ihrem Tagtraum. Sie konzentrierte sich nun lieber wieder auf das Hier und Jetzt. Der schnelle Verkauf des Hauses hatte die höchste Priorität, alles Weitere würde sich von selbst ergeben.

Thea hatte keine Erinnerung an den Landsitz ihres Vaters, weil sich ihre Eltern früh hatten scheiden lassen. Sie war daraufhin bei ihrer Mutter in London geblieben und hatte bis vor Kurzem nicht einmal eine Geburtstagskarte von Nathan Shaw erhalten. Sie wunderte sich, dass er das Anwesen nicht jemand anderem vermacht hatte und Thea lediglich der Pflichtteil geblieben war. Sie hatte das unbestimmte Gefühl, dass er sie auf diese Weise nach Pendle locken wollte. Selbst im Tod ärgerte er sie noch.

Thea atmete durch und schloss ihre müden Augen, bis sie das nächste Dorf in der Grafschaft Lancashire passierten. Es ging durch Chatburn und Downham bis nach Pendle.

So schlimm, wie es ihr Fahrer angepriesen hatte, erschien es Thea gar nicht. Der kleine Ort machte einen malerischen Eindruck auf sie. Ganz anders als das düstere Loch, das sie erwartet hatte.

Sie kratzte ihr letztes Bargeld zusammen, woraufhin er ihr einen mürrischen Augenaufschlag schenkte. Die

Hand des Mannes blieb weiterhin geöffnet, aber mehr folgte nicht. Schnaufend steckte er die Münzen in seine zerschlissene grüne Weste, die sich über einem Wohlstandsbauch wölbte.

»Dafür lohnt es sich kaum, bis hierher zu fahren«, murmelte er. »Verfluchte Städter. Sollten mir lieber eine Gefahrenzulage zahlen.«

Thea holte das Gepäck selbst aus dem Kofferraum. Mit seiner Hilfe rechnete sie nun nicht mehr. Kaum hatte sie den Deckel zugeschlagen, brauste er mit überhöhter Geschwindigkeit zurück nach Clitheroe. Er hinterließ eine Staubwolke, die Thea husten ließ. Sie wedelte mit der Hand vor ihrem Gesicht, bis sie wieder etwas sehen konnte.

In Ruhe betrachtete sie die Umgebung und die einsame Straße, auf der sie stand. Die hügelige Landschaft machte einen urigen Eindruck, aber am meisten gefielen Thea die Häuser aus grobem Stein mit alten Schindeln auf den Dächern, denen man den Zahn der Zeit ansah. Wilde englische Gärten mit ersten bunten Blumen und hohen Sträuchern sowie hübsche kleine Cottages, die zu einer Teezeremonie einluden, zierten ihren Weg durch das Städtchen.

Sie zog ihren Koffer hinter sich her und streifte neugierig durch das Borough. Hin und wieder waren Wanderwege gekennzeichnet, die man bis weit über die kargen, blassgrünen Hügel verfolgen konnte. Wie dünne Schlangen durchschnitten sie Wiesen und Weiden. Auf ihrer Zugfahrt gen Norden hatte Thea Zeit gehabt, sich etwas einzulesen. Jährlich im August fand die überregional bekannte ›Pendle Walking Week‹ statt, die größte kostenfreie Wanderveranstaltung Englands.

Eine Schafherde blökte, während Thea an ihnen vorbeizog. Sie grasten friedlich, auch wenn es noch nicht viel zu fressen gab. Man sah der Natur den vergangenen harten Winter noch immer an. Erst in einem Monat würden die Hügel wieder saftig grün erstrahlen.

Als sie auf zwei Frauen um die sechzig traf, unterbrachen sie ihr Gespräch abrupt. Argwöhnisch beäugten sie Thea. Eine solche Reaktion war sie gewohnt. Auf dem Land war wahrscheinlich schon ihr winziger Nasenring eine Sünde. Als sie sich auch noch bekreuzigten, weil Thea der leibhaftige Teufel in Menschengestalt zu sein schien, beschleunigte sie lieber ihre Schritte. Aus den Augenwinkeln sah sie noch eine Weile die feuerroten Haare der Griesgrämigen, während ihre mindestens so schlecht gelaunte Freundin den Knauf ihres schwarzen Gehstocks fest umklammert hielt. Sie spürte die neugierigen Blicke der beiden stechend im Rücken, machte sich aber nicht die Mühe, sich umzudrehen. Stattdessen hielt Thea nach jemandem Ausschau, der ihr wohlgesinnter war. Ihr Handy zeigte keinen Balken an. Sie war von der Außenwelt abgeschnitten und fühlte sich genauso.

Thea wurde fündig, als ein Mann Mitte fünfzig sie warm anlächelte und in Pendle willkommen hieß. Er trug eine maßgeschneiderte graue Anzughose zu einem hellen Cardigan. Sein Blick aus großen braunen Augen war einladend und ließ sie dieses Mal tatsächlich lächeln.

Thea wusste, dass sie nicht der freundlichste Mensch war. Dafür war sie meistens zu ehrlich. Mit platten Attitüden konnte sie nichts anfangen. Dennoch war sie gewillt, jeder Person eine Chance zu geben. Die beiden

Frauen hatten ihre bereits verspielt – zumindest fürs Erste.

»Was führt Sie in unser kleines Pendle? Doch nicht etwa die Hexenprozesse?«

»Solange diese Tradition für gewisse Leute nicht fortgesetzt wird, wird mich hier wenig halten«, erwiderte sie und deutete auf die zwei Tuschelnden, die eindeutig noch immer über sie redeten.

Ihr Gegenüber lachte so tief, dass es Thea einen Schauer über den Rücken jagte. Sein kurz geschnittenes, dunkles Haar hatte graue Strähnen, die ihm ein gesundes Maß an Reife verliehen. Es glänzte in der Sonne, weil er es offenbar mit viel Gel zurückgestrichen hatte. Selbst der stärkste Windstoß würde seine Frisur nicht durcheinanderbringen.

»Sie scheinen Ihr Herz auf der Zunge zu tragen. Das mag ich. Menschen wie Sie können wir hier gebrauchen. Lassen Sie sich bloß nicht von unseren beiden Tratschtanten dort drüben einschüchtern.«

»Sehe ich etwa eingeschüchtert aus?«, entgegnete Thea mit einem Grinsen für ihren attraktiven Gesprächspartner. »Ich nenne es eher: herausgefordert.«

Sein Händedruck war erstaunlich sanft, als er sich schließlich als John Birming, der Bürgermeister von Pendle, vorstellte. Es wirkte, als hätte er das dazugehörige Lächeln eine Weile geübt, um es so natürlich und ansprechend wie möglich aussehen zu lassen.

Typisch Politiker …

»Alethea Shaw, angenehm. Ich habe nicht vor, zu bleiben. Es gibt da etwas, das ich regeln muss. Danach sieht mich Pendle nie wieder.«

Gerade wollte sie fragen, wo die Kirche St. Benet's war, neben der sich das Haus ihres Vaters befinden sollte, als Birmings Augen noch ein Stück größer wurden.

»Sie sind Nathan Shaws Tochter, nicht wahr? Nun erkenne ich auch die verblüffende Ähnlichkeit zwischen Ihnen beiden.«

»So verblüffend scheint sie nicht gewesen zu sein, wenn Sie sie erst jetzt bemerken«, antwortete sie etwas zu flapsig. Den brüsken Umgangston hatte sie sich in London angewöhnt. Auf dem Dorf sollte sie sich lieber etwas zurückhalten. Gemeinhin kannte man sich hier draußen und half einander, wenn man nicht gerade damit beschäftigt war, Gerüchte in die Welt zu setzen. Thea räusperte sich und fragte deutlich netter: »Sie wissen nicht zufällig, wo mein Vater lebte? Sein Haus ist im Internet nicht eindeutig auszumachen gewesen. Ständig bin ich bei irgendeinem historischen Bau aus dem 17. Jahrhundert gelandet. Ich befürchte, bei dieser raren Beschilderung werde ich lange danach suchen. Er lebte in der Blackburn Road 13.«

Ihr Blick glitt zu den veralteten Holzpfeilen, deren Inschrift sie nicht mehr eindeutig entziffern konnte.

»Das ist wahr. Ein Grund mehr, dieser Gemeinde endlich den nötigen Fortschritt zu bringen. Mein Vorgänger hat es sich offenbar zur Aufgabe gemacht, die unheimliche Aura eines Hexenstädtchens zu erhalten, dabei aber den technischen und wirtschaftlichen Fortschritt aus den Augen verloren. Meine Frau Katherine und ich sammeln zurzeit Punkte, an denen wir ansetzen können. Ich werde die Straßenbeschilderung und die Hausnummern auf die Liste setzen.« Voller Tatendrang rieb er sich die Hände. »Lassen Sie mich Ihre Begleitung sein, Mrs Shaw.«

Als er nach ihrem Koffer greifen wollte, drehte sie sich so, dass er nicht mehr herankam.

»Miss«, sagte sie, um ihn abzulenken, und ging langsam neben Birming her. »Ich bin nicht verheiratet. In der Stadt ist es nicht unbedingt üblich, mit fünfundzwanzig schon unter die Haube zu kommen. Leben die Menschen hier denn noch wie im Mittelalter? Ich habe nicht einmal Handyempfang.« Wie zur Untermalung wedelte sie mit ihrem unnützen Telefon durch die Luft.

Birmings Mundwinkel verzogen sich dieses Mal ehrlich, und seine Augen bekamen einen traurigen Schimmer. »Sie haben recht, Miss Shaw. Hier muss sich noch einiges tun. Wie gesagt, wir arbeiten daran. In ein paar Wochen wird ein neuer Mast errichtet, der bis weit über Pendle Hill reicht. Bislang gibt es einige Funklöcher. Das tut mir leid. Waren Sie schon auf dem Berg? Von dort aus hat man einen sagenhaften Ausblick auf das Land. So viel Natur sind Sie von einer Großstadt sicher nicht gewohnt.« Er zwinkerte verschmitzt. Thea hatte das Gefühl, dass er sich betont lässig und nahbar gab. Birming erinnerte sie ein wenig an ihren alten Lateinlehrer, der immer mit den neuesten Jugendwörtern um sich geworfen hatte, obwohl er deren Bedeutung wahrscheinlich bis heute nicht kannte.

Nach einem langwierigen Anstieg deutete Birming auf einen Turm in der Ferne. »Schauen Sie, das ist unser Gotteshaus. Aufregend, nicht wahr?«

Thea fragte sich, was an einer gewöhnlichen Kirche aufregend sein sollte, nahm ihm die Begeisterung aber nicht.

»Das ist die Kirche von Pendle? Sie sieht mir mehr wie ein Rathaus aus.« Thea deutete hinauf zur großen Uhr. Sie hatte die ganze Zeit nach einem spitzen dunklen Turm Ausschau gehalten statt nach einem hellen Flachdach.

Die episkopale Kirche der anglikanischen Gemeinschaft glich mit ihren Zinnen vielmehr einer Festung. St. Benet's sah dennoch einladend aus.

»Wie lange sind Sie schon in der Politik, Mr Birming?«, fragte Thea neugierig.

»Seit über zwanzig Jahren. Bis vor ein paar Monaten war ich der Stellvertreter des örtlichen Bürgermeisters, nun habe ich seinen Platz eingenommen.«

Bildete sie sich das *Endlich* in seinem Unterton nur ein, oder war es wirklich da? Thea missgönnte ihm seinen Erfolg nicht, wurde aber auch nicht schlau aus Birming. Sie legte ein natürliches Misstrauen an den Tag. Dieses Verhalten hatte ihr schon mehrere Male dabei geholfen, nicht auf falsche Schlangen hereinzufallen. Vielleicht war sie aber auch bloß viel zu skeptisch für das Miteinander auf dem Land.

»Ist er in den Ruhestand gegangen?«, fragte sie weiter.

»Er ist gestorben.« Thea schluckte fest, was Birming zum Schmunzeln brachte. Er hob beschwichtigend eine Hand. »Nicht doch. Er war alt und hatte ein gutes Leben. Nicht jeder stirbt in Pendle auf unnatürliche Weise, wie manch einer in die Welt schreit. Es tut mir leid, dass ich Ihren Vater nicht näher gekannt habe.

Wir haben uns nur ein paarmal gesehen. Zu den Sitzungen und Versammlungen ist er nie erschienen. Meine und auch seine Zeit ließ es nicht zu, ein ausführliches Gespräch zu führen. Ich bedaure Ihren Verlust.«

Nun war es an ihr, abzuwinken. »Ich kannte ihn wahrscheinlich noch weniger als Sie. Wir hatten ein … schwieriges Verhältnis. Eher gar keines.«

Als sie nicht weitersprach, entließ der Bürgermeister seinen angehaltenen Atem aus den Lungen, was einem enttäuschten Oh glich. Er hakte nicht weiter nach.

Thea hatte ohnehin keine Lust, über Nathan Shaw zu sprechen. Weder wollte sie wissen, was für ein Mensch er gewesen war, noch Geschichten über sein Junggesellendasein hören. Er hatte seine Frau und seine kleine Tochter im Stich gelassen und war nichts weiter als eine neblige Erinnerung in ihrem Kopf. Das verschwommene Bild eines großen Mannes im dunklen Mantel, der Pfeife rauchend im Eingang steht und einen Koffer in die Hand nimmt, bevor er sich wegdreht und für immer verschwindet.

»Wir sind da«, verkündete Birming unnötigerweise, als sie vor einem alten schmiedeeisernen Friedhofstor zum Stehen kamen. »Nehmen Sie einfach den Pfad zwischen den Grabreihen entlang bis zur Rückseite der Kirche. Das ist der schnellste Weg zu Ihrem Grundstück. Die Blackburn Road führt direkt dahinter vorbei. Ich hoffe, Sie bleiben uns noch eine Weile erhalten, Miss Shaw.«

»Das bezweifle ich, Mr Birming. Bitte machen Sie sich keine großen Hoffnungen. Ich treffe mich um fünf Uhr mit dem Makler, dessen Papiere ich für die Übergabe unterzeichnen soll. Sobald ich das Haus verkauft habe, bin ich auch schon wieder weg.«

Er sah wenig begeistert aus, aber Thea konnte es nicht ändern. Sie wollte sicher nicht den Rest ihres Lebens wie ihr einsamer Vater hinter einem Friedhof wohnen. Obgleich der Gedanke sie reizte. Hier hätte sie immer Ruhe und die wilde Natur direkt vor der Nase.

»Falls Sie etwas brauchen, rufen Sie mich bitte an.«

Er zückte ein weißes Kärtchen und einen edlen, sehr bauchigen Kugelschreiber aus dunklem, glattem Holz. Die Fasern waren leicht wellig und hatten einen gelben Schimmer. Thea verspürte das unbändige Verlangen, darüberzustreichen. Die Initialen *J* und *B* waren in goldenen Lettern darin eingraviert worden.

»Ein schönes Stück.«

Birming schien einen Moment zu brauchen, um zu begreifen, wovon sie sprach.

»O ja, den habe ich mir damals zu meinem Dienstantritt anfertigen lassen. Ich unterschreibe damit, seit ich in der Politik tätig bin. Das ist *Dalbergia retusa*, also Cocoboloholz. Kennen Sie das?«

»Nein.«

»Normalerweise wird es für Werkzeuge, Messergriffe und Musikinstrumente verwendet. Das Angebot ist begrenzt, weshalb ich dieses Stück wie einen Schatz hüte. So etwas hat nicht jeder.«

Der Bürgermeister reichte ihr das Kärtchen, auf dem nun neben seiner Bürodurchwahl auch seine private Nummer stand, und steckte den Stift zurück in seine Tasche. Wer sich einen so teuren und seltenen Kugelschreiber leisten konnte, hatte es wohl geschafft. Thea beneidete ihn dennoch nicht. Sie stellte sich die Arbeit in der Politik anstrengend und unzufriedenstellend vor. Außerdem wurde man schnell zur Zielscheibe für andere und stand immer in der Öffentlichkeit. Kein Leben für sie; sie hielt sich lieber bedeckt.

Thea sah ihm eine Weile nach. Auch Birming drehte sich ein letztes Mal um, ehe er hinter dem nächsten Cottage verschwand. Eine Bewegung hinter den Gardinen eines Hauses weckte ihre Aufmerksamkeit. Thea wurde beobachtet, seit sie in Pendle angekommen war. Sie fühlte die vielen Blicke der Bewohner wie schwere Steine auf sich lasten.

Thea straffte die Schultern, packte den Griff ihres Koffers fester und zog ihn hinter sich durch das hohe Tor, dessen Spitzen bedrohlich in den Himmel ragten. Das Kirchengelände war übersät mit uralten, überwucherten Grabsteinen, deren Inschriften kaum noch zu lesen waren. Als sie durch den verschatteten und ummauerten Innenhof ging, hatte sie das Gefühl, dass die Temperatur um mehrere Grad abfiel. Es erschien ihr, als wäre sie in einer Parallelwelt gelandet, in der jegliche Geräusche ausgeblendet wurden. Die Stille wirkte ungemein beruhigend auf sie. Thea schloss die Augen für einen Moment und sog die kühle, waldige Luft der umstehenden Tannen ein.

Sie erschrak, als sie jemand von der Seite her ansprach. »Ein wundervoller Ort, nicht wahr?«

Thea sah in das zerfurchte Gesicht eines alten Mannes um die siebzig, dessen aufgeweckte blaue Augen sie aufmerksam musterten. Das weiße Kollar an seinem Hals hob sich perfekt von der schwarzen Soutane des Pfarrers ab, auf der kein Krümel zu sehen war.

»Es hat etwas Magisches«, sagte sie begeistert. »Auch wenn ein Mann wie Sie wahrscheinlich nichts von Magie hören möchte.«

»Das Leben als solches ist ein Wunder. Wieso dann nicht auch ein wenig an Magie glauben?«, erwiderte er milde lächelnd.

Thea schloss den alten Herrn sofort ins Herz. Im Gegensatz zu den beiden grantigen Frauen von vorhin machte er einen aufgeschlossenen und ehrlichen Eindruck auf sie, ohne ihr etwas vorzuspielen, wie es Bürgermeister Birming wahrscheinlich getan hatte.

»Ich bin nicht gläubig, finde Kirchen aber beeindruckend. Verzeihung, wenn ich so direkt bin. Meistens trete ich damit in irgendein Fettnäpfchen.« Zerknirscht erwiderte sie das Lächeln, das noch immer in seinem Gesicht verharrte.

»Mir ist eine ehrliche Seele in Pendle lieber als all die Blender dieser Stadt. Und davon gibt es eindeutig zu viele. Ich bin übrigens Reverend Peter Hughing, leite diese High Church und betreue den Friedhof, seit mein langjähriger Totengräber nicht mehr unter uns weilt. Es freut mich stets, Menschen zu empfangen. Ob gläubig oder nicht, ist dabei zweitrangig. Gott macht seine Liebe zu uns nicht von einem Besuch in der Kirche oder von einem Gebet am Abend abhängig.« Er wies zu einer Bank und ließ sich dort mit einem leisen Stöhnen nieder. »Meine Knochen sind nicht mehr das, was sie einmal waren«, erzählte er. »Kommen Sie und setzen sich bitte einen Moment zu mir. Sie sehen aus, als könnten Sie etwas Ruhe gebrauchen.«

Thea fragte sich, woran er das festmachte. Ihre Augenringe hatte sie unter einer Schicht Make-up versteckt und die Müdigkeit mit schwarzem Tee und Coffee to go erfolgreich verdrängt.

»Eigentlich muss ich weiter«, sagte sie verunsichert.

Sie folgte ihm ganz automatisch und setzte sich schließlich neben den Pfarrer auf die zugewachsene Bank. Jene musste schon eine Weile an derselben Stelle stehen, denn Wurzeln hatten ihre Füße gefangen genommen, während sich Moos und Efeu einen Weg über die verschnörkelten Beine bis hin zur Lehne suchten.

Ein Platz zum Lesen, schoss es ihr durch den Kopf.

Thea warf einen Blick auf die Kirchturmuhr, aber es blieb noch genügend Zeit bis zu ihrem Termin mit dem Makler. Sie wackelte mit dem Bein und konnte sich nicht konzentrieren.

»Atmen Sie tief ein und lauschen Sie.«

»Lauschen? Wem oder was? Ich höre hier nichts.«

»Weil Sie noch immer reden«, entgegnete Hughing in seiner betont ruhigen Art.

Man konnte ihm einfach nicht böse sein. Thea seufzte, ließ sich aber darauf ein und tat es ihm gleich.

Eine Weile sagte niemand etwas. Und endlich hörte sie die vielen Kleinigkeiten, die er ihr hatte begreiflich machen wollen. In der Stille gab es so vieles zu entdecken, was ihr ansonsten verborgen geblieben wäre: Thea hörte das Rascheln einer Maus im Dickicht, das Rauschen des Windes, der durch die Tannen streifte, und einen Specht, der sich an der Rinde zu schaffen machte.

»Wow«, hauchte sie mit geschlossenen Augen. »Sie haben absolut recht.«

»Magisch, nicht wahr?«, antwortete er mit einem Lächeln in der Stimme.

Thea war sich nicht sicher, ob er es ernst meinte oder sie auf den Arm nahm. Sie hatte gleich den Schalk in seinen jungen Augen entdeckt, dem sie nicht traute, vor dem sie sich aber auch nicht fürchtete. Ganz egal, was es war, es hatte ihr dabei geholfen, den Stress der Reise endlich abzuschütteln und wenigstens einen Teil davon beiseitezuschieben.

Sie zwang sich, aufzustehen, obwohl ihre Muskeln protestierten. Thea spürte die Anstrengung der letzten Zeit nun deutlich in jedem Glied. Erst das hingeworfene Studium, dann der Tod ihres Vaters und schließlich ihre lange Fahrt ins Nirgendwo. Es wurde Zeit für ein bisschen Ruhe.

»Ich würde gern noch bleiben, aber ich muss los. Ich werde am Haus hinter der Kirche erwartet. Blackburn Road 13.«

Der Reverend sprang erstaunlich geschmeidig auf. Hatte sie ihn eben noch für einen knöchrigen alten Mann gehalten, strahlte sein Körper nun eine seltsame Kindlichkeit aus, die ihn gut zehn Jahre jünger erscheinen ließ.

»Ich wusste es doch! Sie sind Alethea Shaw, Nathans Tochter!«, rief er freudig. Seine Augen leuchteten. »Ihr Vater hat mir schon so viel von Ihnen erzählt.«

»Ach, hat er das? Er kannte mich doch kaum.« Was der Reverend da erzählte, verunsicherte sie.

»Ein Umstand, der ihm ein Leben lang zu schaffen machte«, sagte der schlaksige Pfarrer und begleitete sie hinter das imposante Kirchenschiff. Auch hier eroberten Efeu und Rosenbüsche die hellen Mauern. Im

Schatten wurde Thea kalt, weshalb sie die Arme enger um ihren Körper schlang. »Er hat oft von Ihnen gesprochen und erwähnt, dass Sie eines Tages herkommen würden. Nathan hatte also recht.«

»Nur sein Tod hat mich nach Pendle gelockt. Im Leben hat er es leider nicht geschafft, mich einzuladen.«

Thea hörte deutlich ihren enttäuschten Unterton heraus. Auch dem Pfarrer war er wohl nicht entgangen.

»Sie werden schon bald erfahren, dass Ihr Vater nicht der Mann war, für den Sie ihn gehalten haben. Er war ein guter Mensch mit einem großen Herzen, der sich für unsere Gemeinde aufgeopfert hat.«

»Für jeden, nur nicht für seine Familie«, sagte Thea traurig und eine Spur verärgert. »Verzeihung, aber ich glaube kaum, dass Sie unsere Geschichte wirklich kennen. Meine Mutter hat sehr unter der Trennung gelitten. Die Scheidung war alles andere als einfach für sie. Zusätzlich hat sie ein Kind allein großgezogen. So etwas hinterlässt Narben auf der Seele.«

Sie war mit jedem Satz leiser geworden, bis sich ihre Stimme mit dem Wind vermischte und kaum noch zu hören war.

Hughing betrachtete sie mitfühlend. Thea wollte wütend auf ihn sein, aber zum ersten Mal in ihrem Leben konnte sie es nicht. Der Alte verdiente ihren angestauten Zorn nicht, der eigentlich ihrem Vater galt.

»Sie haben allen Grund, ihn zu verteufeln, aber zumindest für unser Borough war er ein wichtiges Mitglied.«

Thea schnaubte. Nach ein paar Atemzügen ging es ihr besser. Sie war ein emotionaler, impulsiver Mensch, wollte ihrem Gegenüber aber nicht gleich am ersten Tag ihre größte Schwäche zeigen: ihr Herz.

»Sie werden irgendwann verstehen, Alethea.«

»Wie Sie meinen. Das Gespräch bleibt aber unter uns«, entgegnete sie hart.

Hughing nickte bedächtig. Der Adamsapfel an seinem sehnigen Hals bewegte sich auf und ab, als er schluckte.

»Ich sehe es als Beichtgeheimnis an. Machen Sie sich keine Sorgen. Sie werden feststellen, dass es in Pendle nur sehr wenige Menschen gibt, denen Sie Geheimnisse anvertrauen können. Ich möchte mich nicht zu sehr selbst loben, aber ich gehöre für gewöhnlich dazu.«

Sie schmunzelte, als sie den Stolz in seinen Worten vernahm. »Habe ich Ihnen denn etwas gebeichtet?«

Sein Lächeln sorgte für ein paar Falten mehr in seinem runzligen Gesicht. Plötzlich war sich Thea nicht sicher, wie alt er wirklich war. Im Laufe ihres Gesprächs hatte sie ihn einmal für siebzig, dann wieder für über neunzig oder sogar für Anfang sechzig gehalten. Was jedoch durchweg erhalten blieb, war sein wissender Blick.

»Die Beichte versteckt sich manchmal zwischen den Zeilen, meine Liebe.«

Thea starrte ihn eine gefühlte Ewigkeit nur an. Sie wurde nicht schlau aus diesem geheimnisvollen Pfarrer, der sie mit seinen hellblauen Augen zu durchleuchten schien.

Als sie vor einem zweistöckigen, dunklen Herrenhaus aus dem 17. Jahrhundert haltmachten, traute sie ihren Augen nicht. Es war dasselbe, das sie schon im Internet gesehen hatte. Hier musste es sich eindeutig um eine

Verwechslung handeln. Sie suchte nach der Nummer 13, die klar lesbar neben einem schiefen, verrosteten Briefkasten hing.

Es dauerte eine Weile, bis sie ihre Sprache wiedergefunden hatte. Thea hatte ein heruntergekommenes Cottage erwartet, keinen u-förmigen Palast mit zwei Flügeln und einem großen Garten dahinter. Sie standen vor dem perfekten Spukschloss. Das hier war kein Haus zum Wohnen, sondern eines, in dem man einen Gruselfilm drehen konnte. Wahrscheinlich hatte man die *Addams Family* als Architekten beauftragt.

Irritiert sah sie zu Hughing, der zustimmend nickte.

»Ich dachte, Sie wüssten, dass Nathan der Besitzer des alten Chamberling-Anwesens war. Die Chamberlings sind eine aristokratische Familie, die entfernt mit dem britischen Königshaus verwandt ist. Als es keine Nachfahren mehr gab, ging das Haus laut Testament des letzten Mitglieds in den Besitz unserer Kirche über. Ursprünglich sollte daraus ein Museum werden, doch ich fand es passender, es Ihrem Vater zu vermachen.«

»Was hat er gearbeitet, um sich das hier leisten zu können?«

»Ich habe es ihm aus Dankbarkeit für zwanzig Jahre in meinem Dienst geschenkt.«

Wieder zuckte es um Hughings Mundwinkel. Erst recht, als Theas Gesichtszüge komplett entgleisten.

»Und ... was hat er gearbeitet, dass Sie ihm derart dankbar waren?«, hauchte sie verblüfft.

»Er war mein Totengräber.«

2. Kapitel

Myrna beendete vorzeitig ihre bescheidene Mahlzeit im ›Hills Inn‹, dem einzigen Pub am sagenumwobenen Pendle Hill, weil ihr der Appetit redlich vergangen war. Längst hatte sie die neugierigen Blicke der beiden Männer bemerkt, die hier schon zur Mittagszeit ein Ale nach dem anderen in sich hineinschütteten. Während sich ihre Wangen dunkler färbten, wurden ihre blutunterlaufenen Augen immer kleiner. Es hatte nicht lange gedauert, bis sie Myrna förmlich von ihrem Platz aus ausgezogen hatten.

Sie ließ das belegte Brötchen in ihrer Hand sinken und starrte herausfordernd zurück. Selbst davon ließen sich die beiden Dorftrottel nicht beirren. Im Gegenteil, das lüsterne Grinsen wurde noch ein Stück breiter. Myrna unterbrach den Blickkontakt, um sie nicht zu bestätigen. Auf ein Gespräch mit zwei Betrunkenen hatte sie heute keine Lust.

Die Massenschlägerei vorige Nacht im Herzen Londons genügte ihr. Einen Hieb hatte Myrna selbst einstecken müssen. Ihre Seite schmerzte deshalb noch immer und trug nun einen großen violetten Fleck, der die Umrisse von Afrika hatte.

»Du bist nicht von hier, oder?«, lallte der Linke, ein bulliger Mann mit Elvis-Frisur. »Komm doch mal rüber. In Pendle gibt man einen aus, wenn man frisch anreist.«

»Ach, tut man das«, war das Einzige, was sie darauf antwortete, ohne sich umzudrehen.

Willkommen auf dem Land!, ärgerte sich Myrna im Stillen über die beiden, ließ sich ihre Wut aber nicht anmerken.

Stattdessen zeigte sie ihnen die kalte Schulter. Für einen echten Gefühlsausbruch war Myrna zu geschult. Sie hatte im Laufe ihrer Karriere bei der Polizei mehr als eine Hürde nehmen müssen, sich erfolgreich gegen Vorurteile und toxische Männlichkeit durchgesetzt und sich einen Namen auf dem Revier gemacht. Ihr wurde mehr Respekt entgegengebracht als so manchem Vorgesetzten. Der Name Evans war ein Begriff in der Hauptstadt. Zumindest bildete sie sich das ein. Dagegen sprach, dass sie gegen ihren Willen nach Lancashire versetzt worden war, wo sich Fuchs und Hase gute Nacht sagten.

Und nun? Wohin hat es dich verschlagen? In den tiefsten Norden, wo sonst niemand arbeiten wollte. Herzlichen Glückwunsch, Inspector. Reife Leistung, dachte sie.

»Darf es sonst noch was sein? Ein Bier vielleicht?«, fragte der Wirt namens Hank, der in einem verwaschenen Poloshirt vor ihr stand, und riss Myrna aus ihren Gedanken.

Auf den Etiketten der Flaschen prangte eine Hexe, die auf einem Besen ritt. Die Einheimischen wussten anscheinend, wie man die schaurige Vergangenheit dieser Gegend am besten für seine Zwecke ausnutzte.

Sie bestellte sich stattdessen einen Kurzen. Im Dienst war Myrna schließlich noch nicht, also genoss sie den Abend ihrer Ankunft ein wenig.

Geschäftig wischte er über den zerkratzten, schwarzen Tresen. Der Lappen, den Hank dafür benutzte, hatte schon bessere Tage gesehen. Waren das da nicht sogar Blutflecken? Myrna schüttelte diese grausige Vorstellung ab und zwang sich zu einem Lächeln. Ihre Arbeit vermischte sich gern mit ihrem Privatleben. Sie hatte immer schon viel zu viel davon mit nach Hause genommen. Vielleicht waren aus diesem Grund all ihre Beziehungen von vorneherein zum Scheitern verurteilt gewesen.

»Ein Zimmer in diesem ... in Pendle würde mir helfen. Kennen Sie jemanden, der welche vermietet?«

»Die alte Mrs Downing müsste noch eines übrig haben, wenn Sie sich nicht am Geruch von Knoblauch oder Fisch stören.«

Allein beim Gedanken daran wurde Myrna übel. Sie schob den Teller mit dem angefangenen Mittagessen von sich und fuhr durch ihre Haare. Myrna verscheuchte ihr schwammiges Gefühl im Magen mit dem viel zu starken Schnaps, den er ihr herüberschob.

»Sonst noch jemand? Ich bin mit dem Auto da. Es darf also gern im Nachbarort sein.«

»Nicht, dass ich wüsste.« Nun legte er seine breiten Unterarme auf die Theke und beugte sich verschwörerisch zu ihr. Sein Atem roch nach einer Mischung aus Zigarettenrauch und Pfefferminz. »Sie sehen mir nicht wie eine Frau aus, die mehr als eine Nacht an einem verfluchten Ort wie Pendle verbringt.«

»Wie sähe denn Ihrer Meinung nach so eine Frau aus? So wie auf Ihren Bierflaschen? Bucklig und mit dicken Warzen auf der spitzen Hakennase? Mir ist zu Ohren gekommen, dass es hier von Hexen gewimmelt haben soll. Aber wie wir alle wissen, entsprangen die Anschuldigungen der Fantasie eines jungen Mädchens, das unter Druck gesetzt worden ist und dadurch ihre gesamte Familie in den Abgrund gerissen hat«, erwiderte sie lächelnd. Hanks Augen weiteten sich minimal. »Sie merken, ich habe meine Hausaufgaben gemacht. Im Internet kann man einiges über die Hexenprozesse von Pendle 1612 nachlesen. Schließlich waren sie das Vorbild für die berühmten Verfahren in Salem.« Sie machte eine kurze Pause, um ihren Worten Bedeutung zu verleihen. »Wenn alles gut läuft, werde ich auch nicht lange bleiben.« Sie setzte eine entschuldigende Miene auf.

»Schade, ich könnte mich an Sie gewöhnen«, antwortete er zu Myrnas Überraschung.

Zum ersten Mal sah sie ihm direkt in die treuen braunen Augen, die perfekt zu seiner brünetten Kurzhaarfrisur passten. Sein Lächeln war schief und ehrlich, sein Hundeblick herzzerreißend. Sie hatte ihn beim Eintreten älter geschätzt, als er war. Myrna erwiderte das Lächeln. Zum Glück besaß sie das Talent, nicht zu erröten, wenn sie verlegen war. Dieser smarte Hüne mit dem kantigen Kinn, auf dem ein modischer Anchor-Bart wuchs, hätte einmal genau in ihr Beuteschema gepasst. Allerdings war sie weder auf der Suche nach einer neuen Beziehung noch würde sie lange in Pendle bleiben. Mehr als eine aufregende Nacht würde für Myrna ohnehin nicht herausspringen. Außerdem wusste sie nichts über Hank und er nichts über sie und die dunklen Schatten, die ihr auf Schritt und Tritt folgten.

»Hey, mein Freund hat dich um was gebeten!«, rief der zweite Betrunkene und schob seinen Stuhl so heftig zurück, dass er umfiel und unbeachtet liegen blieb. »Niemand behandelt uns schlecht, verstanden?«

Hank füllte zwei Schnapsgläser mit einer farblosen Flüssigkeit.

»Benehmt euch gefälligst vor unserem Gast. Wo sind denn eure Manieren geblieben, Jungs? Willst du die Dame gleich wieder vergraulen, Nate? Und was ist mit dir, Brian? Zieh erst mal bei deiner Mutter aus, ehe du die Klappe aufreißt. Kommt her und holt euch euren Drink, aber lasst sie in Frieden. Ihr kennt die Regeln in meinem Lokal.«

Statt sein Friedensangebot anzunehmen, packte einer der Männer Myrna an der Schulter und drehte sie grob zu sich um. Ihr Barhocker wackelte gefährlich. Nicht minder unheilvoll war der Blick, den sie dem Möchtegern-Elvis schenkte. Sein Freund, ein Kerl mit strähnigem, aschblondem Haar und Boxernase, ließ die Muskeln spielen und ballte die Fäuste.

Sie glaubten wohl, die zierlichere Myrna einschüchtern zu können. Sie unterdrückte ihr Lachen lieber, weil sich die beiden sonst noch mehr aufgeregt hätten. Als Hank heldenhaft eingreifen wollte, machte ihm Myrna deutlich, hinter dem Tresen zu bleiben.

Ich regle das, sagte sie ihm mit einem entschlossenen Blick.

Sie wandte sich zu den Störenfrieden um und sondierte die Lage. Es dauerte nicht lange, bis sie ihre Schwachstellen ausgemacht hatte. Sowohl Bauch-, Hals- als auch Intimbereich waren ungeschützt. Zudem waren die beiden betrunken. Leider tat ihr die Seite noch immer höllisch weh und hinderte sie daran, ihr volles Potenzial auszuschöpfen.

Verfluchte Hooligans, dachte sie wütend und biss die Zähne zusammen, um sich nichts anmerken zu lassen.

»Ihr solltet besser wissen, wann ihr zu weit geht. Wir können alle gesund und munter aus diesem Pub verschwinden. Oder ihr beide geht mit gebrochenen Nasen und höllischen Schmerzen an einer Stelle, die euch sicher sehr wichtig ist, nach Hause. Ich lasse euch die Wahl.«

Sie sahen sich verdutzt an. Wahrscheinlich kannten sie keine toughen Frauen hier in Pendle – oder überhaupt eine Frau bis auf besagte Mutter.

»He, Brian, dieses Weibsbild tanzt uns ganz schön auf der Nase herum. Lass uns ihr ein paar Manieren beibringen.«

Als Nate sich zu einem Angriff hinreißen ließ, parierte Myrna seinen Schlag gekonnt und boxte ihm gleichzeitig in die Magengrube. Er keuchte auf und krümmte sich mit schmerzverzerrtem Gesicht zusammen. Danach landete ein Hieb am Kehlkopf seines Freundes, der Anstalten machte, Nates Platz einzunehmen. Beide lagen letzten Endes am Boden und röchelten. Das Ganze hatte keine Minute gedauert.

Myrna stellte in aller Ruhe die umgeworfenen Barhocker an ihren ursprünglichen Platz und sorgte für Ordnung im Schankraum.

»Auf gebrochene Nasen habe ich verzichtet. Macht sonst nur unschöne Flecken auf Ihrem Holzboden«, erklärte sie dem erstaunten Hank, dessen Kinnlade herabgefallen war.

Wie in Trance schob er ihr die Drinks zu, die für seine Bekannten gedacht gewesen waren. »Die haben Sie sich redlich verdient«, sagte er begeistert und erwiderte ihr amüsiertes Grinsen. »Ich wiederhole mich wahrscheinlich, aber: Wollen Sie nicht noch eine Weile bleiben? An jemanden wie Sie könnte ich mich gewöhnen. Chapeau!« Er deutete eine Verbeugung an.

Ein Stöhnen drang zu ihnen herauf, als Brian sich wieder bewegte. Nate hingegen machte ein Nickerchen. Ob er sich später noch an alles erinnerte oder sich über den Schmerz in seiner Magengrube wunderte, würde sie wohl nicht erfahren.

»Wie heißen Sie eigentlich?«, fragte Hank und lenkte ihre Aufmerksamkeit wieder auf sich.

Er kümmerte sich kaum um die Männer am Boden. Für ihn schienen sie zum Alltag zu gehören.

Myrna überlegte, das ›Hills Inn‹ einfach zu verlassen, aber sie hatte einen Narren an diesem Mann und seinen braunen Augen gefressen, denen sie sich einfach nicht entziehen konnte.

Sie trank beide Gläser in je einem Zug leer und sagte: »Meine Freunde nennen mich Evans.«

Myrna tippte sich zum Gruß mit dem Zeigefinger an die Schläfe und verließ Hanks Lokal mit seinem Blick im Rücken.

***

»Können Sie das genauer erklären? Mein Vater war Ihr Totengräber, also ein Angestellter auf dem Friedhof? Wie kam er zu so einem ungewöhnlichen Beruf? Und wieso bezahlte die Kirche ihn? Ich dachte, das machen die Verwandten der Verstorbenen.«

Fragen über Fragen schossen Thea durch den Kopf, in dem die Gedanken einfach nicht mehr stillstehen wollten.

»In Pendle hat man sich darauf geeinigt, die Pflege und das Ausheben der Gräber sowie die Vorbereitung der Beerdigungen ganz der Kirche zu überlassen. Die Menschen spenden uns Geld, das wir neben dem Ausbau und der Erhaltung des Gebäudes auch dafür nutzen. Das Begräbnis selbst müssen sie allerdings eigenhändig organisieren. Ihr Vater stand somit im Dienste aller, könnte man sagen.«

»Laut meiner Mutter hat er als Börsenmakler gearbeitet und in einem Büro am Computer gesessen. Ich kenne ihn wohl noch weniger, als ich dachte.« Es sprudelte nur so aus Thea. Ihr Herz schlug ungesunde Purzelbäume, während sie sich mit Reverend Hughing unterhielt. »Wer war Nathan Shaw wirklich?« Sie wandte sich an den Pfarrer, der schweigend dastand und keine Miene verzog. Stattdessen hörte er ihr immer bis zum Ende zu.

Allgemein schien er ein äußerst besonnener und geduldiger Mensch zu sein. Jemand, der seinen Beruf definitiv nicht verfehlt hatte, ganz im Gegensatz zu ihrem Vater.

Was zum Teufel hatte er auf einem Friedhof zu suchen gehabt? So langsam türmten sich die Fragezeichen auf, aber für heute war es genug, befand Thea, deren Gehirn förmlich rauchte.

»Ich kannte Nathan als einen Mann des Wortes«, erzählte Hughing schließlich. »Er stand für das ein, was er sagte und versprach. Von seiner Vergangenheit weiß ich nichts und kann sie deshalb auch nicht beurteilen. Ich würde Ihnen aber raten, sich einmal ganz in Ruhe auf seinem Grundstück umzusehen. Soweit ich weiß, wurde daran nichts verändert. Ihr Vater hat verfügt, dass nur Sie allein über Haus und Garten walten dürfen. Die Möbel sind mit Tüchern überspannt worden, damit sie nicht einstauben. Es sollte also noch alles dort sein, wo es war.«

»Woher wissen Sie all das von ihm?«, fragte sie verwundert nach und runzelte die Stirn. »Sie sprechen von meinem Vater, als wäre er ein enger Freund gewesen.«

»Er hat es mir erzählt, weil er sichergehen wollte, dass man seine Wünsche berücksichtigt und ihn nicht übergeht«, antwortete Hughing und lächelte versöhnlich. Dann warf er einen Blick auf die Kirchturmuhr. »Ich muss nun die Glocke läuten. Wenn ich mich verspäte, gibt es wieder Ärger mit Miss Miller. Sie achtet penibel auf die Einhaltung der Regeln in Pendle. Ich wünsche Ihnen viel Glück, Alethea, und würde es begrüßen, Sie vielleicht eines Tages doch in meiner Messe zu sehen.«

Als er bereits auf dem Rückweg war, wollte Thea ihn zurückrufen. Ihr lagen noch so viele Fragen auf der Zunge. Sie wurde jedoch von einem hageren Anzugträger mit Aktentasche und Nickelbrille abgelenkt, der sich als der Immobilienmakler Mr Benning vorstellte. Als sie erneut zurücksah, war der Pfarrer bereits hinter einer Mauer verschwunden.

Es wurde Zeit, dass sie ihre Gedanken an Nathan Shaw beiseiteschob. Dennoch hatte Hughing wenigstens eine Sache mit seinen Worten erreicht: Thea war nun unfassbar neugierig auf das alte Herrenhaus mit der unheimlichen Fassade und überlegte bereits, wo sie mit der Renovierung starten würde.

Was denkst du dir nur?, schalt sie sich selbst. *Du verkaufst diesen alten Kasten schnellstmöglich und ziehst mit dem Geld in eine schicke Londoner Wohnung. Nicht vom Plan abweichen, nur weil ein alter Mann dir ein paar seltsame Geschichten von deinem Vater erzählt hat. Hier auf dem Land mag er ein Held gewesen sein, in der Stadt war er alles andere als das.*

»Können wir?«, fragte der Makler zeitgleich mit einem tosenden Glockenschlag, der Theas Brustkorb vibrieren ließ, und bedeutete ihr, voranzugehen.

Es folgten vier weitere.

Er streckte Thea den Schlüssel hin, damit sie selbst die Führung übernahm. Als sie danach griff, war das Metall warm. Auf seltsame Weise fühlte es sich vertraut an, diesen Schlüssel in Händen zu halten.

Kaum hatte sie die ersten paar Zimmer gesehen, breitete sich die Wärme auch in ihr aus. Thea konnte den Kamin beinahe schon knistern und die Bücher zu ihr flüstern hören, als hätte das Haus ein Eigenleben. Sie fühlte sich mehr als wohl, wo andere Reißaus genommen hätten. Schließlich war das Anwesen zu groß für eine einzelne Person und schaurig obendrein. Es bedurfte viel Arbeit, um daraus wieder das Paradies zu machen, das es einmal gewesen war.

»Das Haus stammt aus dem Jahr 1677 und gehörte der landesweit bekannten, britischen Familie Chamberling«, erzählte Benning ihr. »Ihr Vater übernahm es von der Kirche, um es zu renovieren, wurde damit aber nie fertig. Es hat zwölf Zimmer, darunter Salon, Studierzimmer und Bibliothek. Im Laufe der Jahre wurde es mehrfach erweitert und verändert und diente im Krieg als wichtige Spionageeinrichtung. Haben Sie bis hierher Fragen?«

»Sie wollen mir weismachen, dass ich ein Haus mit zwölf Zimmern geerbt habe, das von Spionen und Adeligen bewohnt wurde? Und all das ohne Hintergedanken?«

Er schürzte die Lippen und sah sich seine Unterlagen an. »Es gibt weder Klauseln noch Voraussetzungen, die Ihr Vater festgelegt hat. Ja, Sie haben das gesamte Grundstück mit allem, was darauf steht, geerbt, als Nathan Shaw verstarb. Es gehörte offiziell ihm und nun Ihnen.«

»Was hat er noch darüber erzählt? Er hat doch mit Ihnen über das Haus gesprochen, bevor er sein Testament aufsetzte?«, fragte sie misstrauisch.

Thea glaubte noch immer nicht daran, einen riesigen Landsitz geschenkt zu bekommen. Sie suchte nach einem Haken an dieser Sache.

»Alles, was Sie wissen müssen, finden Sie in der Bibliothek des Anwesens. Dort steht die gesamte Geschichte der Chamberlings. Sie können aber genauso gut unser bescheidenes Stadtarchiv aufsuchen. Die Mitarbeiter dort helfen Ihnen sicher gern weiter.«

Nathan hatte also nicht mit jedem so viel über sein Haus gesprochen. Thea war inzwischen deutlich interessierter. Sie streifte durch das Studierzimmer und folgte dem Weg bis zu einer zweigeschossigen Bibliothek, in der es nach alten Büchern roch. Ein paar Leitern erleichterten es, Bände aus den oberen Reihen herauszusuchen. Verträumt fuhr sie über die zahlreichen verzierten Buchrücken. Sie hinterließ feine Linien im Staub.

Zu euch ist man nicht so nett gewesen wie zu den antiken Möbeln, dachte sie niedergeschlagen.

Thea liebte Bücher, in denen sie über Stunden versank. Durch sie konnte sie sich erden und zur Ruhe kommen.

Als sie ein besonders hübsches Exemplar entdeckte, zog sie es kurzerhand heraus, um darin zu blättern. Sie war bei der Auswahl ihrem Instinkt gefolgt.

Plötzlich hörte Thea ein Schaben. Verwundert drehte sie sich zu ihrem Begleiter, doch auch der zuckte bloß mit den Schultern. Sie folgte dem unheimlichen Geräusch bis zu einer hölzernen Pforte, die von Spinnweben überspannt war.

»Hat sich dieses Regal gerade nach rechts bewegt? Die Tür war vorher noch nicht zu sehen gewesen, oder?«, fragte sie sicherheitshalber, weil sie nicht wusste, ob sie sich die Veränderung im Raum einbildete.

»Ähm ... also ... Ehrlich gesagt, steht davon nichts im Bauplan«, antwortete Benning verblüfft und sah hektisch seine Unterlagen durch. »Ihr Vater muss diesen Zugang ohne das Wissen der Stadt gelegt haben. Es war schließlich sein Haus. Mr Shaw konnte damit verfahren, wie er wollte.«

Theas Bauchgefühl übernahm von ganz allein das Steuer. »Ich behalte es«, sagte sie, ehe sie sich's versah.

Der Makler blickte wieder auf. »Sie haben sich also umentschieden? Am Telefon sagten Sie, dass Sie es am liebsten nicht einmal besichtigen würden. Ich habe bereits ein paar Interessenten bei der Hand.«

Sie drehte sich zu ihm. Ein Lächeln lag auf ihren Lippen. »Ich habe nicht das Haus gewählt, sondern das Haus mich. Das ist ein entscheidender Unterschied. Ich mache aus diesem heruntergekommenen Landsitz eine Perle, von der jeder in ganz Lancashire sprechen wird.« Thea erträumte sich bereits ihre Zukunft in dem alten Herrenhaus.

»Wie Sie meinen. Dann setze ich den Übernahmevertrag auf. Geben Sie mir zwei bis drei Tage für die Bürokratie.«

»Wie bezahle ich Sie? Nun erhalten Sie gar keine Provision«, sagte sie eilig, doch ihr Gegenüber winkte entspannt ab.

»Ihr Vater hat alles im Vorfeld geregelt und mich großzügig entlohnt. Sie als seine Tochter sollten auf keinen Kosten sitzen bleiben.«

»Er hat also *gewusst*, dass ich hierbleibe?«

»Nathan Shaw war für seine gute Menschenkenntnis bekannt. Das wird Ihnen jeder in Pendle bestätigen. Es gibt kaum jemanden, der ihn nicht kannte.«

Bürgermeister Birming ist schon einer davon. Sie behielt den Gedanken für sich.

Weiter führte er seine Antwort nicht aus. Er lächelte geheimnisvoll und legte ihr das vom Notar beglaubigte Testament vor, damit sie es sich durchlas. Danach nahm sie offiziell ihr Erbe mit ihrer geschwungenen Unterschrift an. Benning überließ Thea den großen Hausschlüssel und versprach, die Schlösser demnächst gegen modernere wechseln zu lassen. Noch so eine heimliche Übereinkunft mit ihrem alten Herrn. Um alles Weitere würde sie sich selbst kümmern müssen.

Als er fort war, fiel ihre Vorfreude auf ein Abenteuer wie ein Kartenhaus in sich zusammen. Thea hatte nicht bedacht, dass sie die Renovierung natürlich nur mit einer Menge Geld bewerkstelligen konnte. Da sie das Haus nun doch nicht verkaufte, blieb ihr nichts außer löchrigen Dielen, abgewetzten Tapeten und undichten Fensterläden.

Sie trat in den Garten, der verwildert und unbegehbar war. Falls ihr Vater etwas an dem Haus verändert hatte, dann sah man es auf den ersten Blick nicht. Er hatte sich anscheinend mehr auf den Ausbau geheimer Gänge konzentriert als auf hübsche Fassaden und Gemüsebeete.

»Was hattest du wirklich damit vor, Dad?«, fragte sie in die Stille des anbrechenden Abends.

Ein Knacken im Gebüsch war die Antwort darauf. Thea erschrak und wendete den Kopf, konnte aber niemanden sehen. Wahrscheinlich streifte ein Tier durchs Dickicht.

Ein Windzug ließ sie frösteln. Sie schlang die Arme um ihren Körper und ging zurück ins Haus.

***

Alethea Shaw hatte also tatsächlich das alte Chamberling-Haus übernommen.

Vorsichtig zog sich Jolene zurück. Als sie auf einen Ast trat, hielt sie inne und wartete ab, ob sie jemand an der Schulter packte und zurückkriss, doch nichts dergleichen geschah. Sie hielt den Atem an, bis die kleine Shaw im Haus verschwunden war. Erst danach wagte es Jolene, aus dem Garten zu flüchten.

Sie ärgerte sich maßlos, dass ihr dieses Gör das Anwesen vor der Nase weggeschnappt hatte. Wäre es zu einem Verkauf gekommen, hätte Jolene als Erste auf ihrer Fußmatte gestanden. Darauf hatte sie Jahre gewartet und hingearbeitet, doch nun war all ihre Mühe vertan. Wieso hatte der Pfarrer auch ausgerechnet Aletheas Vater das Grundstück vermachen müssen? Nathan Shaw war zeit seines Lebens viel zu naiv gewesen, um zu begreifen, was er dort bewohnte und welche Geheimnisse hinter den Mauern des Chamberling-Hauses schlummerten.

Und nun wütete eine junge Frau mit Ringen in Nase und Ohren darin, die Jolene gerade noch gefehlt hatte. Sie hatte geahnt, dass Miss Shaw ihr Ärger einbrachte, kaum dass sie sie das erste Mal zu Gesicht bekommen hatte. Nicht einmal vernünftig grüßen konnte diese hochnäsige Städterin, die sich wahrscheinlich für etwas Besseres hielt als die Menschen in Pendle!

Schnaubend stützte sich Jolene auf ihren Gehstock und humpelte nach Hause, um sich einen neuen Schlachtplan auszudenken, wie sie doch noch an das Chamberling-Anwesen herankam.

Ihre Gedanken wurden von einer Blondine unterbrochen, die offenbar vor ihrem Haus auf sie gewartet hatte. Sie trug einen dieser modernen Pixie-Haarschnitte, die Jolene für Teufelswerk hielt. Wieso wollten Frauen unbedingt wie Männer aussehen? Auch Lucretia war nicht davon abzubringen gewesen.

»Guten Abend, mein Name ist Myrna Evans. Ich suche ein Zimmer, und man sagte mir, dass ich bei Ihnen fündig werde. Sie sind doch Mrs Downing?«

Sie streckte ihr die Hand entgegen, die Jolene, statt sie zu ergreifen, nur misstrauisch musterte. An ihrem Finger steckte kein Ring.

Die kam Jolene gerade recht! Sie brauchte Gäste für ihre paar Zimmer, die sie vermietete. Es reisten nicht mehr so viele Leute nach Pendle, seit es diese Umfrage zu den gruseligsten und unbewohnbarsten Orten von Großbritannien gegeben hatte. Man traf kaum noch auf Touristen, bis auf durchgeknallte Geisterjäger und Verschwörungstheoretiker, auf die Jolene gern verzichtet hätte.

»Da der Name auf dem Klingelschild steht, werde ich es wohl sein«, erwiderte sie brüsk. »Wer lesen kann, ist klar im Vorteil. So sind sie, die jungen Leute. Können nichts weiter, als aufs Handy zu starren und blind durch die Welt zu laufen.«

Die andere zuckte weder zusammen noch verlor sie das Lächeln, das auf ihren Lippen lag. Eines musste Jolene der Kurzhaarigen lassen: Sie hatte mehr Biss als die meisten Männer in Pendle.

3. Kapitel

Thea versuchte ein paarmal, das alte Telefon auf dem breiten Eichentisch im Studierzimmer zu aktivieren, hörte aber nur ein Tuten, wenn sie den Hörer von der Gabel nahm. Sicher war der Anschluss abgestellt worden, als ihr Vater verstorben war.

Seufzend lehnte sie sich zurück und ging noch einmal die krakelige Liste in ihrer Hand durch. Sie hatte ein paar Stunden damit totgeschlagen, einen Schlachtplan zu erstellen. Thea musste sich entscheiden, was davon die höchste Priorität hatte und was sie eher nach hinten verschieben konnte.

Sie hatte sich eine Decke aus dem Salon über die Schultern geworfen, weil der Wind durch das düstere Herrenhaus jagte und sie frösteln ließ. Manchmal hörte er sich wie das Säuseln und Jammern eines verletzten Tieres an, dann wieder wie das Weinen eines Menschen. Geisterjäger kämen in diesem maroden Gemäuer sicher auf ihre Kosten.

Draußen war es mittlerweile stockdunkel. Für gewöhnlich gruselte sie sich nicht, aber dieser einsame Ort schaffte es wahrlich, Thea ein mulmiges Gefühl zu verleihen.

Kurzerhand schnappte sie sich ihren Laptop und legte ihn auf die zum Schneidersitz gekreuzten Beine. Genervt ließ sie den Kopf nach hinten an die Lehne fallen, als sie sich daran erinnerte, dass sie nicht überall Empfang hatte.

Sie begab sich auf die Suche nach einer aufrechten Verbindung und streifte dafür einmal durchs Haus. Schließlich wollte sie heute noch auf die Kommentare ihrer Follower antworten.

An einem Fenster in der Bibliothek konnte sie sich endlich ins Internet einwählen. Das war der passende Ort, um sich einen Lese- und Arbeitsplatz einzurichten. Von Anfang an hatte Thea einen Narren an den historischen Buchreihen und den Leitern gefressen.

Die Seiten bauten sich nur langsam auf, aber besser als nichts. Währenddessen suchte Thea in der Küche nach einem Wasserkocher, fand aber nur verbeulte Töpfe und Pfannen in den Schränken. Kurzerhand erhitzte sie das Wasser auf dem Herd. Sie war überrascht, als sie neben einer Tasse auch eine Packung ihres Lieblingstees aufspürte. Ihr Vater hatte Earl Grey also genauso gern getrunken wie sie. Leider musste sie auf den Schuss Milch verzichten, den sie sonst hineintat, da sie noch nicht zum Einkaufen gekommen war. Thea aß vorerst ihren Proviant und wollte sich morgen früh um alles Weitere kümmern.

Eines war jedoch gewiss: Sie musste sich schnellstmöglich eine Arbeit suchen, um ihr Leben in diesem Haus zu finanzieren. Auch wenn das Anwesen abbezahlt war und ihr gehörte, so war der Kühlschrank doch noch immer leer.

Eine leise Stimme in ihrem Hinterkopf lockte sie bereits zum dritten Mal zurück in die Bibliothek. Doch statt sich an den Laptop zu setzen, wie sie es ursprünglich geplant hatte, stellte sie sich mit ihrem dampfenden Becher vor die geheime Tür und starrte das alte, abgewetzte Holz angespannt an. Es juckte ihr in den Fingern, sie zu öffnen, aber ihr Verstand schaltete sich jedes Mal ein, wenn sie einen Schritt darauf zuging. Sie konnte fast schon das lang gezogene Quietschen der ungeölten Scharniere hören, das in den Ohren schmerzte.

Ich kann doch nicht einfach völlig allein irgendeinen Geheimgang betreten, dachte sie und schüttelte die Neugier schnell wieder ab. *Was, wenn sich das Regal verschiebt, sobald ich hineingehe? Niemand würde mich jemals finden, hören oder überhaupt nach mir suchen.*

Sicher machte sie sich selbst verrückt mit ihren vielen schaurigen Kriminalfällen, an denen ihr Herz hing. Manchmal träumte sie nachts sogar von ihnen oder war Teil der Szenarien. Dennoch siegte auch jetzt die Vernunft.

Sie überflog stattdessen eine Weile die neuen Kommentare unter ihrem letzten Beitrag zum Unglück am Djatlow-Pass. Theas Blog beschäftigte sich mit ungeklärten Fällen aus der Welt der Kriminalistik. Auch heute wurde darauf wieder heiß diskutiert und spekuliert.

›Wookieeboy‹, den Thea heimlich den ›UFO-Spinner‹ getauft hatte, weil er bei jedem erdenklichen Fall direkt an Außerirdische dachte, hatte sich gemeldet:

Es waren Aliens, die ein Menschenexperiment durchgeführt haben!

Die etwas kritischere ›Peach92‹ sprach klar dagegen:

Wahrscheinlich haben sie die beste Drogenparty ihres Lebens gefeiert und es übertrieben. Wer rennt sonst bei Minusgraden halb nackt in den Schnee raus?

Ob sich dahinter wirklich das jeweils vermutete Geschlecht verbarg, wusste Thea nicht. Jeder blieb anonym hinter seinem Avatar verborgen.

Gemeinsam versuchten sie für gewöhnlich, Täter zu ermitteln und Komplizen zu entlarven. Natürlich ohne wirklichen Erfolg, aber es machte Spaß, sich mit anderen Interessierten über den Zodiac-Killer, Jack the Ripper, Lizzie Borden oder die Morde auf dem deutschen Hinterkaifeck-Hof auszutauschen. Manchmal fanden sie sogar Gemeinsamkeiten zwischen den Fällen.

Thea äußerte sich zu allen Vermutungen, hinterfragte und nutzte neue Informationen aus dem Netz, um Hinweise zu streuen und Möglichkeiten für eine Diskussion zu eröffnen.

Ein paar Verschwörungstheorien sorgten immer für Schmunzeln, aber auf ›Theas Krimiblog‹, wie sie die Seite vor drei Jahren getauft hatte, durfte jeder zu Wort kommen und seinen Senf dazugeben, der wollte. Sie ging auf jede noch so beleidigende Nachricht ein. Thea nahm auch online kein Blatt vor den Mund und feuerte, falls nötig, zurück. Doch meistens blieb es ein harmonisches Miteinander. Die wenigen Stunden vor dem Laptop waren Theas Form von Entspannung und Reißaus vom tristen Alltag.

Sie verfasste einen neuen Blogeintrag passend zum Thema, da sie sich erst kürzlich auf ihrer Zugfahrt in eine alternative Sichtweise zu den mysteriösen Todesfällen am Djatlow-Pass eingelesen hatte. Es würde wohl nie ganz aufgeklärt werden, was den Studenten damals zugestoßen ist. Je schauriger ein Fall war, desto mehr entfesselte er Theas Neugier. Eine Bekannte hatte sie einmal als krank und gestört bezeichnet, was Thea als Kompliment aufgefasst hatte. Besser gestört als dröge, sagte sie sich für gewöhnlich.

Sie streifte danach weiter durch das Haus, von Etage zu Etage, Zimmer zu Zimmer und Flügel zu Flügel. Spinnweben und Mäusekot zeugten davon, dass sich Nathan Shaw kaum um sein Eigenheim gekümmert hatte. Diese Geschichte wurde immer rätselhafter für Thea. Sie konnte beim Anblick der schmutzigen Ecken und milchigen Fensterscheiben bloß den Kopf schütteln.

»Was hattest du damit vor? Und wieso soll ausgerechnet ich es haben?«, fragte sie in die Stille, die sich mit jedem Schritt über die knarrenden Dielen erdrückender anfühlte.

Als ihr Blick durch das speckige Glas nach draußen auf den Friedhof fiel, hatte Thea einen Geistesblitz. Sie wusste endlich, wie sie an Geld kam.

***

Thea plünderte am folgenden Morgen ihr Bankkonto für ein leckeres Frühstück im ›Café Healy‹ und ein paar Einkäufe danach. Wenigstens die Inhaberin, die persönlich hinter dem Tresen stand, zeigte sich begeistert von ihr, weil sie neu in Pendle war, und schenkte ihr ein Brötchen extra. Es war alt und pappig und wahrscheinlich vom Vortag, aber der Wille war immerhin da gewesen.

Danach besorgte sie sich Werkzeug, Nägel, Schrauben sowie erste Dielenbretter, um nicht durch irgendein Loch im Boden bis in den Keller zu fallen. Auch ein paar neue Fensterdichtungen durften nicht fehlen, um die Zugluft zu stoppen und das Haus nicht dem Schimmel zu überlassen. Sie würde dafür sorgen, dass die Wärme aus dem Kamin erhalten und jedes Zimmer trocken blieb. Zum Glück funktionierten Herd, Kühlschrank und Lampen. Auch das Badezimmer hatte einen ordentlichen Eindruck auf sie gemacht. Leider war Thea von eiskaltem Wasser überrascht worden, während sie unter dem Strahl gestanden hatte, um sich zu entspannen. Die Leitungen waren sicher allesamt veraltet. Nun war sie hellwach, gesättigt und bereit für die Arbeit in ihrem neuen Haus.

Auf dem Rückweg vom Baumarkt fielen ihr erneut die beiden alten Frauen auf, von denen sich die mit dem grauen Dutt und dem Gehstock sogleich bekreuzigte.

»Guten Morgen!«, rief sie freundlich herüber, doch eine Antwort blieb aus. »Was habe ich Ihnen eigentlich getan?« Sie legte eine Pause ein, da die Dielenbretter schwer und unhandlich waren. Unter deren Last keuchte sie leise. »Möchten Sie sich mir nicht wenigstens vorstellen? Mein Name ist Alethea Shaw, und ich beiße nicht!«

»So weit kommt es noch!«, giftete die Dame mit dem rot gefärbten Kurzhaarschnitt und reckte trotzig das Kinn. »Mit Hexen reden wir nicht!«

»Schon einmal in den Spiegel geschaut?« Thea verdrehte die Augen. »Ich habe sowieso Besseres zu tun!«

»Das glauben wir gern, nachdem du dir das beste Haus in der Gegend geschnappt hast, ohne je dazugehört zu haben! Das Chamberling-Anwesen gehört der Gemeinde und nicht einer dahergelaufenen Großstadtgöre!«, keifte nun die Frau mit dem Gehstock und erhielt Beifall ihrer Busenfreundin.

»Dann sollten Sie sich besser noch einmal mit der Erbfolge beschäftigen! Aber wissen Sie was? Ich will sowieso nichts mit Ihnen zu tun haben, also ist es mir recht, wenn Sie mich nicht mehr ansprechen!« Thea hatte sich richtig in Rage geredet. Sollten diese alten Schabracken ruhig wissen, dass sie bei ihr an der falschen Adresse waren. Solche Menschen brauchte Thea in ihrem Leben nicht. Sie brauchte niemanden.

»Komm, Lucretia. Ich habe Brian gesagt, er soll uns Kaffee aufsetzen«, hörte sie die Grauhaarige noch sagen, bevor die beiden mit hocherhobenen Nasen davongingen, als wären sie die Königinnen dieser Ortschaft.

Thea wusste nicht, ob sie lachen oder weinen sollte. Das alles war so verrückt! Sie hätte sich vor einem Tag noch nicht einmal vorstellen können, aus London wegzuziehen und ausgerechnet in Pendle ein neues Leben zu beginnen. Doch ihr erster Versuch, sich mit den Einwohnern gut zu stellen, war bereits verlorene Mühe gewesen. Sicher redeten sie hinter ihrem Rücken schlecht über die Neue und verteufelten sie als Hexe, die für Missernten und Krankheiten sorgt.

Thea lachte bei diesem absurden Gedanken, aber auf dem Land musste sie mit allem rechnen – auch, auf einem Scheiterhaufen zu landen oder mit Steinen beworfen zu werden.

Nach einer halben Stunde ohne weiteren Zwischenfall kam sie wieder nach Hause. Ein Mann in grauer Latzhose wartete am Zaun. Sie schätzte ihn auf Anfang dreißig. Der Wind hatte aufgefrischt und wehte ihm die langen schwarzen Haare in die Stirn. Er band sie sich zu einem Zopf und machte sofort einen verwegenen Eindruck auf sie. Dazu passten seine vielen Tätowierungen auf den trainierten Oberarmen, die keltische Symbole und nordische Runen zeigten. Sie wunderte sich über seinen sommerlichen Aufzug, denn immerhin hatte es letzte Nacht noch Bodenfrost gegeben. Seltsamerweise wurde Thea immer wärmer, je länger sie ihn betrachtete. Ein Werkzeugkoffer stand neben ihm und sorgte für noch mehr Neugier bei ihr.

»Kann ich Ihnen helfen?«, sprach sie den Besucher schließlich an.

Sein Blick huschte zu ihr herüber und fokussierte sie. Die eisblauen Augen hypnotisierten Thea.

»Sind Sie Mrs Shaw?«

»*Miss* Shaw. Ja, die bin ich.« Sie stellte die schweren Bretter zur Seite.

»Ich komme, um Ihre Schlösser zu wechseln.«

Thea erinnerte sich an die Worte des Maklers. Dass es so schnell gehen würde, hätte sie allerdings nicht vermutet. Umso besser.

»Natürlich. Kommen Sie bitte herein.«

»Man sagte mir, dass es vier Türen sind plus eine Kellerpforte auf der Rückseite des Hauses?«

Dieser Mann kannte sich anscheinend besser im Chamberling-Anwesen aus als sie. Thea nickte, obwohl sie sich nicht sicher war, ließ ihn in Ruhe arbeiten und kümmerte sich derweil um andere handwerkliche Angelegenheiten.

Nach zwanzig Minuten gab sie ihre Versuche auf, die Dichtungen der Fenster im Erdgeschoss auszuwechseln. Ihre Talente lagen eindeutig woanders.

»Ich lege eine kurze Pause ein und mache dann hinten weiter. Die Haustür sowie die Tür zum Garten sind bereits fertig«, hörte sie die markante Stimme des Schlossers hinter sich. Er legte ihr zwei identische Schlüssel in die offene Hand. »Und Sie wollen wirklich hier in Pendle bleiben?«

Seine blauen Augen durchdrangen Theas Barriere erneut. Dieser Mann hatte das Talent, ihr bis auf die Seele zu blicken. Sogar noch etwas mehr als Reverend Hughing.

»Wieso nicht? Immerhin hat mir mein Vater ein Haus vermacht. Das kann nicht jeder von sich behaupten. Aber ich habe mich wohl etwas übernommen damit. Ich weiß nicht einmal, wie ich diese Dichtungen in die Fenster bekomme. Wahrscheinlich werde ich später heulend zusammenbrechen und im Winter dann frieren. Selbst schuld.«

Sein Schmunzeln erwischte sie eiskalt. Theas Herz hüpfte kurz, obwohl sie sich nicht erklären konnte, weshalb. Männer hatten sie bislang noch nie aus der Fassung gebracht. Sie mochte diesen einfachen, bodenständigen Handwerker – mehr nicht.

»Lassen Sie mal sehen.« Er nahm ihr das Dichtmaterial aus der Hand und sah sich das entsprechende Fenster an. Dann gab er es ihr zurück. »Sie haben sich im Profil geirrt. So kann das gar nicht funktionieren. Am besten nehmen Sie das nächste Mal eine alte Probe mit, wenn Sie in den Baumarkt gehen.«

Thea seufzte. Sie kam sich lächerlich vor. So tough sie sich sonst gab, so hilflos musste sie in diesem Augenblick wirken.

»Danke für den Tipp. Ich würde mir ja gern ein paar *YouTube*-Videos dazu ansehen, um mich weiterzubilden, aber es ist nahezu unmöglich, meinen Blog zu betreiben. Bei Videos würde die Verbindung sicher ganz ihren Geist aufgeben. Das bringt also nichts. Haben Sie selbst denn schnelles Internet?«

Er nickte und lächelte wissend. »Sie sollten sich dafür einmal mit Callan Healy zusammensetzen. Aber pssst.« Er legte verschwörerisch einen Finger an die Lippen. »Das haben Sie nicht von mir.«

»Wieso? Ist dieser Callan ein Geheimagent oder so etwas?« Thea konnte sich schwer vorstellen, dass 007 freiwillig in einem Borough wie Pendle dahinvegetierte und sich mit Hexenanbetern oder Wanderrouten beschäftigte.

»Schlimmer als das, aber das merken Sie, wenn Sie ihn treffen. Er ist definitiv nicht nur der Sohn einer netten Nachbarin, sondern hat auch einiges auf dem Kasten«, erwiderte er lachend. »Ich bin übrigens Oakley A. Miller.«

Er streckte ihr seine Hand entgegen, die sich ungemein angenehm und weich anfühlte. Seltsamerweise konnte sie keine Schwielen spüren, die sie bei einem Handwerker erwartet hätte. Seine Berührung jagte Thea einen Schauer über den Rücken. Sie schrieb es ihrer allgemeinen Aufregung zu, seltsam auf Oakley zu reagieren.

»A. Miller wie Arthur Miller, der Schriftsteller?«, fragte sie nach.

»Andrew, nach meinem Großvater.«

»Alethea Shaw, aber Sie dürfen Thea zu mir sagen.«

»Es ist mir eine Ehre, Thea. Wenn Sie wollen, helfe ich Ihnen bei ein paar Sachen. Das Handwerk wurde mir sozusagen in die Wiege gelegt. Ich könnte Ihnen das *YouTube*-Tutorial ersetzen und direkt auf alle Fragen eingehen.«

Thea fühlte sich geschmeichelt, lehnte aber dennoch ab. »Sie werden noch anderes zu tun haben. Ich will Sie ungern von der Arbeit abhalten.«

»Das tun Sie nicht. Außerdem ist das mein Hobby.«

»Also nehme ich Ihnen stattdessen die Freizeit. Das ist ja noch schlimmer. Ich schaffe das hier schon irgendwie. Mir bleibt alle Zeit der Welt. Vielleicht hole ich mir ab und zu einen Tipp von Ihnen, wenn's recht ist.«

»Aber natürlich, jederzeit. Ich wohne nicht weit von hier in der Camelot Avenue 5. Das schiefe rote Backsteinhaus gleich neben Mrs Downings Cottage.«

»Wer ist Mrs Downing?«

»Sie vermietet Zimmer für Touristen und diese Spinner, die meinen, Hexen über Pendle Hill gesehen zu haben. Sie sind ihr sicher schon einmal begegnet. Sie und ihre Freundin terrorisieren den ganzen Tag die Gemeinde.«

»Ist sie die Frau mit den roten Haaren?«

Für den Bruchteil einer Sekunde zögerte Oakley. Thea hatte es sofort bemerkt.

»Nein, das ist besagte Freundin. Sie ist die andere alte Dame, die auf einem Gehstock durch den Ort streift und Normalos wie Sie und mich für Nichtigkeiten zusammenstaucht.«

»Sie haben mich vorhin als Hexe beschimpft«, erzählte sie grinsend. »Ich kann mir schlechtere Bezeichnungen vorstellen.«

Der smarte Handwerker erwiderte ihr Lächeln. Beinahe wurden Theas Knie weich, aber sie riss sich zusammen.

»Das bedeutet in Pendle so viel wie: Sie sind aufgenommen. Ich kenne kaum jemanden, der nicht zu Beginn als das Böse verschrien wurde. Diese Familien leben seit vielen Jahren hier. Seit dem 17. Jahrhundert hat sich nicht viel verändert. Neuerungen machen ihnen Angst.«

»Und das nur, weil es hier mal Hexen gegeben haben soll? Man weiß heutzutage doch, dass das alles Humbug war und nur dazu diente, Familien und vor allem Frauen kleinzuhalten und auszurotten.«

Oakley kam langsam näher. Sie widerstand dem Drang, einen Schritt zurückzuweichen. Er sollte nicht merken, dass sie beeindruckt von ihm war. Sofort liebkoste sein Geruch Theas Sinne. Er war ihr inzwischen so nah, dass sie ein paar grüne Punkte in seinen Iriden erkennen konnte.

»Das ist wahr. Kennen Sie die Geschichten über die Hexen von Pendle Hill? Wenn nicht, würde ich Ihnen gern mehr davon erzählen. Bei einem Glas Wein heute Abend vielleicht?«

Vorsichtig schob sie ihn von sich und machte deutlich, dass sie keine Frau war, mit der man spielen konnte. »Von den Legenden habe ich schon mehrmals gehört und gelesen.«

»Auch die Geschichte von der Filmcrew, die das Grauen hautnah erlebte?«

»Aus dem 17. Jahrhundert? Ich bezweifle, dass sie damals schon Filme gedreht haben«, entgegnete sie amüsiert.

»Im Jahr 2004 wollte man am Pendle Hill die Fernsehserie ›Most Haunted‹ drehen.«

»Wie passend«, sagte Thea wenig beeindruckt.

Doch Oakley ließ sich nicht beirren und machte einfach weiter. »Es ging für die Filmcrew über mehrere Farmen im Umkreis, aber unheimliche Ereignisse suchten sie heim. Der Geist einer Gehängten soll in das Medium der Gruppe gefahren sein. Sie ist eine der angeblichen Pendle-Hexen von damals gewesen und hingerichtet worden. Ein Beleuchter bekam Atemprobleme und musste aus dem Farmhaus gebracht werden. Das Ganze wurde live übertragen und war ein Riesenhit.«

»Klingt eher danach, als hätten sie sich an der Skinwalker Ranch orientiert und ein großes Schauspiel veranstaltet. Alles schon gesehen und gehört.« Thea wollte nicht zugeben, dass sie längst angebissen hatte. Das klang ganz nach einer Story für ihren Blog. Diese Geschichte war nicht das, worüber jeder x-Beliebige schrieb. »Ich melde mich, wenn ich etwas brauche. Danke.«

Oakley machte daraufhin seine Pause und kümmerte sich im Anschluss, wie versprochen, um die restlichen Türen. Auch dafür erhielt Thea separate Schlüssel. Insgesamt waren es nun bloß noch zwei verschiedene für insgesamt fünf Türen. Das erleichterte Thea einiges. Sie hatte nur niemanden, dem sie einen davon überreichen konnte. Vielleicht würde der Pfarrer einen Schlüssel nehmen und nach dem Rechten sehen, wenn es Thea eines Tages ins Ausland verschlug. Doch auch das lag in weiter Ferne. An Urlaub war nicht zu denken, wenn sie nicht einmal eine Arbeit hatte. Ihr Konto war blank.

»Wollen Sie es nicht lieber verkaufen? Ich habe schon viele Leute erlebt, die sich ein Endlosprojekt ans Bein gebunden haben«, sagte er zum Abschied auf der löchrigen Veranda, von der ein paar Stufen hinabgingen.

»Jetzt ist es zu spät dafür.«

»Es gibt sicher viele Interessenten hier in Pendle. Das alte Chamberling-Anwesen ist in ganz Lancashire bekannt, müssen Sie wissen. Denken Sie einmal darüber nach, ehe Sie sich ins Unglück stürzen.«

Seine Warnung missfiel Thea und spornte sie stattdessen sogar an. Es kam ihr seltsam vor, dass sich ein Handwerker aus der Gegend derart für ihr Haus interessierte. Wollte Oakley womöglich selbst einziehen? Was hielt diesen gut aussehenden Mann überhaupt an einem Ort wie Pendle?

»Nichts und niemand wird mich je von hier wegbringen«, meinte sie eisern. »Zwar wäre mir das Andenken an meinen Vater egal, so wenig, wie ich von ihm hatte, aber wenn ich mir einmal etwas in den Kopf gesetzt habe, gebe ich nicht so schnell wieder auf.«

Sein Lächeln erstarrte kurz, dann wirkte er beeindruckt. »Das klingt nach einem Plan, Thea. Melden Sie sich, wenn Sie Hilfe brauchen. Auch eine selbstständige und eigensinnige Frau wie Sie braucht mal etwas Unterstützung von anderer Seite. Das ist kein Beinbruch.

Ich bewundere Sie für Ihren Mut, das hier in Angriff zu nehmen.« Er deutete mit besorgter Miene auf das riesige Herrenhaus, ehe er ihr zunickte und samt Koffer davonging.

Thea sah ihm eine Weile nach und erwischte sich dabei, wie sie Oakley heimlich von oben bis unten scannte. Erst danach bemerkte sie wieder die wackelnden Gardinen ihrer Nachbarn.

Haben diese Leute keine anderen Hobbys?

Seufzend drückte sie die Tür hinter sich zu, steckte den neuen Schlüssel ins Schloss und drehte ihn einmal problemlos.

***

»Hast du alles erledigt?«

»Ja, habe ich«, sagte Oakley zu seiner Tante. »Ich habe jetzt bloß das ungute Gefühl, dass es ein Fehler war. Wir machen uns strafbar damit. Das ist Betrug und Hausfriedensbruch in einem.«

»Papperlapapp! Du immer mit deinen Zweifeln! Kein Wunder, dass dein Vater dich nach Cynthias Tod hiergelassen hat, statt dich mit auf seine Weltreise zu nehmen. Seltsam, dass sie schon über zehn Jahre andauert und wir nie wieder etwas von ihm gehört haben, nicht wahr?«, giftete sie und kniff die Augen zusammen.

Lucretia riss ihm beinahe den Schlüssel aus den Händen und betrachtete ihn gierig. Ein wenig erinnerte ihn seine Tante in diesem Moment an Gollum aus ›Herr der Ringe‹. Dass ihre Worte verletzend für ihren Neffen waren, war ihr offenbar egal. Oakley schnaufte genervt.

Lucretia war klein und dürr, trug ihr Haar stets raspelkurz und in knalligen Farben und hatte ein faltiges, eingefallenes Gesicht. Als sie ihre gräulichen Zahnreihen zeigte, wusste Oakley, dass seine Arbeit getan war. Er hatte seine Aufgabe erfüllt. Vielleicht ließ sie nun endlich von ihm ab.

»Ich möchte ab sofort nichts mehr mit dieser Sache zu tun haben. Schlimm genug, dass ich Thea angelogen habe. Ihr brauchtet mich, weil ich mich auskenne. Meinen Teil habe ich somit erledigt. Ich finde es falsch, was ihr vorhabt.«

Sie wandte ihren leuchtend roten Kopf zu ihm. Wut verzerrte die sonst so wächsernen Gesichtszüge. »Nichts daran ist falsch, hast du das verstanden? Ich habe dir einen Erlass deiner Schulden versprochen, aber nie gesagt, wie viel ich dir genau erlasse. Deine Aufgaben sind noch lange nicht erfüllt. Außerdem geht es hier um uns, unsere Familie, unser Borough. Willst du Pendle und die Millers plötzlich im Stich lassen? Ist dir der Name deiner Familie auf einmal egal geworden?«

Er verdrehte die Augen, als sie nicht hinsah. Nur weil seine Tante zum Mutterersatz geworden war und seine einzige Familie darstellte, hatte er sich überhaupt zu diesem Unsinn hinreißen lassen.

»Natürlich nicht. Du weißt, wie sehr ich an Pendle hänge. Es ist meine zweite Heimat geworden, nachdem Dad mich zurückgelassen hat. Dennoch muss es einen anderen Weg geben, als eine junge Frau zu hintergehen, die niemandem von uns etwas getan hat. Wie wäre es denn, einfach mit ihr zu reden?«

»Also hat dir die kleine Shaw doch den Kopf verdreht. Jolene wusste gleich, dass mit ihr was nicht stimmt, als wir sie mit ihrem Koffer durch die Straßen haben ziehen sehen. Sie gehört nicht hierher und wird sich auch niemals anpassen. Es ist nicht schade um sie. Sieh dich lieber nach einer anderen um. Miss Shaw wird nicht lange bleiben, wenn wir erst einmal mit ihr fertig sind.«

Oakley schluckte, weil sich die Worte seiner Tante nach einer schlimmeren Straftat als Hausfriedensbruch anhörten. Gewalt traute er den beiden alten Damen jedoch nicht zu, so garstig, fremdenfeindlich und neidisch sie auch sein mochten.

»Macht bitte keine Dummheiten mehr. Ich will euch nicht schon wieder aus der Arrestzelle von Pendle holen müssen, weil ihr über die Stränge geschlagen habt. Das letzte Mal hat mir gereicht.«

An Lucretias leuchtenden Augen sah er, dass seine Worte, statt zu fruchten, nur noch mehr Tatendrang in ihr weckten.

»Solange dort der gute alte Ward Harrison arbeitet, ist das gar kein Problem für mich. Mit ihm werde ich allein fertig.«

***

Myrna streckte sich ausgiebig und stöhnte vor Schmerz. Nicht nur ihre Seite pochte höllisch, auch ihr Rücken fühlte sich nach dieser Nacht in einem unbequemen Einzelbett völlig verspannt an. Sie hatte das Gefühl, überhaupt nicht geschlafen zu haben und noch erschöpfter zu sein als direkt nach ihrer Ankunft aus London.

Missmutig betrachtete sie das schmale Bett mit der durchgelegenen, viel zu weichen Matratze. Myrna hatte den Eindruck, dass es in diesem Haus überhaupt keine Doppelbetten gab. Sicher wollte die grantige Mrs Downing nicht, dass sich Pärchen hier oben trafen. Sie traute ihr sogar zu, Männerbesuche für weibliche Gäste strikt zu untersagen. An ihr war eine Anstandsdame verloren gegangen.

Die Morgensonne beschien ihren Zimmerboden, der mit einem scheußlichen pinkfarbenen Teppich ausgelegt war. Was sich Jolene Downing dabei gedacht hatte, wussten die Götter. Die gesamte Einrichtung wirkte durchgewürfelt. Nichts passte zusammen und war wahrscheinlich auf irgendeinem Flohmarkt gekauft oder aus dem Abfall gerettet worden. Hier würde sie definitiv nicht lange bleiben!

Dann drang Myrna der bestialische Fischgeruch in die Nase. Ein weiterer Grund, schnellstmöglich das Weite zu suchen. Sie schlief lieber in ihrem winzigen Ford mitten auf der Straße als unter Mrs Downings Dach. Hank hatte nicht zu viel versprochen. Zu dumm, dass Myrna immer ihren eigenen Kopf durchsetzen musste und es wenigstens probierte. Sie wollte sich eine eigene Meinung bilden, selbst wenn jeder andere dagegensprach.

Ein Frühstück bekam sie nicht, weshalb sich Myrna ins einzige Café von Pendle aufmachte, um dort zu essen. Als sie eintrat, grüßte sie freundlich. Die wenigen Gäste an den Tischen verfolgten sie neugierig, aber niemand bekam die Zähne auseinander oder wenigstens ein Zucken des Mundwinkels zustande.

Eine ältere Dame mit knallroter Igelfrisur unterhielt sich gerade mit der Verkäuferin, einer korpulenten Frau mit rotblondem Dutt und rosigen Wangen. Das Schild an ihrem Revers wies sie als ›Mrs Healy‹ aus. Myrna stellte sich brav in die kleine Schlange und wartete geduldig darauf, dass der rote Igel seinen Redeschwall beendete oder ihre Bestellung aufgenommen wurde. Nichts dergleichen passierte. Stattdessen lauschte Myrna nun Geschichten über die unverschämte Jugend von heute und eine gewisse Alethea Shaw, die es gewagt hatte, in das Haus ihres verstorbenen Vaters zu ziehen. Was daran verwerflich war, war Myrna schleierhaft.

Als sie sich währenddessen umsah, erkannte sie den Schläger namens Nate wieder, der sich einen Kaffee ganz hinten in der Ecke gönnte. Sie winkte ihm provozierend, obwohl sie sich besser zurückhalten sollte. An seinem angespannten Kiefer und der geballten Faust sah sie, dass Myrna ihm trotz Alkohol am gestrigen Abend noch immer ein Begriff war.

Endlich verließ Mrs Igelkopf das Café, und Myrna gab ihre Bestellung auf. Ihr Magen knurrte bereits. Sie wollte sich ein ausgiebiges Frühstück aus Bohnen und Speck gönnen, dazu etwas Toast und einen wach machenden schwarzen Kaffee. Myrna liebte die englische Küche, aber mit Tee wurde sie einfach nicht warm.

»Sehr gern. Bitte nehmen Sie Platz, Inspector. Zum Nachtisch empfehle ich Ihnen ein Stück von meinem hausgemachten Courting Cake.«

Myrna stutzte und sah auf. Sie suchte die dunkelgrünen Augen ihres Gegenübers, ehe sie fragte: »Woher kennen Sie meinen Beruf und Dienstgrad?«

Mrs Healy schmunzelte. Ihr Gesicht wurde noch eine Spur rosiger. Sie war Myrna sofort sympathisch.

»In Pendle wird viel getratscht, aber Ihren Namen kennen wir trotzdem nicht. Es hieß bloß, dass der alte Ward endlich Unterstützung bekommt. Er ist nicht mehr auf der Höhe, seit er trinkt. Es wird ihm guttun, eine junge Kollegin aus der Stadt an seiner Seite zu haben.«

»Ward Harrison, der zuständige Police Sergeant?« Myrna erinnerte sich an das Schreiben ihres Vorgesetzten. »Ich bin erst nachher mit ihm verabredet. Ab heute Abend werde ich meinen Dienst antreten. Detective Inspector Myrna Evans. Sagen Sie am besten nur Evans zu mir, das ist mir lieber.«

Die beiden schüttelten sich die Hand über der Theke. Myrna bemerkte einen Luftzug, als sich Nate aus dem Staub machte. Seinen Kaffee hatte er nur halb ausgetrunken. Vielleicht war ihm die Tatsache, dass Myrna für die Polizei arbeitete, nun doch unangenehm. Einer wie er hatte sicher mehr auf dem Kerbholz als einfache Kneipenschlägereien.

»Ich bin Fiona Healy. Mir gehört dieses Café.« Sie deutete mit stolzgeschwellter Brust – und davon mangelte es ihr nicht – auf den hübschen hellen Innenraum, der mit viel Liebe eingerichtet und dekoriert worden war.

Myrna erkannte den irischen Charme darin. Hier fühlte sie sich sofort wohl.

»Mein Mann ist im Ausland tätig«, erzählte Mrs Healy, »und immer nur für ein paar Monate in Pendle. So lange halte ich den Laden und meine Familie am Laufen. Wir haben vier Söhne, drei davon sind längst aus dem Haus. Unser Jüngster, Callan, ist letzten Freitag fünfzehn Jahre alt geworden. Kann man das fassen? Kaum geboren und nun schon fast ein Erwachsener.« Sie war im Gespräch mit Igelkopf kaum zu Wort gekommen, erinnerte sich Myrna. Dabei plauderte sie offenbar gern aus dem Nähkästchen. »Haben Sie Kinder?«

»Leider nicht. Als ich so weit war, war mein Freund es nicht und andersherum. Die Beziehung ging auseinander, ehe wir uns einig wurden.« Myrna war nicht mehr traurig darüber, sondern erleichtert, weil sie ihren inneren Frieden gefunden hatte. »Jetzt möchte ich meine Karriere voranbringen und mich auf anderes konzentrieren.«

»Ich verstehe. Aber einen Karriereschub werden Sie in Pendle wohl nicht erleben«, meinte Fiona bedauernd. »Hier passiert so gut wie nichts. Deshalb hat Ward auch zu viel Zeit zum Trinken.«

»Tut er das auch im Dienst?«

»Wir wissen nie genau, wann er überhaupt im Dienst ist. Erst vor Kurzem habe ich ihn auf die gestohlenen Backwaren bei mir angesprochen, aber bis heute hat er sich nicht einmal die Mühe gemacht, mich oder andere dazu zu befragen. Er setzt keinen Fuß in mein Café.«

»Ich werde sehen, was ich tun kann«, sagte Myrna ehrlich. Ihr war es zuwider, mit einem betrunkenen Sergeant zusammenarbeiten zu müssen, der seinen Job nicht ernst nahm und lieber auf der faulen Haut lag. »Und wer ist diese Alethea Shaw?«, fragte Myrna weiter, während sich Fiona mit dem Rücken zu ihr um die Bestellung kümmerte.

»Das ist unsere neueste Mitbewohnerin. Erst heute hat sie bei mir eingekauft. Also, auf mich wirkte sie zurückhaltend und wortkarg, aber auch nett. Jolene und Lucretia lassen kein gutes Haar an ihr. Das tun sie allerdings bei niemandem. Miss Shaw hat das alte Herrenhaus oben in der Blackburn Road gleich hinter dem Friedhof geerbt. Lucretia regt sich gern über die Neuen hier in Pendle auf. Machen Sie sich nichts daraus. Sie ist bloß neidisch und tratscht viel. Manch einer weiß nicht, wo seine Grenzen liegen.«

Myrna bekam als Erstes eine dampfende Tasse Kaffee vorgesetzt. Als Fiona ihr Zucker und Milch anbot, lehnte sie dankend ab und suchte sich einen Tisch ganz für sich allein und mit Blick auf die leere Straße. Pendle hatte den Charme einer Westernstadt. Nun fehlten bloß noch die rollenden Büsche, die durch die verlassenen Straßen zogen.

Was hatte sich ihr Chef bloß dabei gedacht, sie hierher zu versetzen? Myrna war ein Detective Inspector, kein Constable. Sie würde dennoch ihr Bestes geben. Irgendwann würde man sie schon zurückholen und sie endlich zum Chief Inspector befördern, wie sie es verdiente. Myrna hatte jedoch das ungute Gefühl, dass sie abgeschoben wurde, um einer Frau im Polizeidienst nicht noch mehr Macht zu geben. In diesem Fall würde sie endlos auf Anerkennung hoffen.

Während sie so dasaß und träumte, ging die Tür auf, und ein furchtbar dünner, kreidebleicher Mann betrat das Café.

»Henry!«, rief Fiona aus und eilte um den Tresen herum, damit sie ihn fest in die Arme schließen konnte. »Ich habe ja ewig nichts mehr von dir gehört.«

»Hast du einen Darjeeling und etwas Gebäck für mich da?«, fragte er mit so leiser und brüchiger Stimme, dass sich Myrna am liebsten vorgebeugt hätte, um ihn zu verstehen.

»Brauchst du sonst noch etwas? Wie geht es dir, Henry? Kann ich dir irgendwie helfen?«

»Ich kämpfe mich so durch. Mit dieser Sache werde ich wohl nie ganz abschließen. Erst letzte Woche wurde mir noch einmal nahegelegt, Hope für ... also ...« Wieder brach seine Stimme.

Er schien ein Schluchzen zwanghaft zu unterdrücken und schluckte fest. Sein Blick huschte durch den Raum und blieb an Myrna hängen. Sofort riss er sich zusammen und konzentrierte sich auf die Verkäuferin. Dieser Mann hatte einmal stattlich und erhaben ausgesehen, mutmaßte sie. Ihr Auge war geschult nach den vielen Jahren bei der Polizei. Von diesem Menschen ging aber auch ein Gefühl von Trauer und Verlust aus.

Als Fiona ihr das Frühstück an den Tisch brachte, hielt Myrna sie sachte am Arm zurück. Sie wartete darauf, dass der Kunde den Laden verlassen hatte, bevor sie sprach. »Wer war das da gerade?«

»Henry Fernsby, die arme Seele.« Myrna wartete geduldig auf eine Erklärung. »Erst hat er seine Frau verloren, dann auch noch seine neunzehnjährige Tochter Hope. Eine schlimme Geschichte ist das. Jeder in Pendle kennt die Fernsbys und ihr Schicksal.« Fiona wurde mit jedem Wort leiser, die Stimmung im Raum bedrückender.

»Ist sie auch gestorben?«, fragte Myrna nach. Sie bemühte sich darum, mitfühlend statt neugierig zu klingen. »Das tut mir leid.«

Doch Fiona bedachte sie mit einem Blick, der sie innehalten ließ. Myrna wagte es nicht einmal, zu atmen, so gespannt war sie auf ihre Antwort, die erst nach einem Kopfschütteln folgte.

»Niemand weiß, ob sie tot ist oder nicht. Hope ist vor fünfzehn Jahren einfach verschwunden. Sie wäre heute Mitte dreißig.«

»Ist sie weggelaufen?«

»Davon geht die Polizei aus, aber ihr Vater will es bis heute nicht wahrhaben. Er macht sich noch immer Hoffnungen, dass seine verlorene Tochter eines Tages wieder auf der Türschwelle steht. Darüber hat er Susannah, seine Älteste, leider völlig vergessen. Sie bewohnt mit ihrem Mann Carlton die Familienfarm draußen in Bentham und kann dort wenigstens in Ruhe Hühner und Schweine züchten.«

»Und der Vater ist nicht mit rausgezogen, sondern hiergeblieben?«

»Er glaubt fest daran, dass Hope ihrem Namen alle Ehre macht und eines Tages klingelt. Unnötig, sage ich. Das Mädchen kommt garantiert nicht zurück. Falls sie noch lebt, führt sie woanders längst ein besseres Leben als hier in Pendle. Viele sagen, sie habe von Frankreich oder Italien geträumt. Henry hätte ihr niemals gestattet, auszuwandern. Er hätte sie wahrscheinlich unter einem Vorwand an das Familienerbe gekettet. Henry war früher mal ein ziemlich strenger Vater ohne Gnade, erst recht nach dem Krebstod seiner Frau Margareth.«

»Was hätten Sie an Hopes Stelle getan?«

Fiona stemmte die Hand in die Seite, während sie darüber nachdachte. »Mit neunzehn hatte ich selbst nur

Flausen im Kopf. Ich weiß es also nicht genau. Teenager sind unberechenbar. Das merke ich an meinem Jungen allzu oft. Aber wenn ich die finanziellen Mittel hätte und das Café nicht an mir hängen würde, wären wir wahrscheinlich auch längst auf und davon. Zumindest das kann ich sagen. Callan langweilt sich sowieso den lieben langen Tag. Die meisten leben bereits seit über zwanzig Jahren hier und sind zufrieden mit dem, was sie haben. Es heißt, das Hexenstädtchen lässt seine Einwohner nicht so einfach gehen. Von einem Fluch ist sogar die Rede. Angeblich sollen mehrere *Abtrünnige* einen grausamen Tod gestorben sein.«

Myrna schluckte, dann fiel sie in Fionas Lachen ein. »Ich dachte schon, Sie meinen das ernst.«

»Ich wiederhole nur, was man mir kurz nach unserem Einzug erzählt hat«, erwiderte die Verkäuferin schulterzuckend. »Hier laufen viele Verrückte herum. Aberglaube hat in Pendle noch immer einen hohen Stellenwert. Was in den Vereinigten Staaten die UFOs sind, sind bei uns die Hexen. Aber zurück zu Hope.« Sie wurde wieder ernst und steckte Myrna sofort damit an. Das Lachen verging ihnen beiden. »Sie wird nicht wiederkommen, wenn sie einmal gegangen ist. Meiner Meinung nach lebt sie auch gar nicht mehr.«

Myrna stützte sich auf den kleinen Tisch. »Was macht Sie da so sicher?« Die Ermittlerin in ihr übernahm ab sofort, und sie verstärkte das Gewicht ihrer Arme. »Es kommt nicht selten vor, dass sich die Jugendlichen von damals spät mit ihrer Familie versöhnen und heimkehren. Hatten die Fernsbys Probleme zu bewältigen? Gab es Streit mit Hope? Wegen eines Jungen vielleicht? Das ist der häufigste Grund für eine Flucht, erst recht vom Land.«

Fiona schüttelte abermals den Kopf, dieses Mal so heftig, dass sich eine rotblonde Strähne aus ihrem Dutt löste.

»Nicht Hope. Sie war trotz der Widerstände auch glücklich hier. Kein Wunder, denn alle Männer haben sie angehimmelt wie eine Königin.«

Myrna hörte einen leichten Groll, vielleicht auch Neid, in ihrer Stimme mitschwingen und wurde hellhörig.

»Ich möchte nicht schlecht über sie reden, falls sie tatsächlich nicht mehr unter uns weilt«, sagte Fiona. »Wissen tut es niemand. Laut Polizei ist sie weggelaufen.«

Sie wollte gehen, aber Myrna hielt sie ein weiteres Mal zurück. »Fehlten Dinge aus ihrem Schrank? Hatte sie einen Koffer gepackt oder Geld mitgenommen? Was ist mit einem Abschiedsbrief?«

Die füllige Cafébesitzerin schürzte ihre Lippen. »Das besprechen Sie am besten mit Sergeant Harrison, Ihrem neuen Kollegen. Er weiß wahrscheinlich am meisten von uns allen.« Ihr Gesicht verzog sich noch ein Stück mehr, als sie hinzufügte: »Wenn er nicht gerade trinkt.«

Myrna bedankte sich fürs Erste und ließ sich das Frühstück schmecken, das inzwischen nur noch lauwarm war. Dennoch mundete es ihr, war aber zweitrangig angesichts der spannenden Geschichte, die sie gerade gehört hatte.

Ihre Gedanken waren bei Hope Fernsby und ihrem armen, trauernden Vater Henry. Es war nicht das erste

Mal, dass sie so ein eingefallenes Gesicht vor sich gehabt hatte. Dieser Mann sah auch nach fünfzehn Jahren noch mitgenommen aus. Er hatte die Hoffnung zwar nicht aufgegeben, sich aber selbst irgendwann darin verloren. Myrna wollte sich nicht ausmalen, wie es ihr ergehen würde, wenn ihr Kind über Nacht verschwunden wäre und sie nicht wüsste, was mit ihm passiert war. Die Hoffnung war manchmal schmerzhafter als die Gewissheit, dass ein geliebter Mensch nicht wiederkam.

Myrna erwischte sich dabei, wie sie die ersten Ermittlungsergebnisse zusammenfasste und ein paar Stichpunkte auf einer Serviette notierte. Doch für einen ernsthaften Verdacht hatte sie viel zu wenige Fakten. Die lange Zeit würde es außerdem erschweren, brauchbare Aussagen und Spuren zu sammeln.

Sie hoffte, dass Sergeant Harrison vor fünfzehn Jahren penibler gearbeitet hatte, als er es heute zu tun schien.

Vielleicht würde dieses beschauliche Fleckchen Erde ja doch interessanter werden, als sie dachte.

***

Wie jedes Jahr im Frühling ging er zum Pendle Hill, bezwang die 1.827 Fuß des Hügels und setzte sich mit dem Rücken an die Triangulationsstation auf dem Gipfel. Dort ließ er seine Gedanken kreisen, bis es ihm zu viel wurde und die Gefühle ihn übermannten. Auch nach fünfzehn Jahren schmerzte sein Verlust noch immer so stark, als wäre es erst gestern gewesen. Und wie jedes Jahr weinte er bitterlich um Hope, die er an ebendieser Stelle verloren hatte.

Er fragte sich, wie sein Leben wohl verlaufen wäre, wenn sie in Pendle geblieben wäre. Seine Trauer verwandelte sich in Wut.

»Lügnerin!«, schrie er außer sich und warf seine Wasserflasche den Hügel hinab. Sie rollte aus seinem Sichtfeld. »Wie konntest du nur?« Er heulte auf und barg das Gesicht in den Händen.

Dann kauerte er sich bestmöglich zusammen und weinte weiter. Hier oben hörte und sah ihn zu dieser Jahreszeit sowieso niemand. Nicht einmal seine Frau wusste, wo er sich aufhielt. Und sie würde es nie erfahren, dass er nicht auf einer Messe in Glasgow war, sondern um seine große Liebe trauerte, die ihm einst das Herz gebrochen hatte. Ihm und so vielen anderen.

»Ich bring dich um, wenn du nicht auf der Stelle zu mir zurückkommst!«, schrie er. »Du Hexe!«

Nur langsam beruhigte er sich. Der kalte Wind hier oben auf dem Pendle Hill machte ihm zu schaffen. Es wurde Zeit, zurückzukehren und sein trostloses Leben zu fristen. Ihm schmerzten ohnehin die Beine in dieser unbequemen Position.

Er war gerade dabei, sich zu entwirren, als sich eine Hand, schmal und warm, auf seine Schulter legte. Die Berührung ließ ihn herumfahren. Hoffnungsvolle Tränen standen in seinen Augen, doch es war nicht Hope, die er erblickte.

»Genug«, hörte er sie sagen und schluckte einen Kloß hinunter. »Sie hat es nicht verdient, dass du um sie weinst. Niemand sollte das mehr tun. Was war, das war. Lass uns nach vorne blicken statt zurück. Hope kommt nicht wieder, also begrabe deine Träume endlich. Ein Zuhause wartet stattdessen auf dich.«

Er schloss sie in den Arm und versenkte das Gesicht in ihrem Haar. »Ich habe dich nicht verdient.«

Sie versteifte sich in seinem Griff und befreite sich daraus. »Das hast du nicht. Aber wer soll sich sonst um dich kümmern?«

Mit hängendem Kopf und einem letzten Blick vom Gipfel des Pendle Hill folgte er ihr.

4. Kapitel

Thea suchte in der großen episkopalen Kirche nach dem Pfarrer. Da gerade keine Messe stattfand, war sie so gut wie allein. Zwei Frauen saßen oder knieten in den vordersten Reihen der alten Bänke und beteten im Stillen.

Sie schritt gemächlich durch das Kirchenschiff und betrachtete die hohen Fenster über dem Altar, die bunte Motive zeigten. Auch das Innere des Gotteshauses wirkte hell und einladend, und der alte Steinboden wurde von Sonnenlicht beschienen, das durch das Fenster fiel. Das hätte Thea niemals gedacht. Dennoch reizte sie nichts am Glauben und einem regelmäßigen Besuch. Sie war aus anderen Gründen gekommen.

Thea erinnerte sich an ihre Mutter, die jeden Sonntag brav zur Messe gegangen war, und schüttelte den Gedanken schnell wieder ab. Es schmerzte zu sehr, an sie und vor allem an Nathan Shaw zu denken, der sich im Norden ein schönes Leben in einem teuren Herrenhaus gemacht hatte, während sie jeden Penny zweimal umdrehen mussten und nicht gewusst hatten, ob und wie sie die Miete in London bezahlen sollten.

»Alethea! Wie schön, dass Sie uns mit Ihrer Anwesenheit beehren! Der Herr freut sich sicher genauso sehr wie ich, Sie hier zu sehen!«, rief Reverend Peter Hughing in einer Lautstärke, mit der er niemanden in seinem Gebet störte. »Wie kann ich Ihnen helfen? Ich nehme an, Sie sind nicht hier, um die Beichte abzulegen.«

An seinem offenherzigen Lächeln erkannte sie, dass er sich tatsächlich freute, aber auch interessiert an dem war, was sie zu sagen hatte. Seine Soutane war, wie bei ihrer ersten Begegnung, geputzt, und seine blauen Augen musterten sie interessiert.

»Ich habe eine Frage, die Ihnen sicher seltsam vorkommt.« Die Worte kamen Thea nur langsam über die Lippen. So vorsichtig kannte sie sich sonst nicht. Meistens fiel sie mit der Tür ins Haus. Die große Kirche, der Hall ihrer Schritte und Stimmen sowie der Geruch der weihrauchgeschwängerten Luft schüchterten sie ein. Seit Jahren hatte sie keine Kirche mehr betreten.

»Nur zu, ich beiße nicht«, sprach Reverend Hughing ermunternd und breitete väterlich seine Arme aus, als wollte er Thea an sich drücken.

Sie sah ihn direkt an, als sie sich schließlich überwunden hatte. »Sie sagten, mein Vater habe als Totengräber gearbeitet. Und nun ist er selbst unter der Erde. Wer vertritt ihn?«

»Das versuche ich eigenhändig, so gut es mir möglich ist. Aber mein Rücken erlaubt es mir nicht mehr, schwere Maschinen zu bedienen oder auf allen vieren in den Beeten herumzukriechen.« Er setzte eine wehleidige Miene auf. Dabei vertieften sich die vielen Falten auf seiner Stirn. Wie Krater gruben sie sich in seine Haut, während seine Augen die Frische eines klaren Bergsees ausstrahlten.

»Und niemand sonst hilft Ihnen dabei?«

»Es leben nicht mehr so viele junge Menschen in Pendle. Und die wenigen, die es hier noch gibt, gehen lieber ihren eigenen Interessen nach.«

»Aber der Tod geht uns alle an. Erst recht, wenn die Gemeinde als Ganzes dafür zahlt. Wieso übernimmt niemand Verantwortung?«

Hughing seufzte tief. »Ihnen ist es wahrscheinlich zu mühselig. Außerdem ist es eine einsame Arbeit. Man hat keine Kollegen und wird eins mit der Stille.«

Nun begannen Theas Augen zu leuchten. »Ich nehme den Job!«

Endlich hatte sie es geschafft, den Pfarrer zu überraschen, dem beinahe die Kinnlade herabfiel. »Wie bitte? Habe ich mich gerade verhört?«

»Ich brauche Geld, weil ich die Renovierung des Chamberling-Anwesens nicht finanzieren, geschweige denn mir etwas zu essen kaufen kann. Ich habe keine Arbeit, kann also jederzeit anfangen, und Sie brauchen im Gegenzug einen neuen Totengräber. Wenn mein Vater als ehemaliger Börsenmakler das konnte, kann es nicht so schwierig sein.«

Hughing starrte sie entgeistert an. Fast dachte Thea, er wäre spontan versteinert, doch im nächsten Augenblick konnte es den alten Mann nicht mehr halten. Er lachte laut auf. Dieses Mal drehten sich die Köpfe der beiden Frauen zu ihnen. Sie schenkten Thea einen bösen Blick, als wäre sie schuld daran, dass sich der Reverend nicht mehr im Griff hatte. Er lachte schallend, als hätte sie einen Witz gerissen. Zuletzt hielt er sich sogar den Bauch, was sie nur noch mehr verblüffte.

»*Sie* als mein Totengräber?« Er klang bemüht, seine Worte ohne weiteren Lacher auszusprechen.

»Meinen Sie, dass eine Frau wie ich das nicht schafft? Ich weiß ja, dass es hier auf dem Land eher traditionell zugeht, aber ...«

»Sie verstehen nicht, Alethea.« Er wischte sich eine Träne aus dem Augenwinkel und machte eine kleine Pause. Dann beugte er sich vor. Seine Stimme verwandelte sich nun wieder in ein Raunen. »Ich traue es Ihnen sogar am meisten von allen hier in Pendle zu. Der Herrgott hat Sie mir geschickt! Auch wenn mein guter Freund Nathan leider gehen musste, so hat er doch dafür gesorgt, dass seine Stelle nicht unbesetzt bleibt. So viel Glück hätte ich nicht erwartet.«

Thea presste die Lippen fest aufeinander. Sie wollte nicht, dass es danach aussah, als wollte sie unbedingt in die Fußstapfen ihres Vaters treten. »Wann kann ich anfangen?«

»Haben Sie schon einmal als Totengräberin gearbeitet?«

»Ich kann Beete bepflanzen und wässern.«

Wieder schmunzelte er amüsiert. »Und einen Bagger können Sie auch bedienen?«

»Einen ... Bagger?«, antwortete sie perplex. Thea blieb für einen Moment die Spucke weg. Alles in ihr sträubte sich vor einer großen, bedrohlichen Maschine. Zeitgleich wurde sie neugierig.

Das Lächeln verblieb auf Hughings dünnen Lippen. »Ich sehe, wir haben noch einiges zu tun, ehe Sie Ihre Stelle antreten. Willkommen an Bord, Alethea Shaw.«

***

Myrna richtete den Kragen ihres schwarzen Mantels. Heute Nacht sollte es einen heftigen Sturm geben. Hier im Norden fiel dieser sicher stärker aus als in London. Sie würde sich bis dahin eine neue Unterkunft suchen müssen, wenn sie nicht noch einmal bei Mrs Downing und ihren fünf Katzen unterkommen und auf dieser butterweichen Matratze schlafen wollte. Letzte Nacht hatte sie sich sogar eingebildet, die Stimme von Möchtegern-Elvis Brian vor ihrem Zimmer zu hören. Kein gutes Zeichen.

Immer wieder musste sie an den armen Henry Fernsby denken. Sie machte sich daher schnellstmöglich zu ihrer neuen Arbeitsstelle auf, die aus nichts weiter als einem winzigen Revier in Form eines heruntergekommenen Bürogebäudes bestand.

Myrna betrat die Station mit gemischten Gefühlen, schüttelte ihre Zweifel aber noch vor der Tür ab. Jeder hatte eine Chance verdient. Sie setzte ein warmes Lächeln auf und straffte die Schultern.

»Hallo?«, rief sie in den Raum, da niemand am Empfang stand oder auf den Bürostühlen saß. »Ist hier jemand?«

Erst nach einer Weile hörte sie es im Nebenzimmer rumoren. Ein lautes Poltern erscholl, dann ein derber Fluch in einem seltsamen Dialekt, der sich für Myrnas Ohren nach Gälisch anhörte.

»Au, verfluchter Mist!«, schimpfte jemand mit rauer Stimme. Ein untersetzter Mann mit grauem Vollbart und Wuschelfrisur wedelte mit seiner offenbar verbrühten Hand durch die Luft, als er aus der Tür trat. »Was gibt's denn?«, blaffte er Myrna an.

Was für eine nette Begrüßung, dachte sie und blieb gelassen. »Wir sind uns noch nicht vorgestellt worden. Detective Inspector Myrna Evans. Angenehm.«

Ob diese Begegnung angenehm werden würde, würde sich in den nächsten Sekunden zeigen. Er ergriff ihre ausgestreckte Hand nur widerwillig und drückte dann so fest zu, als wollte er Myrna zerquetschen. »Police Sergeant Ward Harrison«, nuschelte er.

Wenn Myrna nicht bereits gewusst hätte, wie er hieß, hätte sie nun nachfragen müssen.

»Wir werden dann wohl ab heute miteinander auskommen müssen. Ich möchte bitte Akteneinsicht in alle aktuellen Fälle in Lancashire haben.«

»Wieso für ganz Lancashire?«

»Weil Sie und ich offiziell dafür zuständig sind.«

»Aber die anderen Gemeinden haben ihre eigenen Polizeistationen und Sergeants vor Ort.« Er musterte sie von oben bis unten.

Myrna vermutete, dass jedes Gespräch mit diesem Mann in einer Diskussion endete. Sie verhielt sich dennoch ruhig und entspannt. »So ist es vorgeschrieben. Mehr weiß ich über diese Grafschaft ohnehin noch nicht. Aber ich kann gern die Vorgesetzten aus London fragen. Sicher wissen sie mehr.«

Sie zückte ihr Smartphone und hielt es sich ans Ohr, ohne eine Nummer gewählt zu haben. Die Finte brachte ihr den gewünschten Erfolg.

»Ist ja gut!« Ward warf die Hände ergeben in die Luft. »Ich rufe gleich morgen dort an und sage Bescheid. Wollen Sie ein Meeting mit allen abhalten oder so etwas? Sich offiziell vorstellen?«

»Nicht nötig. Fürs Erste reicht mir Akteneinsicht, um Lancashire ein wenig besser kennenzulernen.«

»Im Archiv finden Sie alles, was Sie brauchen.«

»Danke.« Sie erinnerte sich wieder an Hope Fernsby. »Was ist mit den älteren Fallakten aus den vergangenen, sagen wir, zwanzig Jahren?«

»Alles im Archiv.«

Seine knappen und wenig hilfreichen Antworten brachten sie nun doch an den Rand des Möglichen. Ihr Geduldsfaden war zum Zerreißen gespannt.

Myrna wartete kurz, ehe sie leicht genervt nachfragte: »Und wo befindet sich dieses besagte Archiv?«

Ward deutete, ohne aufzusehen, auf eine schmale Tür zu ihrer Rechten. Als Myrna einen Blick dahinter warf, traf sie beinahe der Schlag.

Überall standen Regale mit zusammengeworfenen Aktenbergen. Manche bildeten bereits den Bodenbelag und versauerten im Dreck. Sie konnte kaum atmen, so stickig war es. Das hier verstieß sicher gegen die Brandschutzverordnung, aber zu genau wollte sie an ihrem ersten Tag nicht sein. Hier musste jemand unbedingt frischen Wind hineinbringen – wortwörtlich.

»Ähm ... das ist also Ihr Aktenarchiv?« Sie schluckte und unterdrückte mit einem Räuspern den Hustenreiz, der sich in ihrer Kehle ankündigte.

»Gibt es damit ein Problem, Inspector?«

»Von der Tatsache einmal abgesehen, dass es staubig ist und ich vor lauter Papier keinen Fuß hineinsetzen kann, würde ich mich hier niemals zurechtfinden. Haben Sie denn keine Beschriftungen für die einzelnen Ordner und Kartons? Wenigstens Jahreszahlen? Ist es alphabetisch oder chronologisch sortiert?«

Nun erhielt sie endlich die gewünschte Aufmerksamkeit des Sergeants. Er erhob sich schwerfällig und kam auf sie zu. Dann schob Ward sie allerdings grob zur

Seite und griff nach der Klinke. Er knallte ihr die Tür vor der Nase zu, als hätte Myrna in seinen persönlichen Sachen geschnüffelt.

»Wenn Sie ein Problem mit unserem Aktensystem haben, dann können Sie gut und gern zurück nach London gehen. Wir brauchen Sie hier ohnehin nicht, Werteste«, zischte er. »Niemand hat um Hilfe gebeten.«

Myrna hatte ihn offenbar gekränkt. *Oookaaay*, dachte sie halb ernst, halb amüsiert.

»Tut mir leid, ich wollte nichts durcheinanderwirbeln.« Vermutlich war es klüger, diesem eigensinnigen Sheriff zunächst einmal entgegenzukommen. »Meine Vorgesetzten wünschen sich, dass wir beide zusammenarbeiten. Wenn es nach mir ginge, wäre ich gar nicht erst hier. Meinen Sie nicht, ich könnte Sie so lange entlasten?«

Ich weiß zwar nicht, wobei, aber ich werde schon etwas finden, fügte sie lautlos hinzu.

Ward musste die gute Absicht dahinter erkannt haben, denn nun lächelte er zum ersten Mal. In seinen Augen blitzte allerdings etwas auf, das Myrna nicht gefiel.

»Sie können mir helfen, indem Sie Kaffee kochen. Schön stark, wenn's geht. Und wir mahlen ihn selbst.« Er wedelte provokant mit der leeren Kanne.

Sie hatte sein Lächeln also falsch gedeutet. Und das, obwohl sie im Entschlüsseln von Mimik immer die Beste gewesen war.

»Die Küche ist gleich neben dem Archiv. Sicher nicht so groß wie in der Hauptstadt, aber dafür mit 70er-Jahre-Flair«, sagte er und drückte Myrna die Kaffeekanne in die Hand.

Sie unterband ihr Seufzen. Myrna war gerade erst den hämischen, sexistischen Kollegen daheim entkommen, aber auf dem Land schien es sogar noch schlimmer abzulaufen als in Islington.

Ich werde ihn noch nicht darauf hinweisen, dass ich in der Rangfolge über einem Sergeant stehe und ihm Befehle erteilen darf. Myrna atmete tief durch, als sie allein war.

Er hatte nicht zu viel versprochen. Die alte braune Küchenzeile, an der teilweise Griffe und Türen fehlten oder die Farbe abgeplatzt war, wurde nur noch von der schrecklich-scheußlichen Tapete im grünen Blumenmuster überboten.

Sie gab Ward Harrison einen Tag lang Zeit, sich an die neue Kollegin zu gewöhnen. Danach würde sie andere Saiten aufziehen und diesen Laden auf Vordermann bringen, selbst wenn man sie dafür als Monster verschrie.

***

Als Thea nach Hause kam, stach ihr als Erstes ein beißender Geruch in die Nase. Sie fand ein Chaos in ihrem ohnehin wilden Vorgarten vor. Entsetzt sah sie sich auf ihrem neuen Grundstück um. Irgendjemand hatte den gesamten Rasen und ihre Sträucher, an denen die ersten Knospen hingen, mit faulen Eiern und alten Tomaten beworfen sowie bestialisch stinkenden Hundekot auf den Stufen der Veranda verteilt.

Die angekündigte Gewitterfront konnte das noch nicht gewesen sein. Wie sollte ein Sturm auch faule Eier überall verteilen?

»Das ist wirklich eine Schande«, sagte jemand hinter ihr. Die Stimme kam Thea bekannt vor. Als sie sich umdrehte, hüpfte ihr Herz ungesund. Oakley hatte sich das dunkle Haar wie gewohnt zu einem Zopf gebunden, doch heute trug er ein bedrucktes Shirt, Lederjacke und Bluejeans dazu. Er war also nicht im Dienst. Ob dieser Mann wusste, wie verboten gut er aussah? »Ich helfe Ihnen natürlich, das zu beseitigen. Keine Widerrede! Ich schäme mich für meine Nachbarn.«

Ehe sie sich's versah, hatte er das Tor geöffnet und stand nun neben ihr. Oakleys Duft linderte den Würgereiz.

»Ich wusste, dass ich hier nicht erwünscht bin, aber *das* hätte ich nun wirklich nicht erwartet. Wie können diese Leute es wagen?!« Sie ballte die Fäuste vor Ekel und Entsetzen. Ihre Stimme wurde mit jedem Satz lauter. »Wieso werde ich nicht einfach in Ruhe gelassen?«, rief sie wutentbrannt. Der arme Oakley bekam all ihren angestaunten Zorn ab, doch das kümmerte den entspannten Mann kaum. »Ihr wollt mich wohl schnell wieder loswerden.«

»Also, ich will Sie auf gar keinen Fall loswerden, Thea. Lassen Sie sich bitte nicht von solchen Idioten einschüchtern. Sie sind nicht die Erste und auch nicht die Letzte, die die Unzufriedenheit einiger Einwohner zu spüren bekommt. Das geht vorüber.«

»Wenn mich das beruhigen sollte, hat es leider nicht geklappt. Ich hole dann mal Eimer und Lappen für die Sauerei auf der Veranda.« Thea lachte verbittert. »Es riecht, als hätte ich mir in die Hosen gemacht und das Ganze dann eine Woche in die Sonne gelegt.«

Oakley erwiderte das Lachen weniger niedergeschlagen, obgleich die Situation mehr als skurril war, wie sie hier zwischen Kot, Unrat und Essensresten standen.

»Sie sind ja richtig witzig. Haben Sie über mein Angebot mit dem Glas Wein nachgedacht?«

»Hören Sie, Oakley«, sagte Thea vorsichtig. »Sie sind ein toller Mensch, aber ich mag es nicht, wenn man zu sehr in meine Privatsphäre eindringt. Das liegt nicht an Ihnen, sondern an mir selbst. Ich bevorzuge es, allein zu sein, und bin eher nicht der Typ, der sich am Nachbarschaftstratsch beteiligt oder am Fenster hängt, um zu überprüfen, wie weit Mrs X ihre Hecke geschnitten hat oder ob Mr Y seine Frau schlägt. Da halte ich mich für gewöhnlich raus.«

Ein seltsames Funkeln erschien in seinen Augen. »Aber für echte Verbrechensbekämpfung interessieren Sie sich, wie ich weiß.«

»Woher ...«

»Sie schreiben doch diesen Blog, den Sie erwähnt haben. Ich habe die Zeit genutzt und ein wenig recherchiert. Thea Shaw ist eine Internetsensation ohne Gesicht. Nun ... *ich* habe wenigstens ein Bild im Kopf, wenn ich mir Ihre Beiträge durchlese. Sie haben sicher ewig für den Namen gebraucht ... ›Theas Krimiblog‹.« Er grinste spitzbübisch. »Aber Scherz beiseite: Sie haben ein Händchen für alte Fälle. Wie sieht es denn mit aktuellen aus? Nie den Wunsch verspürt, ein echter Detective zu werden?«

Thea lächelte verhalten. »Das sind alles Fälle, die auch von mir nie geklärt wurden. Es ist mehr eine Diskussionsrunde als eine Polizeibehörde. Nein, danke.«

Dennoch zeigte er sich beeindruckt. Ob er nur so tat, um sie auf seine Seite zu ziehen, wusste sie nicht.

»Was würden Sie wohl mit den Möglichkeiten eines Inspectors anstellen, wenn Sie könnten? Ich glaube, an Ihnen ist eine starke Ermittlerin verloren gegangen, Thea.«

»Danke, aber ich sitze lieber einsam vor meinem Laptop. Mir ist nicht nach echter Spurensuche und Zeugenbefragung«, wehrte sie schnell ab.

»Ich verstehe. Sie sind schüchtern, was?« Als Thea ihm einen bösen Blick schenkte, wich er zurück und hob die Hände beschwichtigend. »Entschuldigung. Ich wollte nicht zu weit gehen. Im Grunde genommen kenne ich Sie ja gar nicht.«

»Richtig. Zu mir hätte niemand Vertrauen. Außerdem bin ich viel zu ungeduldig für richtige Polizeiarbeit. Ich meide die Menschen lieber, und normalerweise meiden die Menschen auch mich.«

»Ich kann mir gar nicht vorstellen, weshalb.« Das klang eindeutig ironisch, doch selbst dann konnte sie ihm nicht böse sein. Thea genoss Oakleys Nähe sogar, musste sie sich eingestehen. Immerhin redete er entspannt mit ihr, im Gegensatz zu den beiden Hexen, die sich jedes Mal bekreuzigten, wenn sie Thea über den Weg liefen. »Aber wie Sie vielleicht gemerkt haben, bin ich nicht normal«, fuhr er fort. »Sie wissen, wo Sie mich finden, wenn Sie etwas brauchen. Rufen Sie einfach nach mir, dann komme ich rüber. Ich möchte das hier nicht so stehen lassen. Das ist auch meine Nachbarschaft. Ich fühle mich verantwortlich.«

»So etwas meine ich, wenn ich sage, dass ich lieber allein sein möchte. Sie erdrücken mich, obwohl Sie nicht einmal in meiner Nähe sind. Ich habe sofort ein schlechtes Gewissen, wenn ich Sie nicht anrufe oder vorbeikomme. Das grenzt schon an emotionale Erpressung.« Leicht genervt schob sie ihn Richtung Gartentor.

»Gewusst, wie«, antwortete er zwinkernd.

Thea rollte mit den Augen und machte sich an die Arbeit. Sie würde sich weder von einem hilfsbereiten Verführer beeindrucken lassen noch aus Pendle verschwinden. Sie hatte momentan andere Sorgen als verschrobene Nachbarn und hübsche Männer. Zum Beispiel musste sie die Fenster und Türen abdichten und das Dach kontrollieren, ehe ihr die Schindeln im nächtlichen Sturm abhandenkamen oder sich der Speicher mit Wasser füllte.

Zudem wollte Thea schnellstmöglich lernen, was es hieß, ein echter Totengräber zu sein. Denn ohne Job gab es kein Geld für die Renovierung. Und ohne Renovierung würde sie nicht lange im Chamberling-Haus leben können, sondern Pendle bald darauf den Rücken kehren.

***

Myrna saß noch bis spät in die Nacht in der kleinen Station, während Ward Harrison längst nach Hause gegangen war. Eine einzelne Lampe half ihr bei ihrer Suche in den Aktenbergen, die sie rings um den Schreibtisch verteilt hatte. Sie probierte, Ordnung in das Chaos zu bringen.

Myrna suchte nach Hinweisen auf Hope Fernsbys Verbleib oder etwaigen Ermittlungsverfahren, aber noch immer tauchte der Name der Neunzehnjährigen nicht einmal auf.

Die meisten Akten behandelten Lappalien wie Autodiebstahl oder kleine Trickbetrügereien, Nachbarschaftsstreit oder Vandalismus. In den seltensten Fällen ging es um Mord oder Entführung.

Dann endlich stieß sie auf die Akte aus dem Jahr 2008, die sie gesucht hatte. Sie war erstaunlich dünn dafür, dass das Mädchen seit fünfzehn Jahren vermisst wurde. Enttäuscht las Myrna die wenigen Zeilen. Wie sie vermutet hatte, waren die Ermittlungen viel zu schnell eingestellt worden. Nach Hope wurde kaum gesucht.

Die Polizei war zu dem Schluss gekommen, dass sie Pendle freiwillig verlassen hatte. Da Hope bereits volljährig gewesen war, hatte sie selbst entscheiden können. Zeugenaussagen eines gewissen Geschwisterpaares McAllister zufolge war Hope am frühen Morgen lebend an der Bushaltestelle gesehen worden. Offenbar war sie in einen Bus Richtung Burnley gestiegen.

Noch immer las Myrna nichts von einem Abschiedsbrief oder fehlenden Koffern. War sie ohne Gepäck gereist? Was war mit ihren Ausweisen? Hatte sie wenigstens Geld mitgenommen und eine Fahrkarte im Netz gekauft? Nichts davon beantwortete ihr die mangelhafte Polizeiarbeit ihres Kollegen.

Hope ist einfach aufgegeben worden, dachte Myrna schockiert.

Sie entschloss sich, der Sache nachzugehen, wenn sie schon einmal in Pendle festsaß. Myrna fühlte sich verantwortlich, da sie nun Teil der Gemeinde war und somit auch Henry Fernsby auf ihre Mithilfe zählte. Dieser Mann hatte es verdient, Antworten zu bekommen.

Andere Zeugenaussagen bezogen sich auf Hopes Verhältnis zu ihren Nachbarn, das durchweg angespannt gewesen war. Sie schien Streit mit beinahe jedem in Pendle gehabt zu haben. Myrna fand das nicht verwunderlich. Immerhin war Hope ein Teenager, als sie verschwand.

Eine brennende Frage bohrte sich in ihr Gehirn und ließ sie nicht mehr los: War Hope wirklich freiwillig gegangen oder in derselben Nacht vor fünfzehn Jahren gestorben? Fiona Healy hatte ihre Meinung dazu bereits geäußert und Zweifel gestreut.

Myrnas Sinn für Gerechtigkeit meldete sich. Es wurde höchste Zeit, die Befragten von damals noch einmal aufzusuchen und den Fall von hinten aufzurollen. Energisch warf sie den Deckel der Akte zu und räumte die anderen zurück an ihren Platz in der kleinen Kammer.

Sie erschrak zutiefst, als ein greller Blitz den schwarzen Himmel erhellte und der tosende Donner nicht lange auf sich warten ließ. Besser, sie blieb erst einmal hier und verließ das Haus heute Nacht nicht mehr.

***

Der Wind drückte die Fenster mehrmals auf. Thea stemmte sich mit aller Kraft dagegen, aber in dieser Nacht würde sie wohl kein Auge mehr zutun. Der strömende Regen drang ins Haus, und gelegentlich erhellte ein Blitz das Zimmer und warf gespenstische Schatten an die Wände. Die abgedichteten Fenster taten ihre Arbeit, doch der Rest bereitete ihr Sorgen.

Das Donnergrollen war so laut, dass das Haus wackelte. Wände und Bilderrahmen erzitterten bei jedem Schlag. Ihr Haar war nass, weil ständig irgendwo ein Fenster aufflog und der peitschende Sturm sie wie eine Ohrfeige erwischte. Und das, obwohl sie die Dielen statt für den Boden dann doch dafür genutzt hatte, die Fenster zu verbarrikadieren.

Sie wollte gleich am nächsten Tag den Reverend aufsuchen und ihm dabei helfen, die Sturmschäden zu beseitigen. Vielleicht würde sie sich auf diese Weise einen kleinen Vorschuss herausschlagen. Mit Peter Hughing konnte man sicher über alles reden. Er verstand die Situation, in die Nathan Shaw sie gebracht hatte.

Thea hatte nicht nachgesehen, ob das alte Haus über einen Blitzableiter verfügte. Falls nicht, würde ihr Erbe womöglich komplett niederbrennen. Sie schickte ein Gebet gen Himmel, auch wenn sie nicht gläubig war, und dankte Gott, dass er das Gewitter vorüberziehen ließ, ohne größere Schäden anzurichten.

Das Unwetter dauerte mehrere Stunden und zog direkt über Pendle hinweg. Dann war das Schlimmste überstanden. Der Wind rüttelte nicht mehr ganz so heftig an den Fensterläden, und auch der Regen ließ endlich nach.

Völlig erschöpft fiel Thea in das frisch bezogene Bett im ehemaligen Schlafzimmer ihres Vaters. Lange dauerte die angenehme Stille nicht an, denn eine Nachtigall sang direkt vor dem Fenster im ersten Stock. Thea presste sich das Kissen auf beide Ohren, doch nichts half gegen die Inbrunst des Singvogels.

Genervt warf sie ihre Beine über die Bettkante und zog sich an. Es hieß, ein Spaziergang an der frischen Luft würde erst wach und danach furchtbar müde machen. Diesen Trick würde sie heute ausprobieren.

Thea testete zunächst, ob sie ohne Regenschirm nach draußen gehen konnte, aber die Wetterlage hatte sich glücklicherweise beruhigt. Nicht, dass sie überhaupt einen Schirm gehabt hätte ...

Durch den wolkenverhangenen Himmel konnte sie kaum sehen, wohin sie trat. Das schwache Licht der Straßenlaternen half ihr auch nicht weiter.

Thea ließ ihr Bauchgefühl entscheiden, in welche Richtung es sie in dieser feuchten Nacht zog. Angst hatte sie keine. Bei so einem miesen Wetter traute sich sowieso bloß ein einziger Mensch auf die Straße, und der war sie selbst.

Schwungvoll wich sie den Wasserpfützen aus und genoss die Zeit allein an der kalten Luft, die sie gierig einsog. Es roch herrlich nach dem vergangenen Regenschauer und nach frischem Wald. Tatsächlich hatte sie sich zum Pendle Hill aufgemacht, dem sie bislang noch keinen Besuch abgestattet hatte. Auf seiner Spitze war ein kleines Licht zu sehen, doch ein Aufstieg würde sich in der Dunkelheit nicht lohnen. Schließlich würde sie die Aussicht nicht genießen können.

Eine Weile stand sie nur da und lauschte in die Stille, wie sie es mit dem Pfarrer getan hatte. Es tropfte und knackte überall im Dickicht. Die Geräuschkulisse beruhigte Thea, die den Stress ihres kleinen häuslichen Abenteuers endlich ablegte. Sie glaubte, nun bereit für ein Nickerchen zu sein.

Gerade wollte sie sich auf den Rückweg machen, als eine Schlammlawine die Straße versperrte, auf der sie gekommen war. Der Sturm hatte anscheinend allerhand Erde gelockert, und die Wassermassen verteilten sie nun mitten auf dem einzigen Weg zurück.

»Mist! Auch das noch!«, rief sie und suchte sich einen halbwegs griffigen Pfad neben der Straße.

Sie nahm das Smartphone zur Hand, um sich den Weg zu leuchten, rutschte jedoch auf einer Wurzel aus und fiel bäuchlings in den Schlamm. Ihr blieb für einen Moment die Luft weg. Thea hustete, während sie sich aufrappelte.

Nun beleuchtete sie das Malheur auf ihrer Kleidung. Sie spürte den Schmutz in ihrem Gesicht kleben, und zwischen ihren Zähnen knirschte es verräterisch.

So eine Sauerei!, dachte sie entrüstet.

Thea suchte den Übeltäter. Wütend riss sie an der Wurzel, obwohl sie wusste, dass das Unsinn war. Doch statt fest verankert im Boden zu hängen, fiel sie Thea förmlich entgegen. Beinahe wäre sie nun auch noch auf ihrem Allerwertesten gelandet.

Das Telefon hielt sie fest in der einen, die Wurzel in der anderen Hand, sodass der Lichtkegel auf das längliche Stück Baum fiel – wenn es sich dabei um eine Wurzel gehandelt hätte! Entsetzt weitete sie ihre Augen.

Fassungslos schüttelte sie den Kopf, ehe sie begriff. Dann schmiss sie das Teil von sich, als hätte sie einen Stromschlag bekommen. Ihr Herz schlug wie wild. *Nein, das kann nicht sein! Das bildest du dir ein!*

Um sich zu vergewissern, dass sie nicht halluzinierte, suchte sie auch den Rest des Bodens ab. Mehrere ähnliche Gebilde ragten aus der matschigen Erde oder verteilten sich über die schlammige Straße.

Als Thea den Schädel des Skeletts fand, war sie sich endgültig sicher: Sie hatte soeben eine Leiche entdeckt.

5. Kapitel

Myrna betrachtete den Fundort des Skeletts eine Weile in Ruhe, ehe sie Sergeant Harrison und der Spurensicherung erlaubte, mit der Arbeit zu beginnen. Sie hatten gewartet, bis der Morgen graute, und in dieser Zeit alles mit Planen gegen den frischen Regen abgedeckt. Ihr Kollege wäre am liebsten direkt hinter das Absperrband gestürmt, aber sie hatte ihn zurückgehalten und verdeutlicht, wer hier das Sagen hatte. Auch wenn es einem Mann wie Ward Harrison nicht gefiel, aber sie war von nun an seine Chefin, und er musste sich fügen, wenn er keine Probleme bekommen wollte. Im Tageslicht fanden sich für gewöhnlich mehr Spuren als mit Scheinwerfern in der Dunkelheit.

Dass die Knochen nach dem vorangegangenen Sturm nicht mehr dort waren, wo sie ursprünglich gelegen hatten, war kein Wunder. Leider hatte das Unwetter wahrscheinlich auch alle Spuren für immer verwischt. Myrna setzte nun auf die altbewährte Pathologie, um Licht ins Dunkel zu bringen.

»Können wir schon etwas sagen?«, fragte sie den zuständigen Kollegen im weißen Ganzkörperanzug.

»Erst im Labor nach den ersten Untersuchungen. Wir versuchen primär, jeden Knochen zu finden, um zumindest den Körper zu vervollständigen. Alles Weitere klärt sich später. Ich schicke Ihnen den Bericht, sobald mein Team die Arbeit beendet hat.«

Myrna bedankte sich und warf einen Blick auf die junge Frau mit den dunklen schulterlangen Haaren und dem unauffälligen Nasenpiercing. Sie schaute skeptisch, aber auch interessiert drein. Manchmal weiteten sich ihre Augen unauffällig, sobald einer der Männer in Weiß an ihr vorbeiging. Dann reckte sie ihren Hals, um nichts von dem zu versäumen, was um sie herum gesprochen oder vorbeigetragen wurde. Getrocknete Erde klebte an ihren Wangen und an ihrer Kleidung.

»Sie sind Alethea Shaw und vor Kurzem aus London in das ...«, Myrna musste auf ihrem Notizblock nachsehen, »... Chamberling-Anwesen in der Blackburn Road 13 gezogen, richtig? Ich bin Detective Inspector Myrna Evans.«

Die andere nickte ihr zu und schien trotz ihres schaurigen Fundes erstaunlich gefasst zu sein.

»Ist es echt?«, fragte sie unverhohlen, den Blick fest auf die Spurensicherung gerichtet. »Oder ist das wieder eines dieser Fake-Skelette aus dem Biologieunterricht?«

»Wieder?«, fragte Myrna neugierig nach. »Finden Sie denn häufiger skelettierte Leichen auf den Weiden und Wiesen von Lancashire?«

»Ich wohne erst seit ein paar Tagen in Pendle, wie Sie eben selbst erwähnt haben. Aber nein, auch in London habe ich bloß von solchen schlechten Scherzen gehört, sie aber nie selbst miterlebt.«

Myrna bildete sich ein *Leider* in ihrer Stimme ein. Diese Frau war ihr suspekt, aber nicht unangenehm. Ihr erster Eindruck war sogar positiv. Wenigstens war Miss Shaw niemand, der heulend zusammenbrach und danach nicht mehr ansprechbar war. Mit ihr konnte sie sich ganz in Ruhe unterhalten und brauchte keinen Seelsorger. Zumindest jetzt noch nicht.

»Ja, es ist echt«, antwortete sie ihr. »Bitte erzählen Sie mir von Anfang an, was Sie erlebt haben. Wieso waren Sie mitten in der Nacht am Pendle Hill unterwegs?«

»Ich konnte nicht schlafen und brauchte frische Luft. Dann wollte ich zurück und bin im Matsch auf einem Knochen ausgerutscht. Wer ist die Tote?«

Myrna stutzte. »Wir wissen nicht, ob es sich bei dem Fund um eine Frau handelt. Und selbst wenn, dürften wir erste Ergebnisse nicht mit Zivilisten teilen. Bedaure. Wir kennen die Identität des Körpers noch nicht.« Myrna war längst ein anderer schauriger Verdacht gekommen. Was, wenn die Leiche bereits seit fünfzehn Jahren in der Erde gelegen hatte? »Sie waren sich gerade ziemlich sicher, was das Geschlecht anging. Wieso?«, fragte sie nach.

Miss Shaw zuckte mit den Schultern. »Das war wohl einfach geraten. Mein Instinkt sagte mir, dass es eine Frau ist. Ihre Beckenknochen sind außerdem breiter als bei einem Mann. Es war also höchstwahrscheinlich eine erwachsene Frau. Die Schädelgröße passt nicht zu einem Kind.«

Nun staunte Myrna. Alethea Shaw schien nicht nur direkt zu sein, sondern auch eine aufmerksame Beobachterin.

»Beachtlich. Ich gebe Ihnen Bescheid, falls Sie richtigliegen. Aber fürs Erste behalten Sie Ihre Theorien bitte für sich.«

»Ist sie ermordet worden?«, fragte Miss Shaw unbeirrt weiter. »Gibt es Spuren eines Kampfes, Knochenbrüche oder einen eingeschlagenen Schädel?«

Einerseits war Myrna abgeneigt, ihr noch weitere Details zu verraten oder zuzulassen, dass Alethea Shaw den Spieß umdrehte und sie ausfragte, aber ihr gefiel die Art und Weise, wie sie dabei vorging. Sie erinnerte Myrna an sich selbst in jungen Jahren, als sie noch wissensdurstig und voller Elan gewesen war, bevor die Realität sie eingeholt und auf den Boden der Tatsachen zurückgeholt hatte. Miss Shaw zeigte weder Angst noch Bestürzung oder Trauer. Vielmehr wirkte sie interessiert und lernwillig, als wäre sie Myrnas neue Praktikantin.

»Das wäre möglich, ja.« Sie ließ sich gekonnt ein paar Details entlocken, aber nicht zu sehr in die Karten schauen. »Doch auch darüber können wir so früh noch nichts sagen. Wir werden die Ergebnisse der Pathologie abwarten müssen. Sie haben also einen Verdacht, um wen es sich dabei handelt?«

»Nein.«

Dafür habe ich es. Ich weiß nur nicht, ob ich es mir wünschen soll oder nicht, dachte Myrna niedergeschlagen. »Sagt Ihnen der Name Hope Fernsby etwas? Oder ihre Familie, Susannah und Henry Fernsby aus Pendle?«

»Sind das Hopes Eltern?«

Miss Shaw hatte allem Anschein nach keine Ahnung. Ihre Mimik wirkte mehr als aufrichtig, als sie das sagte.

»Das sind Hopes große Schwester und ihr Vater.«

Alethea Shaw verzog den Mund zu einer Schnute, als sie ein weiteres Mal verneinte. »Sollte ich sie denn kennen?«

»Jeder in Pendle spricht von dieser Familie, und Sie wollen mir weismachen, noch nie von ihnen gehört zu haben?«

»Ich meide die Menschen und gebe nichts auf den Tratsch einer verschrobenen Dorfgemeinschaft. Sonst müsste ich auch glauben, eine Hexe zu sein.«

Ehrenwert, aber wenig hilfreich bei einer Ermittlung. Myrna klärte sie auf: »Hope ist vor fünfzehn Jahren spurlos verschwunden, angeblich ausgerissen, aber es kursieren Zweifel.«

»Das behaupten die Menschen immer. Wahrscheinlich hat der Vater sie eigenhändig ermordet und dann hier vergraben, um seine Schandtat zu verschleiern. Seine Frau ist ihm entweder weggelaufen oder gestorben, also hängt er umso mehr an seinen Töchtern. Ein typischer Fall. Die Menschen auf dem Land denken einfach anders als wir beide. Sie sind meistens viel familiärer und traditioneller veranlagt als Leute aus der schnelllebigen Stadt. Hier zählen Ruf und Name noch etwas.«

»Woher wissen Sie, dass ich nicht auch von hier stamme?«

Miss Shaws Augen wurden größer. Ihre dunkelbraunen Iriden leuchteten förmlich auf. Sie war sich ihrer Sache sicher. »Ich erkenne einen Londoner Dialekt, wenn ich ihn höre. Haringey oder Camden?«

»Fast richtig. Islington. Und Sie?«

»Enfield. Was verschlägt einen Inspector aus der Hauptstadt hierher? Bei mir war es das Erbe meines Vaters. Aber Sie hätten in London weitaus mehr Chancen auf eine Beförderung gehabt als in diesem abgelegenen ... Loch.«

Myrna setzte sich zu ihr, um das Gespräch zu vertiefen, auch wenn dafür eigentlich keine Zeit blieb. Längst hätte sie die Gegend gemeinsam mit ihren Kollegen durchkämmen müssen. Sie war bloß viel zu neugierig auf die geheimnisvolle Mittzwanzigerin, um das Gespräch zu beenden. »Das ist wahr, aber manchmal muss man unbequeme Wege gehen, um weiterzukommen. So ist das Leben. Sie finden also, dass wir den Mörder in Hope Fernsbys direktem Umfeld suchen müssen? Wie kommen Sie zu dieser Vermutung?«, fragte Myrna weiter.

Sie hatte sich bereits ihre eigenen Gedanken gemacht und war zum selben Schluss gekommen. Umso interessanter, dass Thea Shaw ganz ähnlich dachte.

»Schauen Sie sich die Prozentzahlen doch an. Die meisten Morde passieren gleich nebenan oder im eigenen Haus. Habgier, Neid, Hass, Abhängigkeit, Geldsorgen und Eifersucht kommen in den besten Familien vor. Ein enttäuschter Vater könnte wütend werden, wenn seine Tochter nicht das tut, was er für richtig hält. Vielleicht wollte Hope ausbrechen aus diesem Trott. Wie alt war sie, als sie verschwand?«

»Neunzehn.«

»Dann liegt es nah, dass sie entweder weggelaufen ist oder ermordet wurde. Auf jeden Fall haben Jugendliche ihren eigenen Kopf und selten einen Sinn für Landwirtschaft.«

»Von einer Farm habe ich nie gesprochen. Also kennen Sie die Familie doch?«

Miss Shaw wusste zu viel für ihren Geschmack oder reimte sich das meiste zusammen. So ein Verhalten missbilligte Myrna, auch wenn sie zeitgleich beeindruckt von ihrer Methode war. Wilde Spekulationen hatten der Polizei allerdings noch nie geholfen und ihre Arbeit in der Vergangenheit mehr behindert als vorangetrieben.

»Schauen Sie sich um. Was soll man hier draußen sonst machen?«, erwiderte sie augenrollend und breitete die Arme weit aus. »Ich fasse es selbst nicht, dass ich ausgerechnet hier gelandet bin. Das war eine sagenhaft blöde Idee von mir. Ich hätte das Erbe ausschlagen oder das Haus direkt wieder verkaufen sollen.«

»Wieso haben Sie es dann nicht einfach getan?«

Alethea Shaw brauchte einen Moment, um zu antworten. Hinter ihrer Stirn arbeitete es. »Ehrlich gesagt, weiß ich es nicht. Ich hatte wohl einen schwachen Moment. Vielleicht will ich es auch nur keinem anderen überlassen und bin egoistisch.«

Myrna schmunzelte. Dann atmete sie hörbar aus und erhob sich wieder. »Bitte bleiben Sie für Fragen in der Nähe und verlassen das Borough am besten nicht. Wir brauchen Sie später sicher noch, Miss Shaw.«

Sie reichte ihr eine kleine Visitenkarte mit ihrem Dienstgrad, ihrem Namen und der privaten Handynummer. Mehr brauchte es für gewöhnlich nicht.

»Danke, aber gehen Sie nicht davon aus, dass ich mich melde. Ich kenne diese Leute nicht, und erst recht weiß ich nichts über eine verschwundene Hope Fernsby.«

»Umso wichtiger, dass Sie Augen und Ohren offenhalten. Ihnen kann ich vertrauen im Gegensatz zu den anderen, die schon viel länger in Pendle leben und das Opfer wahrscheinlich kannten. Dass hier Geheimnisse gehütet werden, müsste Ihnen längst aufgefallen sein.«

»Das ist wohl wahr.«

Sie gingen ein Stück gemeinsam, bis Miss Shaw vom Absperrband aufgehalten wurde.

»Sie beschäftigen sich also mit Statistiken zu Mordfällen?« Myrna nahm den Faden wieder auf. »Was machen Sie beruflich? Doch nicht etwa Krimis schreiben?«

Nun grinste ihr Gegenüber. »Ich betreibe einen True-Crime-Blog, wenn man das schon Schreiben nennen kann.«

»Das bedeutet, Sie befassen sich mit echten Verbrechen und ihrer Aufklärung?«

»Eher mit den ungelösten, mysteriösen Fällen der Vergangenheit. Ich versuche zumindest, eigene Antworten zu finden. Es ist allerdings mehr ein Spiel als wirklicher Ernst. Sie glauben nicht, wie viele sich für die dunkelsten Seiten der Menschheit interessieren.«

»Das glaube ich Ihnen nicht nur, das weiß ich. Ich kenne einige von diesen Leuten persönlich. Mir würde es wohl zusetzen, mich neben meinen aktuellen Fällen noch mit anderen zu beschäftigen. Ich nehme von so etwas ohnehin viel zu viel mit nach Hause.«

Myrna nickte ihr zum Abschied zu und wandte sich ab, als Alethea Shaw noch einmal das Wort ergriff. »Meistens war es der Ehemann oder ein enges Familienmitglied. Wollen wir wetten?«

Myrna drehte sich wieder zu ihr. Miss Shaws Mundwinkel zuckte aufgeregt.

»Ich wette nicht. Das wäre den Toten gegenüber nicht fair, wenn ich ein Spiel aus so einer ernsten Sache mache.«

»Diesem Henry Fernsby würde ich an Ihrer Stelle auf den Zahn fühlen. Er wäre bei mir die Nummer eins der Verdächtigen.«

Es verschlug Myrna für einen Moment die Sprache. Eines musste sie Miss Shaw lassen: Sie nahm kein Blatt vor den Mund und hatte direkt eine Theorie parat. Aber für Myrna zählten nur die Beweise, und die musste sie jetzt erst einmal sichern.

»Ich berücksichtige Ihren Einwand bei der Ermittlung. Wir werden jeder Spur nachgehen. Vielen Dank. Erst einmal müssen wir sicher sein, dass es sich überhaupt um Hope Fernsby handelt. Bis dahin bewahren Sie bitte Stillschweigen. Ich möchte keine Gerüchte im Städtchen hören, die ich nicht selbst verbreitet habe. Das verstehen Sie sicher.«

Miss Shaw deutete an, ihre Lippen zu verschließen, und schmiss den imaginären Schlüssel in die Wiese. »Ich schweige wie ein Grab. Meine Personalien gebe ich dann gleich bei Ihrem Kollegen an. Falls Sie mich suchen, finden Sie mich meistens auf dem Friedhof.«

»Auf dem Friedhof? Wieso das denn?«, fragte Myrna perplex.

»Ich bin ab sofort die Totengräberin von Pendle. Und wie Sie sehen, werde ich definitiv nicht arbeitslos.« Sie nickte in Richtung des großen Kastenwagens, in dem noch immer versucht wurde, die losen Knochen zusammenzuordnen. »Gestorben wird schließlich immer.«

***

Die altmodische Glocke gleich neben der Haustür läutete. Als Thea öffnete, stand der charmant lächelnde John Birming davor. Die anmutige Blondine an seiner Seite musste seine Frau Katherine sein, von der er ihr erzählt hatte.

Der Bürgermeister reichte Thea eine Flasche vom besten Whisky, um sie noch einmal offiziell in Pendle willkommen zu heißen.

»Das wäre doch nicht nötig gewesen.« Thea fühlte sich gezwungen, die beiden hereinzubitten. Dabei war sie gerade in ihre Handwerkerarbeiten vertieft gewesen. »Verzeihen Sie meinen Aufzug, aber ich habe nicht mit Besuch gerechnet. Außerdem erwartet mich Reverend Hughing jeden Augenblick auf dem Friedhof.«

»Ich habe schon davon gehört, dass Sie den Posten Ihres Vaters übernehmen. Katherine und ich waren sehr froh, als wir erfahren haben, dass Sie das Chamberling-Anwesen nicht verkaufen. Es gehörte vorher einem Shaw, wieso also mit der Tradition brechen?«

Sie folgten Thea in den Salon, der inzwischen einigermaßen vorzeigbar war. Die antiken Möbel hatte sie von ihren Abdeckungen befreit und konnte nun Gäste empfangen. Thea überlegte, ob sie einige Stühle und Spiegel verkaufen sollte, um sich Material und Werkzeug für die weiteren Renovierungsschritte leisten zu können.

Katherine Birming war Anfang fünfzig, trug ein stilvolles weinrotes Etuikleid und schwarze Pumps. Sie hatte schmale Schultern und einen eleganten Gang. Ihr blasser Teint verriet, dass es sie selten nach draußen verschlug. Thea konzentrierte sich automatisch auf das kleine Muttermal auf ihrer Wange, das sie einmalig machte und an ihrer Makellosigkeit zerrte.

»Es freut mich, Sie endlich kennenzulernen«, meinte Mrs Birming mit tiefer, sonorer Stimme.

Sicher hatte sie sich genauso auf die Politik ihres Mannes vorbereitet wie er. Ihr einstudiertes Lächeln machte Thea unruhig. Wahrscheinlich wollte Katherine sie damit für sich gewinnen, nur dass ihr Gegenüber grundsätzlich nicht auf eine Masche dieser Art reagierte.

Die First Lady war meistens noch wichtiger als der Mann an der Spitze, wusste Thea aus Erfahrung.

»Freut mich ebenso. Alethea Shaw«, sagte sie unnötigerweise, wollte aber freundlich bleiben.

»Was werden Sie aus diesem Haus machen? Ein B&B vielleicht? Oder ein Café? Es gibt zahlreiche Möglichkeiten für neuen Schwung in diesen alten Mauern.«

Thea horchte auf. Es klang ganz danach, als wollte Katherine sie von etwas überzeugen. Ihre charismatische Art und Weise fruchtete sicher bei den anderen Bürgern von Lancashire, nur nicht bei ihr. Dafür war Thea viel zu abgebrüht.

»Ich werde es in erster Linie renovieren. Es mangelt an allen Ecken und Enden. Was danach damit passiert, habe ich noch nicht geplant. Zuerst arbeite ich auf dem Friedhof, statt ein Geschäft zu eröffnen oder Fremde hier reinzulassen. Eigentlich ist es mir sogar lieber, wenn ich weiterhin allein wohne«, erklärte sie ehrlich. »Ich mag die Stille, die ich in London selten hatte, irgendwie.«

»Aber so eine hübsche junge Frau auf einem Friedhof?« John echauffierte sich beinahe. »Sie hätten weitaus mehr Möglichkeiten, als ein Leben neben Gräbern zu fristen, Miss Shaw.«

»Ich weiß, aber es ist spannender, wenn ich meinen eigenen Weg gehe. Ich mag es hier.« Sie lächelte und steckte das Ehepaar damit an. *Punkt für mich!*, dachte Thea.

Die beiden wechselten einen amüsierten Blick, der ausdrückte, dass sie es hier mit einem Dickkopf zu tun hatten, der kein Einsehen zeigen würde, egal, was sie versuchten.

»Wenden Sie sich bitte dennoch an uns, sobald Sie Hilfe brauchen.«

»Danke, aber Mr Miller hat mir seine Hilfe bereits zugesagt. Er wohnt nicht weit von hier.« Thea fragte sich, wann das Paar endlich ging.

»Wir kennen ihn«, antwortete der Bürgermeister. »Seine Tante achtet penibel auf jede Vorschrift. Gehen Sie ihr lieber aus dem Weg, wenn Sie ein ruhiges Leben in unserer Gemeinde haben wollen.« Er lachte.

Mrs Birming fiel darin ein, als hätte er den Witz des Jahrhunderts gerissen. Sie war Thea genauso suspekt wie ihr Ehemann. Da hatten sich zwei gefunden!

»Und wie erkenne ich die Dame? Ich höre von allen Seiten bloß immer Geschichten über sie.«

»Miss Miller hat knallrotes kurzes Haar«, sagte Katherine. »Man kann sie gar nicht übersehen. Und achten Sie darauf, sie *Miss* und nicht *Mrs* zu nennen. Sie ist sehr stolz darauf, nie verheiratet gewesen zu sein. Ihrer Meinung nach tanzen Männer uns Frauen auf der Nase herum.« Sie zwinkerte.

Deshalb hat Oakley also gezögert. Diese alte Hexe ist seine eigene Tante. Thea begriff nun endlich.

Als sie gehen wollten, hielt sie das Paar dann doch zurück. Sie hätte lieber ihre Ruhe gehabt, doch eine Frage spukte durch ihren Kopf, seit sie davon gehört hatte. »Kannten Sie eine Hope Fernsby?«

Ein Schuss ins Blaue. Die beiden erstarrten, wurden aber nicht blasser. Ganz im Gegenteil.

Ein feiner rosa Schimmer wanderte über Katherines Wangen. »Woher kennen Sie diesen Namen?«

»Man redet darüber«, behauptete Thea in der Hoffnung, dass Inspector Evans recht behielt, was den Tratsch in der Gemeinde anging. »Ich habe ihn aufgeschnappt. Stimmt es, dass sie verschwunden ist?«

John wechselte einen vielsagenden Blick mit seiner Frau, deren hellgrüne Augen verdächtig funkelten. Sie nickte ihm zu. Es wirkte, als hätte er sich ihre Erlaubnis eingeholt.

»Hope war ein aufgeweckter Teenager, aber auch vorlaut und unangepasst. Es war nur eine Frage der Zeit, bis es im Hause Fernsby kracht«, erzählte er ruhig. »Ihr Vater hatte Regeln aufgestellt, die Hope nicht einhielt. Sie ist eines Morgens nicht in ihrem Bett gewesen. Es hieß, dass sie die Stadt verlassen habe, um ihrem strengen Elternhaus zu entfliehen. Wahrscheinlich hat ihr nur die Mutter gefehlt, die kurz nach Hopes Geburt gestorben ist.« Seine Stimme wackelte kein einziges Mal, und auch sonst schloss nichts darauf, dass er log. »Der arme Mann trauert bis heute. Wenigstens hat er noch Susannah, sein ältestes Kind. Sie lebt mit ihrem Mann Carlton O'Connor draußen in Bentham auf der Familienfarm.«

»Gab es denn einen Abschiedsbrief oder Anzeichen dafür, dass Hope von selbst gegangen ist?«

Birming suchte Theas Blick und bannte sie. Ihre Kehle trocknete sofort aus, als das Braun seiner Iriden nicht mehr warm, sondern hart wirkte.

»Wieso wollen Sie das alles wissen? Diese Geschichte ist schon furchtbar lange her. Ich kann mich selbst kaum an Hope erinnern.«

»Was war sie für ein Mensch? Ich möchte mir gern ein Bild von ihr machen.« Sie spielte mit dem Feuer. »Immerhin bin ich ab sofort Teil dieser Gemeinde.«

Thea hatte einen Rhetoriker vor sich, der jeden Trick sicher mit Leichtigkeit durchschaute. Zum Glück verflog die Härte in seinen Augen sofort wieder. Stattdessen wurden seine Züge weicher. »Sie sollten sich lieber nicht in die Angelegenheiten der Fernsbys mischen und alte Wunden aufreißen. Das Geschwätz seiner Mitmenschen tut Henry schon genug weh. Erst stirbt seine Frau, dann seine Tochter.«

Nun erbleichte Katherine doch. Ihre hohen Wangenknochen glichen denen einer griechischen Göttin. Ein wenig beneidete Thea sie darum.

»Hope ist also tot? Ich dachte, sie sei verschollen.«

Er fasste sich schnell. »Es gibt Zeugen, die sie frühmorgens an der Haltestelle gesehen haben. Sicher hat sie den nächsten Bus genommen und Pendle den Rücken gekehrt. Diese junge Frau ist ihrem ländlichen Leben entflohen. Wer könnte das nicht nachvollziehen? Einzig für Henry tut es mir leid, weil Hope ihm nie Lebewohl gesagt hat. Wir versuchen seitdem, für ihn da zu sein.«

»Aber haben Sie denn nie ...«

Seine Frau ging eilig dazwischen. »Wir müssen nun leider los.« Ihr Blick wanderte zur Kirchturmuhr. Sie packte ihre Handtasche so fest, dass die blauen Äderchen an ihren Fingern sichtbar wurden. Mit der anderen Hand zog sie ihren Mann mit sich. »John wird eine Podiumsrede in Preston halten und danach ein Interview mit der ›Pendle Daily Mail‹ über den anstehenden Wahlkampf führen. Es war mir eine Freude, die Tochter von Nathan Shaw, einem unserer liebsten Mitbürger, kennenzulernen.«

Beinahe stolperte er bis zum Wagen hinter ihr her. Der Bürgermeister erinnerte Thea in diesem Moment an einen Hund, der an der Leine mitgerissen wurde.

***

Jolene beobachtete das Treffen der Birmings mit Alethea Shaw eine Weile heimlich durch das Fenster im Erdgeschoss. Sie hatten sich im Salon niedergelassen, als wären sie hier zu Hause. Sicher wollte dieser schmierige Politiker bloß einen Anteil herausschlagen. Für mehr war er nicht zu gebrauchen. Jolene überlegte, ob sie vielleicht lieber versuchen sollte, über ihn an das Haus heranzukommen.

Sie hörte Schritte im Dickicht hinter sich, einen leisen Fluch und das Knacken von Ästen.

Jolene fuhr wütend herum. Ihr Herz raste ungesund. »Du hast mich erschreckt!«, zischte sie aufgebracht und zog Lucretia aus dem Dornenbusch, der ihr die Haut zerkratzt hatte. »Du bist viel zu auffällig. Wie wäre es einmal mit einer normalen Haarfarbe? Oder willst du aussehen wie ein Großstadtpunker? Dann kannst du dich gleich zu dieser Shaw gesellen.«

Lucretias Stirnfalten vertieften sich. Empört ballte sie die Fäuste. Jolene nahm sie auch jetzt nicht besonders ernst, aber das sagte sie ihrer Feindfreundin nicht ins Gesicht. Noch nicht.

»Wenigstens komme ich im Gegensatz zu dir voran. Du hockst immer nur im Gebüsch und beobachtest die Situation, statt zur Tat zu schreiten.« Um ihre Worte zu unterstreichen, hielt sie Jolene einen nigelnagelneuen Schlüssel unter die Nase.

»Ist das der, von dem ich denke, dass er es ist?«, fragte diese und staunte.

Beinahe wäre ihr Gehstock auf dem feuchten Boden weggerutscht, doch sie hielt sich gekonnt an der Fassade fest.

»Mein Neffe hat ganze Arbeit geleistet. Nun müssen wir nie wieder einbrechen, sondern können einfach durch die Vordertür spazieren, wie es gesittete Leute tun.«

Jolene schnappte nach dem Schlüssel, doch Lucretia war schneller. »Nichts da! Solange du nicht selbst deinen Teil dazu beiträgst, verwahre ich ihn lieber. Wir wollen doch nicht, dass er wegkommt.«

»Nun sei nicht so«, antwortete Jolene etwas milder. »Sag mir lieber, was am Pendle Hill los ist. Du weißt doch immer alles als Erste.«

Lucretia grinste über das ganze Gesicht, was für noch mehr Falten sorgte und beinahe gruselig aussah. »Man hat eine Leiche unten am Hügel gefunden. Es waren nur noch Knochen übrig, heißt es.«

»Ist es diese Fernsby-Göre?«, fragte Jolene sofort nach.

»Wie kommst du direkt auf sie? Hast du was damit zu tun?« Ihre Feindfreundin blickte argwöhnisch drein. »Weißt du etwa mehr als wir alle?«

»Wer sonst sollte infrage kommen? Ansonsten ist doch niemand verschollen.«

»Es könnte auch ein verirrter Wanderer sein, der im Winter nicht aufgepasst hat und gestürzt ist.«

Jolene war nicht zufrieden. Ihr Bauchgefühl sagte ihr etwas anderes. Oder wünschte sie sich insgeheim, dass es Hope war? Sie hatte dieses vorlaute Mädchen nicht umsonst gehasst wie die Pest.

»Wir werden sehen. Und nun gib mir endlich den Schlüssel. Ich will, nein, ich muss in dieses Haus. Du weißt, was für uns davon abhängt.«

Erneut zuckte sie vor, doch Lucretia war flink wie ein Wiesel. Da konnte eine beeinträchtigte Frau nicht mithalten. Ihr hinterherzujagen, wäre ohnehin sinnlos.

Sie gewann langsam Oberwasser, was Jolene ganz und gar nicht schmeckte. Lieber wären ihr vertauschte Rollen gewesen.

»Ab sofort sind die Millers am Drücker. Du hattest deine Chance und hast sie nicht genutzt, Liebes. Lass mich das für uns regeln und genieße die Show.«

Mit einem süffisanten Lächeln verschwand ihr roter Igelschopf wieder im Dickicht. Jolene hörte sie leise fluchen, weil sie sich offenbar noch einmal im Rosenstrauch verfangen hatte.

Eine Weile blickte Jolene ihr nach, bis sie nichts mehr von Lucretia sah, die sich etwas zu viel auf dem Erfolg ihres Neffen ausruhte, wie sie fand. Eigenhändig wäre sie nie so weit gekommen. Leider war Jolenes eigener Sohn zu nichts zu gebrauchen, sonst hätte sie ihn

längst auf die kleine Shaw angesetzt oder anders eingebunden.

Aber Brian prügelte sich lieber mit irgendwelchen
Hooligans auf den Straßen. Sie befürchtete, dass er
bald einer gefährlichen Gang beitrat, wenn sie nicht
eingriff. Wäre Bethany doch bloß bei ihm geblieben!

Jolene konzentrierte sich wieder auf die Gegenwart.
Ihr missfiel Lucretias siegessicheres Grinsen, das sie ihr
am liebsten aus dem Gesicht gewischt hätte.

Dieser alte Drachen, dachte Jolene wutschnaubend.
Der Knauf ihrer Gehhilfe bohrte sich unangenehm in
ihre Hand, als sie zupackte. *Du wirst schon noch sehen,
wer am Ende wieder das Sagen hat und dich auf deinen
Platz verweist.*

6. Kapitel

Peter Hughing wartete bereits im Friedhofsgarten auf Thea, die außer Atem angerannt kam und sich die Seite hielt.

»Verzeihung, aber die Birmings und mein Leichenfund letzte Nacht haben mich leider aufgehalten. Die Polizei hatte ein paar Fragen an mich. Ich habe wohl die Zeit vergessen.«

»Das ist die einfallsreichste Ausrede, die ich je gehört habe«, sagte er schmunzelnd. »Dem Bürgermeister würde es sicher nicht gefallen, dass Sie ihn im selben Satz mit einem Toten nennen, aber das müssen wir ihm ja nicht sagen.« Er zwinkerte und legte sich seinen langen knochigen Zeigefinger an die Lippen. »Sind Sie so weit, in die Geheimnisse eines Totengräbers eingeweiht zu werden?«

Thea nickte eifrig. »Ich denke, schon.«

Der Pfarrer fragte nicht mehr bezüglich der Leiche nach. Sicher wusste er längst Bescheid. Solche Neuigkeiten verbreiteten sich in einem kleinen Ort wie Pendle wahrscheinlich schneller, als man *Knochenfund* sagen konnte.

Er ging voran zu einem offenen Grab, das für die nächste Trauerfeier bereits ausgehoben worden war. Wie der alte Mann das allein bewerkstelligt hatte, war Thea ein Rätsel. Sie konnte sich nicht vorstellen, wie der Siebzigjährige mit einer Schaufel den fast noch gefrorenen Boden aushob.

»Die wichtigste Aufgabe Ihrer Arbeit sehen Sie hier.« Er deutete auf das Loch. »Das Herrichten einer Grabstelle für die Trauerfeier.«

»Werde ich viel in Kontakt mit den Trauernden kommen?«

»Für gewöhnlich nicht. Sie arbeiten sozusagen unsichtbar im Hintergrund und bereiten alles vor. Nach der Trauerfeier verschließen Sie das Grab wieder. Sie haben doch kein Problem damit, so nah an den Verstorbenen zu sein?«

Thea konnte sich keine schönere Arbeit vorstellen, hielt ihre Begeisterung aber absichtlich zurück. Hughing sollte nicht glauben, es hier mit einer Verrückten zu tun zu haben, die er besser von den letzten Ruhestätten der Menschen fernhielt.

»Ganz und gar nicht. Ich bin froh, wenn ich mein Werk am Ende sehe und davor einfach nur für mich bin. Das ist alles, was ich will.«

Längst hatte er ihren kreisenden Blick bemerkt. »Ihr Vater liegt dort«, sagte er und zeigte auf ein bescheidenes Grab mit einem kleinen grauen Naturstein. Es befand sich im Schatten der großen Friedhofsmauer. »Die Blumen kommen von einem Unbekannten.«

Erst jetzt entdeckte Thea den Strauß Lilien auf dem kleinen Beet vor Nathans Grabstein, den jemand niedergelegt hatte.

»Sie wissen nicht, wer die Blumen gebracht hat?«

Hughing verneinte mit einem bedauernden Kopfschütteln. »Seit seinem Tod liegt jede Woche ein frischer Strauß auf Nathans Grab. Niemand weiß, von wem er kommt.«

»Da das regelmäßig passiert, nehme ich an, dass es ein Mitglied der Gemeinde ist. Haben Sie denn niemanden im Verdacht?«

»Ich spioniere den Trauernden nicht hinterher. Noch eine wichtige Regel für die Arbeit als Totengräber«, sagte er mit erhobenem Finger. »Womit wir wieder beim Thema wären. Rechtzeitig vor Beginn der Trauerfeier heben Sie das Grab aus. Das ist entweder mit einem kleinen Bagger oder per Schaufel zu bewältigen. Je nachdem, wie viel Platz zwischen den Gräbern bleibt. Wir wollen ja nichts umstoßen oder Blumenbeete kaputt fahren.«

Thea verbiss sich das Lachen, als sie daran dachte. Natürlich würde sie nicht auf dem Friedhof randalieren und ihre Arbeit stattdessen nach bestem Wissen und Gewissen erledigen. Sie hatte nicht das Bedürfnis, auf den Toten herumzutrampeln oder deren Nachfahren vor den Kopf zu stoßen.

»Gibt es hier auch Urnengräber?«, fragte sie interessiert.

»Ja, die gibt es. Wir haben einen extra Bereich hinter der kleinen Hecke.« Er zeigte ihr die Stelle. »Aber die meisten lassen sich noch immer traditionell im Sarg bestatten.«

»Größere Ruhestätte, größeres Loch«, murmelte sie mehr zu sich selbst. »Wie tief ist das Grab? Es gibt doch sicher bestimmte Maße, die ich einhalten muss.«

»Es sollte sieben Komma zwei Fuß lang sein, drei Komma zwei Fuß breit und acht Fuß tief«, sagte er aus dem Kopf und klang dabei wie ein Roboter.

»Das ist allerhand Erde.« Sie staunte und blies die Wangen bestürzt auf. »Meinen Sie wirklich, ich schaffe das mit einer gewöhnlichen Schaufel? Da habe ich ja den ganzen Tag zu tun.«

»Wenn ich den Umgang mit Schaufel und Spitzhacke beherrsche, dann Sie erst recht, Alethea. Sie sind noch jung und stark, strotzen vor Energie. Setzen Sie diese richtig ein, machen Sie genug Pausen und beginnen Sie vor allem rechtzeitig mit einem Auftrag. Die Toten laufen uns nicht weg und zeigen sich geduldig. Das Problem bereiten zumeist die Lebenden, die es nicht erwarten können, ihre Verwandten endlich unter die Erde zu bringen. Aber um die Gespräche und Absprachen kümmere ich mich weiterhin. Niemand wird Sie stören oder ein Auge auf Sie haben. Ich bin bloß hier, um Sie in die Arbeit als Totengräberin einzuführen. Falls Sie Fragen haben, können Sie sich natürlich jederzeit an mich wenden. Ich bin nie weit entfernt.«

Hughing erklärte Thea daraufhin alles, was sie sonst noch wissen musste. Grabschließung, Auflösung, Einebnung und Umbettung fielen ebenfalls in Theas neuen Zuständigkeitsbereich. Worauf sie sich besonders freute, waren die Aufgaben eines Friedhofsgärtners. So würde sie sich um die Pflege der Grünflächen und Gräber kümmern, die Trauerhalle schmücken und auch Kränze arrangieren.

»Wow, das ist wirklich viel.«

»Das kommt daher, dass wir keinen extra Gärtner beschäftigen. Ich hoffe, Sie sind mit Ihrem Lohn für die Extramühe zufrieden.«

»Mit einem Vorschuss wäre ich noch zufriedener. Ich kann sonst meine Verpflegung und den Strom im Haus nicht mehr bezahlen«, sagte sie zerknirscht. »Tut mir leid, das war frech.«

»Nicht doch. Wir müssen alle sehen, wo wir bleiben. Wir machen es folgendermaßen: Ich werde Ihnen die Hälfte im Voraus bezahlen. Unser Fonds ist groß genug, das auszuhalten. Außerdem gehe ich davon aus, dass Sie vortrefflich arbeiten werden. Bei den ersten paar Aushebungen werde ich Ihnen noch Gesellschaft leisten. Schließlich muss ich Sie anlernen. Aber danach lasse ich Ihnen freie Hand. Ich werde außerdem den Vertrag mit der Stadt aufsetzen lassen. Sie können dann ganz offiziell für die Kirche und die Gemeinde arbeiten, werden regelmäßig entlohnt und müssen sich um nichts mehr sorgen.«

Thea gefiel es, dass Hughing ihr sein uneingeschränktes Vertrauen entgegenbrachte. Er schien ein großherziger Mann zu sein, der jedem eine Chance gab. Genau, wie sie es von einem Pfarrer erwartete.

Sie wagte sich weiter vor. »Ich habe tatsächlich noch eine Frage, die nichts mit meiner Arbeit zu tun hat.« Thea starrte in seine Augen, um keine Regung darin zu versäumen. Abwartend hob er die buschigen Brauen. »Kannten Sie Hope Fernsby?«

Die Macht der Erkenntnis stahl sich auf sein Gesicht, ehe er wieder ganz der Alte war. Für einen kurzen Moment hatte Thea etwas wie Angst darin gesehen.

Traurig ließ er den Kopf hängen. »Hope war ein junges Mitglied unserer Gemeinde. Natürlich kannte ich sie, genau wie ihre Schwester Susannah und ihren Vater Henry, aber auch ihre verstorbene Mutter Margareth war regelmäßig bei mir in der Kirche.«

»Sie sprechen in der Vergangenheitsform von Hope. Glauben Sie denn, dass sie tot ist?«

Er seufzte und ließ sich auf der Bank nieder, auf der sie schon einmal zusammen gesessen hatten. »Sagen wir lieber, ich ahne oder befürchte es. Die Tote, die man am Pendle Hill gefunden hat, ist wahrscheinlich Hope. Der Fund hat sich bereits herumgesprochen. So etwas bleibt nicht verborgen. In Pendle passiert fast nie etwas. Wenn dann auf einmal ein riesiges Polizeiaufgebot erscheint und einen Teil vom Hill absperrt, recken die Menschen ihre Hälse.«

Dann wussten die Birmings sicher auch längst Bescheid. Wieso haben sie sich so überrascht gegeben, als ich nach Hope gefragt habe?, überlegte sie fieberhaft.

»Ich bin vorige Nacht höchstpersönlich über die Knochen gestolpert«, erzählte sie dem erstaunten Reverend, der bestürzt seine Hand auf den Mund schlug. »Der Körper muss schon eine ganze Weile in der Erde gelegen haben. Ob es tatsächlich Hope ist, weiß die Polizei allerdings noch nicht. Es liegt aber nah. Ich möchte diese Frau gern einschätzen können, weil ich ihr nie selbst begegnet bin. Was war sie für ein Mensch?«

»Hope ging nicht oft in die Kirche. Ihr Vater wollte es, doch sie sträubte sich gegen alles, was er ihr auftrug oder sich für sie wünschte. Ein typischer Rebell, der ohne die Liebe einer Mutter aufgewachsen war. Dennoch ist sie eines Tages mit der Bitte zu mir gekommen, dass ich das, was sie mir zu sagen hatte, nicht weitertrage. Und das, obwohl wir bis dahin kaum Kontakt hatten. Ich war erstaunt und froh, dass sie sich an mich gewendet hat.«

»Sie hat also bei Ihnen gebeichtet?«

»In der Art, ja.«

»Und was hat sie Ihnen genau erzählt?«

»Das Großartige an einer Beichte oder einem vertraulichen Gespräch ist, dass es nicht an die Öffentlichkeit dringt«, meinte er und tippt Thea an die Nasenspitze, als wäre sie ein kleines Mädchen. »Hope brauchte meinen Rat, den ich ihr gegeben habe. Kurz darauf ist sie leider verschwunden. Wir konnten nicht noch einmal miteinander sprechen. Ich weiß also nicht, wie sie sich entschieden hat.«

»Entschieden wofür?«

»Das hat sie mit in die Ferne oder ins Grab genommen. Ich werde den Teufel nicht reizen, indem ich Ihnen davon erzähle. Mein Beruf verbietet es mir, aber noch mehr mein Gewissen. Ich kann es nicht verantworten, Details weiterzutratschen. Das sagte ich Ihnen bereits, Alethea. Geheimnisse sind bei mir sicher, ob gebeichtet oder nicht.«

Thea biss sich in die Wange. Sie hätte zu gern erfahren, was die Jugendliche mit dem alten Reverend zu besprechen gehabt hatte. Wenn sie sich dafür extra an einen Geistlichen wandte, musste es ein großes Geheimnis gewesen sein, das schwer auf ihrer Seele gelastet hatte. Vielleicht eine ungewollte Schwangerschaft?

»Hatte Hope einen Geliebten hier in Pendle, von dem niemand wissen durfte?« Die Worte waren heraus, bevor sie sie zurückhalten konnte.

»Lassen Sie uns weitermachen, ehe es dunkel wird. Wir haben noch eine Menge zu tun«, antwortete er ausweichend und ging nicht mehr auf das Thema ein.

***

Myrna hatte sich ins ›Hills Inn‹ zurückgezogen, um ihre ersten Ergebnisse zu sortieren. Die kleine Station mit dem quengelnden Ward Harrison erschien ihr dafür genauso unpassend wie Mrs Downings Absteige. Außerdem hatte sie das Gefühl, dass die humpelnde Alte mit dem Ohr an der Tür stand, sobald sie sich zurückzog.

Sie erwartete die ersten Ergebnisse spätestens heute Abend. Die gefundenen Knochen wurden derzeit auf mögliche DNA untersucht. Dazu mussten sie teilweise zermahlen werden. Myrna hoffte, dass auch nach all der Zeit im Boden genug zu finden war, um es mit Hope Fernsbys Erbgut zu vergleichen, das vor fünfzehn Jahren archiviert worden war. Bis heute wartete es darauf, zum Einsatz zu kommen. Falls nicht genug Material gefunden wurde, würde Hopes ehemaliger Zahnarzt aushelfen, denn das Gebiss der Toten war zum Glück fast vollständig erhalten geblieben.

»Was darf es sein?«, fragte Hank und schenkte ihr einen einnehmenden Blick. Sein Anchor-Bart war frisch gestutzt und stand ihm vortrefflich. »Ich empfehle den Burger des Tages, falls Sie Hunger haben, Inspector. Ich mache ihn selbst.«

»Evans reicht«, sagte sie lächelnd. »Ich möchte mich nicht auf einem Dienstgrad ausruhen und irgendwelche Vorteile genießen, die die anderen nicht haben. Das

alte Ehepaar dort drüben war zum Beispiel vor mir
hier. Vielleicht bieten Sie lieber Ihnen den Burger an,
bevor Sie zu mir kommen.«

»Immer korrekt. So kenne ich Sie, Insp... Evans.«

Hank folgte ihrem Wink mit einem breiten Lächeln.
Myrna wollte auf keinen Fall bevorzugt werden. Außerdem hatte sie genug Arbeit am Hals, um sich von
dem gut aussehenden Pubbesitzer erfolgreich abzulenken und nicht mehr in diesen treuen braunen Hunde-
augen zu versinken.

Mindestens genauso warm sahen die eines braunen
Labradorrüden aus, der in diesem Moment um die Ecke
getrottet kam und Myrna schwanzwedelnd begrüßte.

»Na, wer bist du denn?«, fragte sie begeistert und
kraulte das schöne Tier hinter den Ohren.

In ihrer Seite vibrierte es und lenkte sie vorerst von
dem Hund ab. »Evans«, meldete sie sich am Telefon und
erkannte die näselnde Stimme des Pathologen Sam
Farrell aus dem benachbarten Preston. Sie hatten
schon einmal zwecks Kennenlernens miteinander gesprochen, bevor die Leiche aufgefunden worden war.

»Inspector, wir haben nun endlich Gewissheit. Bei der
Toten vom Pendle Hill handelt es sich tatsächlich um
die verschollene Hope Fernsby. Intakte DNA konnten
wir nicht mehr ausreichend gewinnen, da das Kno-
chenmaterial zu beschädigt und angegriffen war, aber
das Gebiss reichte aus, um sie nun eindeutig zu identi-
fizieren. Endlich bekommt ihre Familie die verdiente,
wenn auch traurige Gewissheit.«

»Vielen Dank, Sam. Ich werde sie persönlich infor-
mieren. Was habt ihr sonst noch über Hope?«

Es raschelte, als er die Seiten seines Berichts durchblätterte. »Nicht viel, aber es wurden bis zuletzt Teile ihrer Beine vermisst. Wir haben festgestellt, dass Miss Fernsby verbrannt wurde, ehe man sie eingrub. Daher gehen wir davon aus, dass die Füße und Beine bis zu den Knien längst zerfallen waren, als sie aus der Erde gespült wurde.«

»Man hat sie erst verbrannt und danach eingegraben? Sehr ungewöhnlich«, raunte Myrna leise genug, sodass es niemand im Umfeld hören konnte. Hank unterhielt sich noch immer mit seinen anderen Gästen. Sie betrieben allem Anschein nach Small Talk. »Es braucht lange und eine sehr hohe Temperatur, ehe ein Mensch komplett verbrennt. Meistens bleiben sogar in den Krematorien Fragmente übrig, die zermahlen werden. Der Täter muss also einen Brandbeschleuniger oder andere Hilfsmittel benutzt haben, um auf 1.650 Grad Fahrenheit zu kommen. Anders hätte er die Knochen nicht pulverisieren können. Die Tat war geplant. Das bedeutet letzten Endes, dass man Hope entsorgen wollte, was einen Mord wahrscheinlicher macht.«

Sam räusperte sich am anderen Ende der Leitung. »Nicht nur wahrscheinlich. Ihr Zungenbein ist gebrochen. Sie wurde erwürgt. Der Täter besaß viel Kraft und hat sie nicht von hinten überrascht, sondern von vorne zugedrückt.«

»Könnte man sie vorher außer Gefecht gesetzt haben?«, fragte Myrna nach. »Sodass Hope eventuell ohnmächtig war, als sie getötet wurde?«

»Wenn, dann bemerken wir davon nichts mehr. Äußere Verletzungen oder Wasseransammlungen sind nach dieser langen Zeit längst nicht mehr zu sehen.

Und auch sonst hatte sie keinerlei Brüche oder andere Auffälligkeiten, an denen wir uns orientieren können. Uns fehlen entscheidende Körperteile wie der Magen und das Gehirn, um Schwellungen oder Vergiftungen zu erkennen oder auszuschließen. Wir untersuchen sie aber noch weiter. Falls uns etwas auffällt, geben wir Ihnen Bescheid.«

»Und wieso sind Sie sich mit dem Brand so sicher? Könnten die fehlenden Knochen nicht vielleicht auch von Tieren verschleppt worden sein?«

»An den Bruchstellen konnten wir Reste einer Verbrennung erkennen. Der Kalk in den Knochen brennt selbst zwar nicht, aber er wird bei großer Hitze zu Calciumoxid, das man bekanntlich als Asche kennt. Zuerst trocknet der Körper durch den hohen Wasseranteil aus, danach verbrennen Weichteile und Muskeln relativ schnell. Die Knochen sind widerspenstiger und brauchen mehr Zeit, bis sie zerfallen. Die Leiche muss mindestens eine Stunde gebrannt haben. So etwas sollte an einem öffentlichen Ort wie dem Pendle Hill aufgefallen sein.«

Myrna bedankte sich bei dem Pathologen, dessen Berichte sie am selben Tag in ihrem Postfach finden würde.

Mit gemischten Gefühlen saß sie da und war in Gedanken versunken, als Hank hinter die Theke zurückkehrte. Sie steckte das Telefon weg und lächelte ihn an. »Ein schönes Tier.«

»Sie meinen Foster? Er gehört meiner ... einer Bekannten von mir.« Myrna hatte seine Unsicherheit bemerkt, sprach ihn aber nicht darauf an. »Ich passe manchmal auf ihn auf. Er ist gern im Pub und lässt sich von den

Gästen verwöhnen. Aber sagen Sie das bitte nicht Miss Miller. Wenn sie es wüsste, würde sie mir wahrscheinlich das Amt auf den Hals hetzen.«

Ihr war noch ein Gedanke gekommen. In einer Kneipe, dann noch in der einzigen im Umkreis von mehreren Meilen, wurde sicher viel geredet. »Wie lange wohnen und arbeiten Sie schon in Pendle?«

»Mein ganzes Leben. Wieso? Sind Sie doch interessiert an meinem Spezialburger der Woche?«

Sein schiefes Grinsen machte sie verlegen, doch Myrna blieb fokussiert. Ihre Arbeit war nun umso wichtiger geworden, seit sie wusste, dass die jüngste Fernsby-Tochter ermordet worden war. Und der Täter lebte höchstwahrscheinlich in Myrnas direktem Umfeld.

Alethea Shaws Mutmaßung drängte sich ihr wieder auf. Hatte der trauernde Vater selbst mit der Tat zu tun?

»Dann kennen Sie sicherlich noch Hope Fernsby.«

Sofort verflog das Grinsen und wich einem angespannten Ausdruck. Er fiel mit der Tür ins Haus. »Na sicher, jeder kennt sie. Fragen Sie das, weil es sich bei der Leiche am Pendle Hill doch nicht um einen verirrten Wanderer, sondern um Hope handelt? Das sagen zumindest die Leute. Es wird wild spekuliert, was da draußen passiert ist.«

»Also hat es sich bereits herumgesprochen.«

»Sie sollten darauf achten, mit wem Sie zusammenarbeiten.« Zunächst verdächtigte Myrna Miss Shaw, doch Hank fügte hinzu: »Vor allem, was Ihre engsten Kollegen betrifft.«

»Sie meinen Sergeant Harrison? Ich dachte, er trinkt nur, was schlimm genug für einen Polizeibeamten ist. Ich drücke bereits beide Augen für ihn zu.«

Hanks dagegen wurden groß. »Dann wissen Sie also nicht, dass er mit Miss Miller verbandelt ist und alles weitertratscht, was er zu hören bekommt?«

»Verbandelt? Die beiden sind also ein Paar? Ist das die alte Dame mit den feuerroten Haaren?« Beinahe jede Frage klang noch ein Stück hysterischer als die davor. Sie zügelte ihre Aufregung, um möglichst sachlich zu bleiben. Myrna konnte es nicht fassen! Sollte sie blind glauben, was Hank ihr soeben mitgeteilt hatte, wäre das ein Skandal. »Was er privat macht, geht mich nichts an, aber sollte es stimmen, dass er Berufsgeheimnisse ausplaudert, könnte ihn das den Job kosten.«

»Das haben Sie besser nicht von mir. Ward kann ein Stinkstiefel sein und neigt zu Wutausbrüchen, wenn er nicht gerade faul auf seinem Allerwertesten sitzt.«

»Ich würde mich ohnehin niemals nur auf ein Gerücht verlassen. Aber ich halte die Augen von nun an offen und werde dem Kollegen auf den Zahn fühlen«, sagte sie bissig. Myrna kam lieber wieder zum Thema zurück. »Was wissen Sie alles über Hope?«

Hank polierte seine Gläser auf Hochglanz, während er nachdachte. »Sie wollte sich ein paarmal den Zutritt zum Pub erschleichen, als sie keine sechzehn Jahre alt gewesen ist. Ich kann Ihnen nur sagen, was ich von den anderen gehört habe. Damals habe ich noch nicht hinter dem Tresen gestanden, sondern meinem Vater im Schankraum ausgeholfen.«

»Genau auf solche Geschichten bin ich aus. In jedem Tratsch steckt ein Fünkchen Wahrheit. Jedenfalls sagt mir das meine Erfahrung.«

Hank kümmerte sich zunächst um das Essen für das Ehepaar, das er nicht noch einmal warten lassen wollte. Danach hatte er genug Zeit für ihre Fragen und setzte sich auf einen Barhocker neben sie.

»Hope war ein richtiges Früchtchen. Sie ist seit 2008 fort, aber immer noch reden die Leute schlecht über sie.«

»Wieso das? Sind Teenager nicht immer anstrengend und vorlaut?«

»Nun, Hope hatte diese ganz bestimmte einnehmende Art an sich, die vielen aufstieß. Sie soll sich regelmäßig mit Männern vergnügt haben.«

»Sie war neunzehn. Ist das auf dem Land nicht gestattet?« Myrna hatte das Bedürfnis, die Unbekannte zu verteidigen.

Hanks Wangen färbten sich eine Nuance dunkler. »Sie soll auch mit vergebenen Männern geschlafen haben, ganz egal, ob sie dadurch eine Ehe gefährdet hat.«

»Oh. Das erklärt den Hass auf sie natürlich.«

»Die Frauen verfluchten sie, die Männer begehrten sie, waren eifersüchtig oder aggressiv. Eigentlich wünschte sich jeder in Pendle ihren Tod, könnte man meinen.«

»Was ist mit Ihnen? Hatten Sie auch etwas für Miss Fernsby übrig?«

»Ich war damals selbst noch grün hinter den Ohren«, meinte er schmunzelnd. »Ein wenig habe ich sie angehimmelt, aber mehr habe ich mir selbst noch nicht zugetraut. Hope bevorzugte immer schon reifere Männer, müssen Sie wissen. Also gehe ich recht in der Annahme, dass es sich bei der Toten um sie handelt? Ist das Rätsel um ihr Verschwinden endlich gelöst?«

»Es hat gerade erst begonnen«, antwortete Myrna seufzend. *Denn ab sofort bin ich auf der Suche nach einem Mörder*, fügte sie still hinzu.

Sie war zufrieden mit den Informationen, die sie an diesem einen Tag gesammelt hatte. Hope Fernsby schien im kleinen Pendle nicht gerade beliebt gewesen zu sein. Sicher hatte sie sich viele Feinde gemacht.

Hank schluckte und spielte mit einem silbernen Kreuz, das um seinen Hals hing. »Ich hoffe, dass die Familie nun endlich Frieden findet. Was ist mit ihr passiert? War es ein Unfall?«

»Ich glaube, jetzt möchte ich doch einen Burger.« Myrna lenkte gekonnt vom Thema ab und versuchte sich an einem Lächeln.

Glücklich warf Hank sich das Handtuch über die Schulter und verschwand in die Küche.

***

Mit Harke und Schaufel rückte Thea am nächsten Tag dem Unkraut auf dem großen St. Benet's Churchyard zu Leibe. Sie entfernte lose Äste und Blätter, die der Sturm hineingeweht hatte, und machte den Friedhof wieder vorzeigbar. Schweiß tropfte ihr von der Stirn, obwohl die Luft kühl und angenehm war. Sie genoss die Gartenarbeit, bemerkte dabei jedoch, wie wenig Sport sie in der Vergangenheit getrieben hatte. Mit der Zeit würde sie sich an die körperliche Ertüchtigung sicher gewöhnen. Das sagte sie sich zumindest, sobald ihr die Arme schwer wurden und sie innehielt, um durchzuschnaufen.

Während sie auf allen vieren durch die Beete kroch, vernahm sie leise Stimmen. Ein Mann und eine Frau unterhielten sich angeregt an einem der Gräber. Sie hatten Thea nicht bemerkt, die für sie unsichtbar blieb.

»... tragisch. Hast du es denn nicht gehört? Man hat Hope Fernsby gefunden.« Thea hielt inne und spitzte die Ohren. »Die Ärmste wurde draußen am Pendle Hill vergraben.«

Also war es tatsächlich Hope, deren Knochen aufgetaucht sind, dachte Thea nun ebenso aufgeregt wie die beiden, die sie heute zum ersten Mal sah.

Sie trugen Wohlstandsbäuche und Doppelkinne und sahen sich so ähnlich mit ihren wulstigen, geröteten Gesichtern und starren hellen Augen, dass man sie für Geschwister hätte halten können – was sie wahrscheinlich auch waren.

»Dieses Mädchen hat unser Mitleid nicht verdient, Bernie. Sie war eine Hexe und hat das bekommen, was ihr zustand.«

»Aber Mord, Agnes? Es ist nicht gerecht, einfach im Dreck liegen gelassen zu werden wie Abfall.« Ihr Bruder war fassungslos. »Stell dir vor, man hätte das mit Mutter oder dir gemacht.« Bernie wies auf das Grab, an dem sie standen. »Hat nicht jeder Vergebung verdient?«

Agnes schnaubte verächtlich. »Nicht diese Hure. Du weißt, was sie ihrem eigenen Ex-Freund, diesem Jonah Thomson, angetan hat. Ich mag mir nicht vorstellen, wie sie uns heute noch auf der Nase herumtanzen würde, wenn nicht einer von uns ein Einsehen gehabt hätte.«

»Aber, Agnes!«, rief Bernie entsetzt aus und fasste seine Schwester bei den Armen.

Sie senkten die Stimmen daraufhin. Thea interessierte sich so sehr für ihr Gespräch, dass sie sich nach vorne beugte und sich dummerweise auf der spitzen Schaufel abstützte.

»Aua!«, zischte sie ganz automatisch und besah sich den feinen Schnitt in ihrem Handballen.

Sofort schnellten die aschblonden Köpfe der beiden herum.

»Wer sind Sie?«, fauchte Bernie weitaus angriffslustiger, als er eben noch gewesen war.

Mühsam erhob sich Thea und wischte ihre schmutzigen Hände an der Arbeitshose ab, die man ihr freundlicherweise gestellt hatte. Sie zog ihren Pferdeschwanz nach, ehe sie herüberkam.

»Ich arbeite für die Gemeinde. Meine Anwesenheit ist also erwünscht und auch notwendig«, erklärte sie ausdruckslos, um sich ihre Verlegenheit nicht anmerken zu lassen. Diese Agnes machte sie nervös.

»Und als was arbeiten Sie genau, wenn ich fragen darf? Mir sieht es eher danach aus, als hätten Sie gelauscht.« Sie klang nun genauso schnippisch wie ihr Bruder.

»Ich bin die neue Totengräberin. Es gehört zu meinen Aufgaben, die Trauernden nicht zu stören, hat mir Reverend Hughing verdeutlicht. Ich bedaure, wenn es einen anderen Anschein macht. Falls Sie mir nicht glauben, können Sie den Pfarrer gern danach fragen. Und Sie sind?«

Abschätzig beäugten sie sie. Thea hatte den Eindruck, als würden diese Leute auf sie herabsehen. Wahrscheinlich gab sich niemand gern mit einem Totengräber ab. Allgemein wollten die Menschen selten über den Tod sprechen oder sich damit auseinandersetzen.

»Agnes und Bernie McAllister«, knurrte die Frau, als hätte man sie dazu gezwungen. »Sicher haben Sie von uns gehört.«

»Nein, habe ich nicht. Und dabei merke ich mir Namen ziemlich gut. Zum Beispiel den von Hope Fernsby, den Sie erwähnt haben. Ist sie es also tatsächlich, die man am Pendle Hill gefunden hat?«

Bernies Kiefer spannte sich sichtlich an.

Agnes konnte nun nicht mehr an sich halten. »Tun Sie doch nicht so scheinheilig! Sie sind Nathan Shaws Tochter, oder nicht? Dann haben Sie selbst Hopes Knochen am Waldrand gefunden. Wir wissen alles.«

»Sie sind mir vor die Füße gespült worden«, antwortete Thea wenig beeindruckt. »Ich wusste natürlich nicht, um wen es sich dabei handelt. Also ist die Polizei inzwischen weitergekommen.«

»Lucretia hat es aus erster Hand erfahren. Es ist Hope, und sie wurde sogar ermordet«, flüsterte Bernie aufgeregt und fing sich einen Seitenhieb seiner Schwester ein.

Selbst aufgerissen wurden seine kleinen Augen kaum größer. Dennoch erkannte Thea das begeisterte Funkeln darin. Es schien ihn richtig zu freuen, dass es jemanden aus seiner Gemeinde getroffen hatte. Agnes hingegen hatte das Kinn erhoben. Sie sah es sicher als gottgewollte Strafe für Hope Fernsby an, auf diese schreckliche Weise zu enden.

»Wie ist sie gestorben?«

Bernie blickte unbehaglich zu seiner Schwester. »Das wissen wir nicht. Eigentlich haben wir sogar geglaubt, sie sei ausgerissen.«

»Aber, ich dachte …«

Agnes schaltete sich ein, ehe er weitersprach. Thea hatte den Eindruck, dass Bernie noch mehr hätte sagen wollen. »Vielleicht sollten Sie das Denken lieber wieder einstellen, Miss Shaw. Sie gehören sowieso nicht hierher und werden auch niemals in der Gemeinschaft aufgenommen.« Eventuell wussten die zwei auch nicht mehr als das.

»Ich kann mir Schlimmeres vorstellen«, meinte Thea gelassen. »Ist denn niemand traurig über ihren Tod? Hope hatte doch Familie, nicht wahr?«

Agnes blieb ab sofort wortkarg und gab sich lieber geheimnisvoll, statt Thea eine ordentliche Antwort zu geben. »Wer Wind sät, wird Sturm ernten. Merken Sie sich das. Auch Sie werden eines Tages aus Pendle verschwinden. Sie wissen es nur noch nicht. Hope hat bekommen, was sie verdient hat.«

»Soll das etwa eine Drohung sein? Da muss ich lachen.« Sie reckte das Kinn kämpferisch in die Höhe.

Die McAllisters überragten Thea trotzdem um einen ganzen Kopf. Sie kamen ihr wie Riesen in einem skurrilen Märchen vor. Dennoch zeigte sie keine Angst, die sie im Übrigen auch nicht verspürte.

»Sehen Sie das als gut gemeinte Warnung. Behalten Sie solche Fragen in Zukunft lieber für sich. Sie könnten sonst eines Tages darüber stolpern und böse fallen«, sagte Agnes mit einem gefährlichen Lächeln.

Thea ließ sich nicht beirren. Dafür war sie nun viel zu neugierig auf die Hintergründe geworden. Sie drehten sich weg, aber Thea war noch nicht fertig mit ihnen. »Wieso konnten Sie Hope Fernsby nicht ausstehen? Was hat sie Ihnen vor fünfzehn Jahren angetan? Hat sie Ihnen auch den Mann ausgespannt?«

Agnes wandte sich wieder um. Sofort verhärteten ihre Gesichtszüge. »Sie fragen zu viel. Ihr Elternhaus hat Ihnen wohl nicht beigebracht, wann man besser den Mund zu halten hat. Komm, Bernie, wir gehen.« Agnes zog ihren Bruder grob am Arm mit sich. Er konnte sich nur mit Mühe von Thea losreißen. »Hier riecht es mir zu sehr nach Tod. Mit einer Shaw müssen sich Leute wie wir nicht abgeben. Wie der Vater, so die Tochter. Dieser Name ist und bleibt verflucht.«

Thea wechselte einen Blick mit Bernie, ehe die Geschwister den Friedhof verließen.

»Fragen Sie die Einwohner, allen voran Carlton O'Connor, wenn Sie mehr über Hope wissen wollen!«, rief er ihr zu. Erneut boxte ihm Agnes in die Seite, dieses Mal deutlich stärker. »Hey, was sollte denn das schon wieder?«

»Du redest zu viel.« Agnes scheuchte ihn voran. »Mutter wusste immer, wer von uns beiden der Idiot ist.«

»Seltsame Vögel«, murmelte Thea leise und ging zurück an die Arbeit.

Als sie sich an das nächste Beet setzte, bemerkte sie eine Bewegung im Augenwinkel. Thea hob den Kopf und konnte gerade noch einen Schatten erkennen, der hinter der Friedhofsmauer verschwand. Jemand hatte sie belauscht. Erstaunlich schnell sprang sie auf die Beine und lief dem Unbekannten nach.

Sie folgte ihrem Instinkt, als sie rief: »Warten Sie bitte!«

Thea holte den alten, gebückt gehenden Mann mit Leichtigkeit ein. Dennoch keuchte sie nach diesem kurzen Stück Weg.

Ja, sie war eindeutig aus der Übung und hatte wohl zu viel vor dem Computer gesessen, als sie noch in London gelebt hatte.

»Was wollen Sie von mir? Wer sind Sie überhaupt?«, fragte er und wich ängstlich zurück.

»Mein Name ist Alethea Shaw. Ich arbeite als Totengräberin auf dem Friedhof. Entschuldigen Sie, aber ich glaube, Sie haben das Gespräch zwischen den McAllisters und mir mitgehört.«

»Selbst wenn«, meinte er, doch seine Lippen bebten. Plötzlich traten Tränen in seine ohnehin glasigen Augen. Er fuhr sich zitternd über das eingefallene Gesicht. »Ich konnte nicht weiter dortbleiben. Eigentlich wollte ich am Grab meiner Frau zur Ruhe kommen. Wenn diese Gerüchte stimmen, dann ...«

Thea war nicht gut im Trösten, doch sie legte ihm eine Hand auf die dürre Schulter. Dieser Mann hatte in seinem Leben sehr gelitten. Das sah man ihm an.

»Sind Sie Henry Fernsby, Hopes Vater?«, fragte sie vorsichtig.

Er nickte, ehe er zu schluchzen begann und sich nicht mehr im Griff hatte. »Sie sagen, man hat ihre Leiche gefunden. Nach fünfzehn Jahren Hoffnung! Was habe ich dem Herrgott getan, dass er mich so bestraft? Sagen Sie es mir!«

Seine zittrige Stimme war zu einem Flehen geworden, das Theas Herz erreichte und sie nicht mehr losließ.

»Es tut mir leid, was Ihnen widerfahren ist, Mr Fernsby. Ich bin mir sicher, dass sich Reverend Hughing über Ihren Besuch freuen würde. Möchten Sie nicht noch auf eine Tasse Schokolade oder einen Tee mit ins Pfarrhaus kommen?« Sie überraschte sich selbst. Normalerweise bevorzugte es Thea, wenn man sie in Ruhe ließ.

»Am liebsten wäre ich gerade allein mit meiner Trauer. Ihr Vater war ein guter Mensch. Er und Peter haben als Einzige nie schlecht über meine Tochter gesprochen. Das rechne ich ihm hoch an. Danke, Miss Shaw.«

Bevor er ging, fiel Thea noch eine Frage ein, die sie interessierte. »Ist es wahr, was die Leute über Hope sagen?«

»Meine Kleine war mit Sicherheit kein Engel. Aber sie war auch nicht das Böse, als das sie verschrien wird. Ich glaube, wenn wir früh genug weggezogen wären, hätte ich das Unglück verhindern können. Dieser Ort tut niemandem gut, denn in Pendle ist jeder eine Hexe.«

7. Kapitel

Thea kümmerte sich daheim um ihren Blog. Sie las Kommentare und beantwortete Fragen, während sie ein Thema für ihren nächsten Beitrag suchte. Plötzlich kam ihr eine Idee, die – je länger sie darüber nachdachte – immer besser klang. Es war verrückt und waghalsig, aber auch spannend genug, um Menschen für ihre Sache zu begeistern. Was, wenn sie zum ersten Mal einen aktuellen Mordfall, dann auch noch einen direkt vor ihrer Haustür, zum Thema machte?

Voller Tatendrang setzte sie sich an den ersten Artikel dafür und bemerkte, wie flink ihre Finger über die Tastatur glitten. Theas Beitrag war schneller getippt als jeder zuvor, weil er sie zum ersten Mal richtig erfüllte. Mit einem Lächeln bestätigte sie ihre Eingabe und lud ihn hoch. Stolz lehnte sie sich zurück und betrachtete ihr Werk. Thea fragte sich, ob und inwiefern ihre Follower darauf ansprangen. Würden sie den neuen Unterton mögen oder lieber beim Alten bleiben wollen?

Die ersten Likes trudelten ein, und neue Kommentare ließen nicht lang auf sich warten. Thea hatte große Lust, mit den anderen zu spekulieren und den Mörder zu entlarven. Sie stellte daraufhin ihre ersten Theorien und den möglichen Tathergang ins Internet. Leider wusste sie noch nicht, wie Hope Fernsby zu Tode gekommen war. Wenn es sich doch um einen Unfall handelte, würde diese Beitragsreihe kürzer werden als alle bisherigen.

Sie ließ den Laptop stehen und bereitete sich einen Topf Nudeln mit Tomatensauce zu. Für mehr reichten weder ihre Kochkünste noch ihre Finanzen.

Später setzte sie sich mit dem vollen Teller wieder an ihren Arbeitsplatz in der Bibliothek, den sie mittlerweile lieb gewonnen hatte. Sie erinnerte sich, dass sie diesen Callan Healy längst hatte aufsuchen wollen. Wenn er Oakley eine stabile und schnelle Internetverbindung verschaffen konnte, dann ihr wahrscheinlich auch.

Theas Blick wanderte zu der verborgenen Tür. Sie hatte noch immer keine Zeit gefunden, dahinter zu blicken. Mittlerweile hatte sie den Mechanismus mehrmals ausgelöst, um zu testen, ob sich die Tür auch wieder hinter dem Regal verstecken ließ. Er funktionierte einwandfrei, als wäre er erst gestern eingebaut worden.

Sie hatte leider keine Zeit, das Haus zu erkunden. Zunächst wollte sie in Hopes Fall eintauchen. Diese Tür wäre noch da, wenn das Rätsel um die Tote vom Pendle Hill gelöst war. Dennoch sprang Thea nach einer Weile auf, verschob das Regal, indem sie den Mechanismus auslöste, und atmete durch.

»Trau dich«, sagte sie zu sich selbst, legte die Hand mutig auf die alte Klinke und drückte die Barriere mit einem Schaben auf.

Staub wirbelte ihr entgegen. Thea musste husten und hielt den Atem an. Enttäuscht ließ sie die Schultern sinken. Hinter der verborgenen Tür lag kein geheimer

Raum, sondern ein langer Gang, von dem wiederum drei alte Türen abgingen. Sie fragte sich, wohin diese noch führten oder ob sie bloß eine veraltete Verbindung zwischen den Zimmern waren, die sie bereits kannte. Dieses Abenteuer würde sie ein andermal bestreiten. Am besten, wenn sie nicht allein war. Sie traute dem Chamberling-Anwesen zu, sie für immer zu verschlucken. Immerhin hatten hier einst Adel und Geheimdienste residiert. Thea sah sich bereits vor einer riesigen Kugel aus Stein davonlaufen, weil sie irgendeine Falle ausgelöst hatte. Doch das hier war kein Hollywoodfilm, sondern nur ein altes Anwesen. Ein Haus mit zahlreichen Geheimnissen und immer mehr offenen Fragen ...

Sie setzte sich vor den lauwarmen Nudelteller und aß, während sie durch die eingegangenen Nachrichten scrollte. Die Leute zeigten sich begeistert von ihrer neuen Idee. Ein paar hatten Zweifel an der Echtheit des Falles. Immerhin hatte niemand davon gelesen oder gehört. Thea chattete mit einigen Fans, um offene Fragen zu beantworten.

Sie erschrak, weil sich der Mauszeiger auf einmal von selbst bewegte.

»Was zum ...« Ihr stockte der Atem, als sich wie von Geisterhand Wörter in ihrem Eingabefeld bildeten.

Die Hexen von Pendle haben das Mädchen geholt! Lauft um euer Leben!

Mehrere schockierte Smileys folgten.

Hastig griff Thea ein und löschte die Nachricht, doch sie tauchte erneut unter ihrem Namen auf.

Für die anderen musste es so aussehen, als hätte sie diesen Unsinn selbst verfasst. Erste Fragezeichen erschienen im öffentlichen Chatverlauf.

»Verschwinde sofort aus meinem Netzwerk!«, schrie sie und ging eisern gegen jede neue Nachricht vor.

Thea tippte nun eigens eine Entschuldigung ein:

Ich bin gehackt worden! Achtet nicht auf diesen Spinner! Ich melde mich, wenn ich das geregelt habe!

Kaum hatte sie die Botschaft abgeschickt, löschte sich diese von selbst.

»Nein, nein, nein, nein ...« Verzweifelt schlug sie auf die Tastatur.

Wieder meldete sich der Fremde zu Wort:

Ich weiß, wer Hope Fernsby getötet hat!

Thea hatte genug und antwortete:

Nein, das weißt du nicht. Oder bist du ihr Mörder?

Es musste verstörend aussehen, dass sie mit sich selbst sprach.

Die ersten besorgten Abonnenten schritten ein:

Alles in Ordnung, Thea? Brauchst du Hilfe?

Ihr Schlagabtausch mit dem Hacker sorgte aber auch für Lacher im Netz:

Das klingt fast, als wärst du unser nächster Fall. Dein Fund ist dir wohl zu Kopf gestiegen. Gespaltene Persönlichkeit und so.

Und natürlich blieb auch ›Wookieeboy‹ nicht leise:

Das ist die Apokalypse!!!

Thea beendete den Spuk, indem sie die Verbindung zum Internet kappte. Vorher hatte sie ihr Passwort geändert, aber auch das brachte nicht den gewünschten Erfolg. Sie fuhr den Laptop herunter und beruhigte ihr wummerndes Herz in der Stille der Bibliothek, in der sie höchstens das Knarren und Ächzen alter Regale vernahm.

Ihr kam eine Idee. Sie schnappte sich ihre Jacke und verließ das Haus kurzerhand.

***

Auf dem Weg in die Camelot Avenue überlegte sie sich einen neuen Namen für ihren Blog, dessen Schwerpunkt sich nun geändert hatte. Vielleicht sollte sie ihm einen frischen Anstrich verleihen.

Leider öffnete nicht Oakley, sondern seine rothaarige, vergrämte Tante. »Was suchen Sie hier?«

»Ihren Neffen, Oakley A. Miller.«

»Ich weiß selbst, wie er heißt. Mein Junge hat keine Zeit für eine … Shaw.« Sie spuckte Theas Namen beinahe vor ihre Füße und musste sich redlich überwinden, ihn überhaupt auszusprechen.

»Es dauert nicht lange. Außerdem ist er erwachsen und kann selbst entscheiden. Oder soll ich ihm bei seinem nächsten Besuch verraten, dass Sie mich davongejagt haben?«

Die alte Hexe kaute auf ihrer blutleeren Lippe herum, ehe sie die Tür schloss und Thea stehen ließ. Sie wollte sich schon umdrehen, als die Tür sich ein zweites Mal öffnete und Oakley persönlich vor ihr stand.

Sein Lächeln war zauberhaft, doch aktuell zweitrangig. »Was kann ich für dich tun? Wenn sich Thea Shaw extra auf den Weg zu mir macht, bedeutet das etwas.«

Sie erstickte seine Hoffnung lieber direkt im Keim. »Nicht, was du denkst.« Thea schmunzelte. »Ich habe ein Problem mit meinem Laptop. Na ja, nicht direkt …«

»Ist er kaputt?«

»Ich befürchte, mein Blog wurde gehackt. In meinem Namen werden Nachrichten geschrieben und gelöscht. Ich kann kaum noch darauf zugreifen. Sogar mein Mauszeiger hat sich von selbst bewegt.«

Statt entsetzt zu sein, kicherte Oakley. Er versuchte, sich das Lachen zu verkneifen, doch irgendwann brach es aus ihm heraus. »Da hat der gute Callan ja ordentliche Arbeit geleistet. Das war sicher nur wieder ein kleiner Streich von ihm.«

»Callan Healy, der Computernerd? Was geht ihn mein Blog an?« Thea war empört.

Oakley beruhigte sich wieder, aber das smarte Lächeln verblieb auf seinen Lippen. »Callan langweilt sich in Pendle gemeinhin. Seine Freunde wohnen weit weg, und hier hat er niemanden in seinem Alter oder mit seinen Interessen. Du bist nicht die Erste, die er aufs Kreuz legt. Er hat es sogar einmal geschafft, dass Mrs Downing glaubte, es spuke in ihrem Haus. Sie ist ganze zwei Wochen völlig neben sich stehend durch Pendle gelaufen und hat allen von der Erscheinung erzählt, die sie an ihren toten Mann erinnerte.«

»Das hat die alte Hexe zwar verdient, aber witzig finde ich es trotzdem nicht. Stell dir vor, sie wäre in ihrer Panik vor ein Auto gelaufen.«

»Welches Auto? Hier draußen fahren die Menschen kaum weg. Der neue Inspector besitzt einen Ford, aber ansonsten haben die meisten ihre Fahrzeuge längst verkauft und leben von dem, was sie hier im Städtchen finden. Wahrscheinlich könntest du dich einen Tag lang mitten auf die Straße legen und würdest nicht überfahren werden. Die Einzigen, vor denen du dich in Acht nehmen solltest, sind Brian Downing, Jolenes Sohn, und sein idiotischer Freund Nate Custer. Die zwei mögen es, für Aufruhr zu sorgen. Und die verrückten Geisterjäger sind auch nicht zu verachten, die hier manchmal auftauchen und am Pendle Hill herumrennen. Wenn das mit Hope öffentlich gemacht wird, werden sie vermutlich in Scharen anreisen.«

»Danke für die Warnung. Ich werde das beherzigen. Und nun verrätst du mir bitte, wo ich Callan finde ... Ach, warte mal, Healy ... Der Name kam mir gleich bekannt vor. Hat seine Mutter nicht dieses Café?«

»So ist es.«

Oakley musste erkannt haben, wie aufgebracht Thea war. Er legte seine Hände beruhigend auf ihre Schultern. Sofort wanderte eine heiße Welle durch ihren Körper. »Er wird nichts weiter mit deinem Blog anstellen. Das verspreche ich dir. Ich kenne Callan schon eine ganze Weile. Er ist ein harmloser Teenager, der nur etwas Aufmerksamkeit sucht.«

»Die kann er haben«, knurrte Thea gefährlich. »Er hat Glück, dass ich den Tag bereits verplant habe. Es war anstrengend genug auf dem Friedhof. Jetzt will ich bloß noch meine Ruhe haben. Ich weiß ja, wo seine Mutter arbeitet. Das reicht mir.«

Sie drehte sich um und winkte Oakley, als sie merkte, dass sie sich gar nicht von ihm verabschiedet hatte. In ihrem Kopf schwirrten so viele Dinge durcheinander – und noch immer fühlte sie diese seltsame Wärme, die von ihm ausgegangen war.

***

Myrna betrat das Polizeirevier mit wehendem Mantel. »Ich muss dringend mit Ihnen sprechen, Sergeant.«

Ward Harrison drehte sich zu ihr. »Was haben Sie?«

Sie setzte sich zu dem korpulenten Mann und suchte seinen Blick. In den dunkelgrauen Iriden sah sie alle Schattierungen, die auch sein Bart zeigte. »Mir ist zu Ohren gekommen, dass sich Gerüchte und Informationen über Hope Fernsby im Umlauf befinden, die nicht freigegeben waren. Niemand außer unserem Ermittlerteam kann davon gewusst haben. Können Sie mir das erklären?«

»Wie sollte ich? Da hat wohl jemand etwas aufgeschnappt oder sich zusammengereimt.«

Myrna schloss die Augen und rieb sich den Nasenrücken angestrengt. »Ich möchte keinen Kollegen ans Messer liefern. So bin ich nicht. Aber noch einmal kann ich nicht darüber hinwegsehen. Auch private Beziehungen dürfen nicht dazu genutzt werden, Geheimnisse auszuplaudern. Das nächste Mal kann ich Sie nicht mehr beschützen, Sergeant. Haben wir uns verstanden?« Myrna ließ gar nicht erst zu, dass er sich herausredete. An seinem hochroten Kopf erkannte sie, wie peinlich ihm die Situation war. Erwischt werden wollte schließlich niemand. »Lassen Sie uns lieber zusammentragen, was wir bis jetzt haben.« Sie ging zum Tagesgeschäft über, als wäre nie etwas passiert. »Und morgen früh müssen wir die Familie in Kenntnis setzen, dass die Tote am Pendle Hill tatsächlich Hope ist. Ich hoffe, dass sie nicht bereits davon weiß. Das wäre mir unangenehm und absolut fatal.«

Ward räusperte sich unwohl und suchte in einem Haufen Papier nach etwas zum Schreiben. Mittlerweile lag ihnen der Bericht der Pathologie vor. Ein winziger Riss an der Stirn des Schädels deutete darauf hin, dass Hope niedergeschlagen worden war, bevor man sie erwürgt hatte.

»Obwohl das Opfer benommen war, als sie getötet wurde, gehe ich von jemandem mit viel Kraft aus. Es ist nicht so einfach, wie man glaubt, ein Zungenbein zu brechen«, sagte Myrna.

»Es könnte auch eine Tat aus purem Hass gewesen sein. Das setzt Kräfte frei.« Er machte eine Pause. »Denken Sie wirklich, dass es einer von uns war? Dann müssten Sie mich auch verdächtigen.«

»Wer sagt, dass ich das nicht tue?«, antwortete sie zwinkernd.

»Mein Bauchgefühl.«

»*Sie* haben ein Bauchgefühl?«

»Genug Bauch ist jedenfalls da.«

Myrna lachte laut los. Einen Scherz aus seinem Mund hätte sie nicht für möglich gehalten. Seit sie Ward ein wenig zusammengestaucht und an seine Pflichten erinnert hatte, schien er sich zusammenzureißen.

»Können Sie mir eine Liste der Einwohner von Pendle geben, die Kontakt zu Hope Fernsby oder zu ihrer Familie hatten? Ich rede nur von den engeren, also Freunden und nahen Bekannten. Sie kennen hier sicher jeden im Umkreis von mehreren Meilen.«

»Aber sicher. Hören Sie, Inspector ...«

»Sagen Sie Evans.« Myrna reichte ihm die Hand, die er dieses Mal weniger grantig ergriff. »Einfach Evans.«

»Hören Sie, Evans. Ich kann Ihnen diese Liste geben, aber ich bin nicht sicher, ob ich der Richtige für den Job bin.«

»Sie sagen das, weil Sie als enger Nachbar involviert sind?«

Ward kämpfte sichtlich mit sich. »Auch, aber ich habe die Familie Fernsby persönlich gekannt. Henry und ich waren zusammen jagen und fischen, haben Skatrunden miteinander abgehalten. Ich bin viel zu nah dran, um das hier nicht persönlich zu nehmen.«

»Hatten Sie auch engen Kontakt zu Hope?«

»Weniger. Mit Teenagern kann ich nichts anfangen«, sagte er ehrlich. »Mehr, als sie kleiner war, aber später kaum noch.«

»Dann sehe ich erst einmal kein Problem. Helfen Sie Ihrem guten Nachbarn, indem Sie den Mörder seiner Tochter finden.« Myrna legte ihre Hand auf seinen Unterarm, um ihre Aussage zu untermalen. »Aber seien

Sie sich bewusst, dass jeder im Ort verdächtig ist, auch Henry und Susannah.«

»Die eigene Familie? Das will ich mir nicht einmal ausmalen«, antwortete er, eine Spur bleicher als davor. »Ich kenne die beiden Kinder, seit sie klein waren. Henry hat sich immer gut um sie gekümmert. Er ist kein Mörder.«

Myrna nickte ernst. »Trotzdem hat man mir erzählt, dass er sich seit dem Tod seiner Frau verändert hat. Er soll streng und unnachgiebig geworden sein und sich sehr über Hopes Verhalten geärgert haben.«

Ward stimmte zu und gab sich geschlagen. »Sie haben recht. Es könnte jeder sein. Da Hope bewusstlos oder zumindest geschwächt gewesen war, müssen wir außerdem von allen Geschlechtern und allen Altersklassen ausgehen. Na, das wird ein Spaß. Die berühmte Nadel im Heuhaufen.«

Myrna beugte sich vor, während ihr Kollege mit der Liste begann. »Nicht die erste Nadel, die ich in diesem Beruf finde. Und mit Ihnen an meiner Seite wird es ein Kinderspiel.« Sie machte ihm absichtlich Mut.

Ward hatte offenbar nur darauf gewartet, dass ihn endlich jemand für voll nahm. Urplötzlich steigerte er sich in den Fall hinein und ging mit ihr die gesamte Liste durch. Eifrig nannte er Details zu den jeweiligen Personen, suchte gleich darauf Adressen und Telefonnummern heraus und war kaum noch zu bremsen. Dass er wieder einmal nach Whisky roch, verzieh sie ihm. Myrna glaubte, dass er bloß eine Aufgabe im Leben brauchte, um sich in den Griff zu bekommen. So erging es vielen, die sie kannte. Jeder hatte seine kleinen und großen Laster, mit denen er kämpfte. Und meistens war Langeweile oder Einsamkeit der Grund dafür.

Sie diskutierten und überlegten noch eine Weile über das mögliche Motiv und den Tathergang. Höchstwahrscheinlich würden sie nicht drum herumkommen, alle aufgeschriebenen Namen einzeln abzuklappern. Es war fraglich, dass sich die Leute an eine Nacht vor fünfzehn Jahren erinnerten.

Zwei Namen strich Ward direkt wieder, aber Myrna behielt sie zumindest im Hinterkopf. Auch verstorbene Nachbarn könnten Hopes Mörder sein.

Er zögerte kurz, setzte seinen eigenen Namen dann aber doch mit auf die Liste. Mit wehleidigem Gesicht reichte er ihr das Papier. »Das sind alle, die mir einfallen. Ob der Rest mit Hope Kontakt hatte, weiß ich nicht.«

»Danke, Harrison. Als Erstes besuchen wir gemeinsam die Farm in Bentham. Wenn die Familie beisammen ist, erzählen wir ihnen, was passiert ist.«

»Sie sind sicher geschult in so etwas.«

»Nicht mehr als Sie auch.«

Ward kratzte sich am Hinterkopf. »Ehrlich gesagt, kann ich Menschen nicht weinen sehen. Mir dreht sich der Magen um, wenn ich nur daran denke, dass ich Henry und Susannah das Herz brechen muss.«

»Wenn es Sie beruhigt, werde ich reden. Seien Sie als Stütze an ihrer Seite. Sie sind ein bekanntes Gesicht, ein Freund.«

Ward nickte, schien aber nicht angetan von der Idee. Am liebsten wollte er sich ganz aus der Angelegenheit heraushalten, doch das würde Myrna nicht zulassen.

Es war wichtig, dass er geschult wurde. Man lernte eben nie aus, auch mit sechzig Jahren nicht.

»Wie geht es dann weiter?«, fragte er.

»Wir müssen im Anschluss die Downings, die Millers, Mrs Healy, die McAllisters und Mr Forsythe befragen. Alle der Reihe nach.« Myrna bemerkte erst jetzt, dass sie bis dato Hanks Nachnamen gar nicht gekannt hatte.

»War Hank damals nicht fast noch ein Kind?«

»Sogar Kinder morden. Sie haben eben selbst gesagt, wir müssen von jeder Altersgruppe ausgehen.« Myrna mochte es nicht, ausgerechnet den charismatischen Pubbesitzer zu verdächtigen, aber das war nun einmal ihr Job. Und sie hatte ihre Arbeit stets zufriedenstellend erledigt.

»Wieso teilen wir uns nicht auf?«

»Mir ist es wichtig, ihre Aussagen persönlich zu hören.«

»Vertrauen Sie mir etwa nicht?« Er klang gekränkt.

»Es geht mir eher darum, ihre Gesichter selbst zu sehen. Mir wird eine gute Menschenkenntnis nachgesagt. Ich habe meinen Spürsinn bestimmt noch nicht verloren.« Sie dachte mit Blick auf die Liste nach. »Die Geschwister McAllister sind damals die Kronzeugen gewesen. Dank ihnen dachte ganz Pendle, dass sich Hope mit dem Bus davongeschlichen hat. Ich möchte die Wahrheit hören, denn dass sie offensichtlich nicht gefahren ist, müsste nun jedem klar sein. Zudem sollte niemand von uns eine Befragung allein durchführen. Rein aus Sicherheitsgründen.«

Ward war einverstanden. Natürlich hatte Myrna das letzte Wort, aber es war ihr wichtig, dass ihr Kollege auf ihrer Seite stand und nicht schon wieder sein eigenes

Süppchen kochte. Aus diesem Grund bezog sie ihn so viel wie möglich ein, ließ ihn eigene Entscheidungen treffen und überzeugte ihn nicht durch Strenge, sondern durch sachliche Erklärungen von ihrem Vorschlag. Zeitgleich brauchte er jemanden, der ihn antrieb und ein wenig auf Trab hielt. Myrna war die Richtige für diesen Job.

»Was halten Sie von diesem Tagesplan?«, fragte sie ihn.

Ward riss erstaunt seine Augen auf. Seine Überraschung ließ sie lächeln. Dieser Mann hatte lange genug in seinem Schneckenhaus gelebt. Es wurde Zeit, dass er endlich wieder merkte, was es hieß, ein echter Ermittler zu sein.

»Ich ... also ... Ja, das klingt nach einem guten Plan.«

Myrna legte ihre Hand noch einmal auf seinen Arm. »Und zerbrechen Sie sich nicht den Kopf wegen der Fernsbys. Lassen Sie mich nur machen. Auch an mir gehen solche Momente nicht spurlos vorbei. Glauben Sie mir.«

»Wie werden Sie all das wieder los?«

»Gar nicht. Ich nehme die Gedanken mit ins Bett und in meine Träume.«

»Das kenne ich.«

Für den Sekundenbruchteil glitt sein Blick zu einer Schublade an seinem Schreibtisch. Myrna vermutete eine Flasche darin.

Ja, jeder von ihnen wurde von den Geistern der Vergangenheit eingeholt. Immer und immer wieder. Myrna sah viele trauernde und leichenblasse Gesichter, wenn sie die Augen schloss. Sie würde ihrem Kollegen Mittel und Wege zeigen, damit umzugehen und das

Erlebte zu verarbeiten, ohne sich zu betrinken. Sie war gespannt auf seine Geschichte, doch zunächst hatte jemand anderes Vorrang: Hope Fernsby.

Nachdenklich betrachtete Myrna die Liste in ihrer Hand. Sie hatte das unbestimmte Gefühl, dass jemand darauf fehlte.

***

Thea betrat das kleine Café und bestellte sich einen Earl Grey mit Milch, ehe sie auf den eigentlichen Grund ihres Besuchs zu sprechen kam. »Ich müsste dringend mit Ihrem Sohn reden.«

»Callan?«

»Haben Sie noch weitere Söhne?«

Fiona Healy lachte auf. »Drei andere, ja. Aber sie leben nicht in Pendle, also meinen Sie wohl Callan. Was hat er dieses Mal wieder ausgefressen? Der Junge hat nur Flausen im Kopf.« Sie seufzend und wartete geduldig.

»Er hat sich in meinen Internetblog eingeschleust und Nachrichten in meinem Namen verfasst. Das würde ich aber gern mit ihm persönlich klären.«

»Entschuldigen Sie vielmals. So etwas sollte nicht passieren. Ich bin untröstlich. Callan kommt jeden Moment aus der Schule. Normalerweise meldet er sich, wenn ... Ach, da ist er ja.« Sie unterbrach sich selbst und winkte ihren Sohn heran, der soeben durch die Tür trat.

Callan Healy war ein schlaksiger blasser Junge mit Sommersprossen und lockigem, rotem Haar. Seine strahlend grünen Augen starrten Thea an. Dann ging ein Ruck durch seinen Körper. Er rannte zurück auf die Straße.

»Aber, Callan, bleib doch hier!«, rief ihm seine Mutter verunsichert nach.

Thea hörte Mrs Healy nicht mehr, als sich die Tür hinter ihr schloss. Sie hetzte dem Teenager durch die Straßen von Pendle nach, vorbei an Cottages und Weiden bis zu einem Wanderweg in den Wald.

»Bleib sofort stehen!«, rief sie zornig und mobilisierte ihre letzten Reserven. »Das bringt doch nichts!«

Doch Callan lief weiter und schlug mehrere Haken, um Thea abzuschütteln. Sie keuchte, und ihre Seite schmerzte von der plötzlichen Anstrengung. Einzig das Adrenalin trieb sie voran, denn ihre Oberschenkel brannten nach einer Weile höllisch.

»Lassen Sie mich! Ich habe nichts getan!«, schrie er mit hoher Stimme.

Thea wurde immer wütender und zwang sich dazu, die Schritte zu beschleunigen, auch wenn das den schlimmsten Muskelkater ihres Lebens bedeutete. Als sie das kleine Waldstück verließen, flogen Schafweiden und lange Mauern, die statt Zäunen die Grundstücke begrenzten, nur so an ihnen vorbei. Callan drückte sich durch eine Wandergruppe, die auch Thea aufhielt. Wüstes Schimpfen und erstaunte Laute verflogen mit dem nächsten Windzug.

»Hör mir doch zu! Ich will nur mit dir reden!«, versuchte sie es, aber Callan wurde nicht langsamer.

»Das glaube ich Ihnen nicht! Verschwinden Sie!«

»Du kannst was erleben, wenn ich dich in die Finger bekomme!« Sie änderte die Taktik, weil Freundlichkeit nicht den gewünschten Erfolg brachte.

»Ich rufe die Polizei, wenn Sie mich noch länger verfolgen!«

»Am besten holst du gleich noch deine Mutter! Die wird dir nämlich persönlich deinen blassen irischen Hintern versohlen!«

Ihre Jagd führte sie noch eine Weile über Wanderwege und Trampelpfade, ohne dass Thea ihn einholte. So viel Kraft hätte sie diesem dünnen Jungen nicht zugetraut, aber Teenager strotzten für gewöhnlich vor Energie.

Auf einer alten Holzbrücke hatte Callan glücklicherweise ein Einsehen. Außer Atem kam sie vor ihm zum Stehen und hielt sich den Bauch.

Er stützte sich auf den Oberschenkeln ab.

Theas Lunge stand knapp vor dem Zusammenbruch. Sie schwitzte, hechelte und bekam kaum einen Satz zustande. »Wieso ... bist du ...« Thea schluckte den Schleim in ihrem Mund herunter, ehe sie weitersprach. »Wieso läufst du vor mir weg?«

Auch Callan schnaufte, hatte sich aber besser im Griff als sie. Sein Gesicht war gerötet, und das lockige Haar klebte ihm klamm an der Stirn. »Warum zum Teufel verfolgen Sie mich?«

»Weil du aus heiterem Himmel weggerannt bist. Also?«

»Was geht Sie das an, ob und wann ich joggen gehe? Wer sind Sie überhaupt? Ich dachte, Sie seien verrückt.«

Thea hatte endgültig genug von seinen Ausflüchten. Sie packte Callan am Kragen und zog ihn heran. Thea blickte ihm wutschnaubend in die etwas zu eng stehenden Augen. Sie versuchte, ihren bösesten Blick aufzusetzen, um den Ernst der Lage zu vermitteln. »Als du mich gesehen hast, bist du auf und davon. Ich will wissen, warum.«

»Keine Ahnung, was Sie meinen. Wenn Sie nicht sofort loslassen, zeige ich Sie wegen Körperverletzung an.«

»Dann darfst du dich auf eine saftige Klage gefasst machen, weil du meinen Blog gehackt hast. Ja, ich weiß Bescheid und mehr über dich, als du ahnst. Deine Reaktion hat deine Schuld bewiesen.«

Callan presste die Lippen aufeinander, bis sie weiß wurden.

Thea ließ ihn notgedrungen los.

»Okay, es tut mir leid. Besser?«

»Besser?!«, rief sie entgeistert und gestikulierte wild. »Du hast mich wie eine Idiotin dastehen lassen, Callan! Was fällt dir ein, dich einfach in meine Privatsphäre zu drängen? Du kennst mich nicht einmal!«

Er setzte sich auf das niedrige Brückengeländer und ließ Kopf und Schultern hängen.

Thea tat es ihm gleich. »Wo sind wir hier überhaupt gelandet?«

»Auf der anderen Seite vom Pendle Hill. Wollen Sie mal ein paar gruselige Geschichten darüber hören?«

»Lieber wäre mir, wenn du mir die Macht über meinen Blog zurückgibst und mich und meine Follower nie wieder belästigst.«

»Tut mir leid, das war nur ein Witz von mir.«

»Auch der Teil, in dem du behauptest, den Mörder von Hope Fernsby zu kennen?«

Der Rothaarige wich ihrem Blick aus und starrte lieber auf den erdigen Boden.

Sie weckte ihn aus seiner Trance. »Callan! Ich höre!«

»Mir war nur langweilig. Ich bin zufällig über Ihren öden Blog gestolpert, als ich nach News aus der Gegend gesucht habe. Hier passiert sonst nie etwas. Das war doch alles nicht ernst gemeint. Aber wenn Sie mich fragen, tippe ich auf Jonah Thomson, Hopes Ex-Freund. Die beiden haben sich kurz vor ihrem Verschwinden getrennt. Jonah hat danach mehrmals ziemlich hässliche Dinge über sie im Netz verbreitet. Er dachte, er sei anonym, aber ich habe seine IP-Adresse und die Identität dahinter herausgefunden. Ward Harrison kümmerte sich damals sowieso nicht um den Fall, also bin ich auf Spurensuche gegangen.«

»Was hat er genau gesagt?«

»Dass sie eine Hexe ist und auf dem Scheiterhaufen verbrannt gehört. Es folgten noch ein paar üble Schimpfwörter und das typische Suhlen in seiner Opferrolle. Jonah war nie anders. Er hat sich immer als das Opfer gesehen und konnte es nicht ertragen, dass Hope ihm fremdging.«

Thea kniff die Augen misstrauisch zusammen und stemmte die Hände in die Seiten. »Du warst gerade einmal geboren, als Hope verschwand. Also kannst du gar nichts mit ihrem Tod zu tun haben oder diese Dinge über Jonah wissen. Bindest du mir etwa einen Bären auf?«

Callan hob seine Hände, als wollte er ein wildes Tier besänftigen. »Das Internet vergisst nie. Noch heute kann ich solche Dinge finden.«

Ein Umstand, der mir nützlich sein könnte.

Sie erinnerte sich auf einmal an ein kleines Detail in seiner hektischen Erzählung. »Wieso findest du meinen Blog öde?«

Nun grinste Callan amüsiert. »Na ja, ›Theas Krimiblog‹ ist ein ziemlich langweiliger Name. Die Aufmachung ist außerdem nicht zeitgemäß. Sie sollten unbedingt frischen Wind reinbringen. Meine kleine Attacke tut mir leid. Ich möchte Ihnen keine Probleme bereiten, Miss Shaw. Sie haben das nicht verdient. Ich glaube, Sie sind seit Langem die einzig Normale in diesem Haufen von Spinnern.«

»Danke«, antwortete sie, weil sie nicht wusste, was sie sonst sagen sollte. »Mach das nie wieder. Das nächste Mal lasse ich dich nicht so einfach davonkommen.«

»Versprochen«, nuschelte er kaum verständlich. »Aber Sie müssen schon zugeben, dass Ihr Blog langweilig ist. Wie wäre es denn mit einem neuen Namen?«

»Das habe ich mir auch schon überlegt. Hast du Vorschläge?«

Sie machten sich auf den Rückweg. Thea fror inzwischen und rieb sich die Arme. Sie fühlte sich unwohl in ihrer verschwitzten Kleidung.

»Wie wäre es mit ›Churchyard Crimes‹? Da Sie auf dem Friedhof arbeiten und sich jetzt mit den Verbrechen vor der eigenen Haustür beschäftigen, liegt das nah.«

Zuerst wollte sie ablehnen, doch dann klang der Name gar nicht mal verkehrt. »Ich überlege es mir. Aber es wird wohl bei diesem einen Fall bleiben. In Pendle passiert so gut wie nichts.«

»Darf ich dann wenigstens Ihre Website überarbeiten?«

»Eigentlich mache ich das lieber selbst.«

»*Eigentlich* ist so ein großes Wort ...«

Er ließ einfach nicht locker. Thea musste sogar lächeln angesichts seiner Hartnäckigkeit. »Unter zwei Bedingungen.« Sie hielt ihm den Zeigefinger vors Gesicht. Callan stoppte mitten in der Bewegung. Auch ihm standen Schweißperlen vom vielen Rennen auf der Stirn. »Erstens, du hältst dich aus den Beiträgen heraus und schreibst nicht in meinem Namen verrücktes Zeug. Und zweitens«, der Mittelfinger gesellte sich zu dem ersten, »sorgst du für schnelles Internet bei mir im Haus und auf dem Handy in ganz Lancashire. Oakley hat behauptet, du kannst das.«

Seine Augen leuchteten begeistert auf. »Sie wissen aber, dass es illegal ist, was ich tue? Ich werde mich in einen Satelliten hacken, der nicht mir gehört. Ich zapfe ihn sozusagen an, ohne dass es jemand bemerkt.«

»Solange nicht plötzlich der Geheimdienst bei mir vor der Tür steht, ist mir das gleich«, sagte sie trocken.

Der Teenager rieb sich die Handflächen voller Tatendrang. »Mit dem größten Vergnügen!«

***

Myrna straffte die Schultern und wechselte einen letzten Blick mit dem eingeschüchterten Ward Harrison. Es schien ihm große Probleme zu bereiten, seine Nachbarn vom Tod ihrer Tochter zu unterrichten. Sie konnte es nachvollziehen und hoffte, dass er nicht selbst zusammenbrach, wenn es so weit war. Myrna brauchte ihn als ihre Unterstützung.

Sie sah sich um, während sie auf ein Lebenszeichen im Farmhaus warteten. Bentham wirkte beinahe noch verschlafener als Pendle und hatte große Felder und Weiden, auf denen Pferde und Kühe grasten. Hinter dem zweigeschossigen Haus aus hellem Backstein erstreckten sich ein Schweine- und ein Hühnerstall.

Myrna erschrak, als sie eine Berührung an ihrem Bein spürte. Eine grau gestreifte Katze rieb sich an ihrer Jeans und miaute leise. Sie streichelte das Tier, bis es genug hatte und davonlief.

»Scheint niemand da zu sein«, meinte Ward mit Blick durchs Fenster.

»Aber das Auto von Carlton O'Connor steht hier. Wohin könnte er zu Fuß gegangen sein?« Myrna deutete auf den Wagen, der in der Einfahrt parkte.

»Vielleicht arbeitet er im Wald oder draußen auf der Weide. Ich schaue mich mal um und rufe Sie, falls ich ihn finde.«

»Machen Sie das, danke.« Währenddessen schlenderte Myrna ums Haus und warf hin und wieder Blicke durch die Scheiben. Im ersten Stock war ein Fenster geöffnet. Es lag also nah, dass jemand zu Hause war oder es vergessen hatte.

Sie legte ihre Hände trichterförmig um den Mund. »Mr O'Connor?«, rief Myrna und lauschte auf eine Reaktion. Nichts als Stille. Seufzend wollte sie gehen, als sie ein Klirren aus dem Haus vernahm. Es kam höchstwahrscheinlich aus dem Obergeschoss. »Hallo? Ist da jemand?«

Natürlich folgte keine Antwort. Myrnas sechster Sinn meldete sich. Sie hatte das Gefühl, dass hier etwas nicht stimmte. Da niemand öffnete, suchte sie sich einen

Weg über ein Spalier in den ersten Stock. Bei Gefahr im Verzug überschritt sie auch mal die Grenzen des Erlaubten.

Myrna kletterte geschickt hinauf und durch das offene Fenster ins Haus. Sie schlich anschließend durch ein unordentliches Schlafzimmer in den Korridor, von dem aus eine Treppe ins Erdgeschoss führte.

Ihr Blick fiel auf eine Bildergalerie, die ein glückliches Pärchen bei der Hochzeit, aber auch in Alltagssituationen zeigte. Eine Blondine schmiegte sich darauf in die Arme eines kräftigen Mannes. Beide lächelten in die Kamera und schienen ein Herz und eine Seele zu sein.

Ein zerbrochener Spiegel am Ende des Flures verriet Myrna, woher das seltsame Geräusch gekommen war. Die Scherben lagen überall verstreut und gaben knackende Geräusche von sich, als sie darauf trat. Sie hockte sich nieder, weil sie eine feine Blutspur inmitten der Splitter entdeckt hatte, und folgte dieser über den Gang.

Vorsichtig legte Myrna eine Hand an die Seite, an der ihre Dienstwaffe ruhte, und öffnete den Verschluss des Halfters. Als sie die Tür zum nächsten Zimmer behutsam mit dem Fuß öffnete, präsentierte sich ihr ein Bild des Schreckens.

Ein breitschultriger Mann mit kurz geschorenen, dunklen Haaren, kariertem Hemd und sonnengegerbtem Gesicht stand auf einer Kiste und steckte gerade seinen Hals durch eine Schlinge, die von der hohen Decke hing. Er hatte das Seil über einen Balken geworfen und bemerkte Myrnas Eintreten zunächst nicht. Sie erkannte ihn sofort von den Bildern im Flur.

Als Myrna einen vorsichtigen Schritt in den Raum ging, knarrte der Fußboden. Seine dunklen Augen fixierten sie erschrocken.

Sie sah den Ausdruck des Erkennens darin und kam vorsichtig näher. »Bitte lassen Sie das. Sie müssen das nicht tun.« Myrna blieb möglichst ruhig, obwohl ihr das Herz bis zum Hals schlug.

»Gehen Sie!« Seine Stimme klang hart. Er würde sich nicht so ohne Weiteres helfen lassen. »Ich habe es verdient. Ich habe Hope Fernsby auf dem Gewissen!«

»Stopp!«, rief sie schockiert, doch es war zu spät.

Er stieß die Kiste weg und fiel in das Seil.

8. Kapitel

Dank seiner imposanten Größe von mindestens sechseinhalb Fuß hing er nicht weit über dem Boden. Sein Körper schwankte hin und her und zappelte wie ein Fisch auf dem Trockenen. Sein Gesicht nahm einen ungesunden Farbton an, und an seiner Schläfe trat eine Ader hervor.

»O nein, nein, nein … Das kann doch nicht … Das darf doch nicht …« Trotz ihrer Panik war Myrna hellwach und einsatzbereit. »Du wirst nicht vor meinen Augen sterben!«

Sie zögerte nicht lange, sondern suchte nach der Holzkiste. Als sie sie wieder unter seine Füße stellte, kickte er sie von Neuem fort. Der Kasten landete krachend an der Wand und zerbrach in mehrere Teile. Kurzerhand hockte sich Myrna selbst unter seine Beine und stemmte sie mit ihren Schultern nach oben. Dabei hielt sie den Mann so fest, dass er sie nicht auch noch wegstoßen konnte. Umständlich versuchte sie, an ihr Handy oder ihre Waffe zu kommen, aber die ruckartigen Bewegungen über ihr machten es unmöglich. Myrna traute sich auch nicht, das Seil durchzuschießen. Zu groß war die Gefahr eines Querschlägers, der sie am Ende noch selbst niederstreckte.

»Lassen Sie diesen Blödsinn und kommen Sie da runter!«, schrie sie ihm zu. »Es gibt keinen Grund, sich das Leben zu nehmen!«

Myrna mobilisierte all ihre Kräfte und hielt ihn wacker fest. Es zahlte sich aus, dass sie in die Londoner Kampfkunstschule gegangen war. Sie suchte nach dem Ende des Seils, das zu weit weg war, um es jetzt noch zu erreichen.

»Lassen … mich …«, röchelte er atemlos.

»Nein, ich werde nicht zulassen, dass Sie sich etwas antun. Egal, was es ist, es gibt immer einen Ausweg.«

Plötzlich vernahm sie die Rufe ihres Kollegen. Sicher suchte er nach ihr. »Harrison!«, schrie sie so laut, wie sie konnte. »Harrison, hier oben! Wir brauchen einen Rettungswagen!«

Zu ihrer Überraschung sah sie wenig später den schnaufenden Sergeant in der Tür stehen. Ward hatte entweder die Tür eingetreten oder war ebenfalls über das Spalier ins Haus gelangt. Er steckte voller Überraschungen, musste Myrna beeindruckt feststellen.

Harrison erfasste die Lage langsamer als sie. Es musste seltsam aussehen, dass sie unter einem zappelnden Mann hockte, dessen Füße sie auf ihren Schultern hielt. Sicher hatte der Sergeant nicht häufig in solchen Situationen gesteckt. Lange würde sie dieses grausame Spiel allerdings nicht mehr spielen können.

Verzweifelt sah sie ihn an. »Hil...fe!« Myrna war erschöpft. Ihr Blick wanderte zur Wand und zu dem Seil, das mit einem Knoten an einem Metallhaken festgebunden worden war. »Da drüben.«

Ward folgte ihrem Blick und zückte kurzerhand ein Messer aus seiner Tasche. Es dauerte eine gefühlte Ewigkeit, bis er das dicke Seil durchtrennt hatte, doch dann war es geschafft.

Myrna hechtete zur Seite, als der riesige Körper auf sie hinabsauste. Mit einem dumpfen Geräusch prallte der Mann auf den Holzboden und krümmte sich dort weiter.

Schnell löste Myrna das Seil um seinen Hals und richtete ihn gemeinsam mit ihrem Kollegen auf, sodass er saß. Er hustete und würgte, bekam aber wieder Luft.

»Wieso ... Wieso haben Sie das getan?«

Er keuchte. Sein Gesicht war schweißnass. »Lassen Sie mich doch einfach sterben, Herrgott noch mal!«

Myrna atmete durch und beruhigte ihr Herz, bevor sie antwortete. Am liebsten hätte sie ihn am Kragen gepackt und geschüttelt. »Ich habe einen Eid geschworen, die Menschen zu beschützen. Dazu zählen auch Sie«, sagte sie. »Ich gehe recht in der Annahme, dass Sie Mr O'Connor sind?«

»Was sollte das hier werden, Carlton?«, fuhr Ward Harrison ihn an und raufte sich die ohnehin abstehenden Haare. »Wären wir nicht gewesen, hätte dich deine Frau nun tot aufgefunden! Das nächste Trauma für ihre Familie! Denkst du auch einmal an sie?«

Carlton O'Connor senkte niedergeschlagen seinen Kopf und nickte. »Ich weiß es nicht. Es tut mir leid. Könnten wir das hier bitte für uns behalten? Sue muss nicht unbedingt etwas davon wissen.«

Ward ging weiter auf ihn los. »Ach, *jetzt* bekommst du also ein schlechtes Gewissen?«

Myrna hielt ihn mit einem Kopfschütteln zurück. Ihr Kollege war tatsächlich viel zu sehr eingebunden. Er fühlte sich offenbar persönlich betroffen, weil er jeden Verdächtigen gut kannte und sie als Familie oder Freunde ansah. Aber einen anderen Partner hatte

Myrna hier draußen nicht, sodass sie mit ihm vorliebnehmen musste. Vielleicht konnte sie davon profitieren, dass er die Menschen in Pendle kannte.

»Sue ist Ihre Frau Susannah, nehme ich an? Sie ist Henrys Tochter und Hopes Schwester, nicht wahr?« Nun begann Myrnas eigentliche Befragung. Beide Male erntete sie ein Nicken. Mr O'Connor wich ihr eindeutig aus. Er musste die nächste Frage erwartet haben, zuckte aber dennoch zusammen, als Myrna sie stellte: »Wieso haben Sie gesagt, Sie hätten Ihre Schwägerin auf dem Gewissen?«

Als er nicht antwortete, packte Ward seinen Freund am Hemdkragen und zog ihn grob zu sich hoch. »Antworte endlich, wenn du nichts zu verbergen hast!«

»Sergeant Harrison!«, rief Myrna entsetzt und wies zur Tür. »Ich werde diese Befragung allein weiterführen, während Sie sich draußen beruhigen. Rufen Sie bitte einen Arzt für Mr O'Connor und suchen Sie nach der Familie. Irgendwo muss sie ja stecken.« Ihr Blick ließ keine Widerrede zu. Noch immer zeigte sie Richtung Ausgang.

Ward haderte mit sich, ließ Carlton aber los. Er strich ihm das Hemd glatt und klopfte ihm auf die Schulter. »Tut mir leid, Kumpel. Habe ich nicht so gemeint.« Dann stampfte er zornig davon.

Unten knallte kurze Zeit später die Haustür. Wahrscheinlich schäumte er vor Wut, aber Myrna hatte die Situation nur auf diese Weise unter Kontrolle gebracht. Von Carlton ging keine akute Gefahr für sie aus. Ob Fluchtgefahr bestand, würde sich im Laufe des Gesprächs zeigen.

Myrna wendete sich wieder an den Mann, der noch immer auf dem Boden saß und sich den schmerzenden Hals rieb. Rote Striemen waren darauf zu sehen, die ihn sicher noch eine Weile zieren würden. Er beachtete Wards Reaktionen kaum, vermutlich weil er viel zu sehr mit sich selbst beschäftigt war.

Mit verengten Augen sah er zu Myrna auf. »Wieso einen Arzt? Sie haben doch verhindert, dass ich mich umbringe. Ich möchte kein Aufsehen, wenn ich ehrlich bin.«

»Trotzdem müssen Sie auf körperliche Schäden untersucht werden. Sehen Sie sich Ihre Hand an. Die blutet ziemlich stark. Haben Sie Mullbinden da?«

»Im Bad nebenan. Ich habe vor Wut auf mich selbst in den Spiegel geschlagen.«

»Das Ergebnis habe ich gesehen«, sagte sie und holte das nötige Verbandszeug, mit dem sie ihn notdürftig verarztete. »Und Sie sind sich sicher, dass sich das hier nicht wiederholt? Es war eine absolute Ausnahmesituation, hoffe ich. Ansonsten muss ich Sie auch noch an einen Therapeuten verweisen und vorerst betreuen lassen.«

»Bitte nicht. Ich sage Ihnen alles, was Sie wissen wollen.« Seine Stimme klang verzweifelt. »Meine Frau soll davon nur nichts mitbekommen.«

»Ich bezweifle, dass das so einfach ist. Gleich wird ein blinkender Wagen vor der Tür stehen. Außerdem verschwinden die Wunden an Ihrem Hals nicht so schnell. Wie wollen Sie die erklären?«

»Ich verstecke sie so lange. Sue und ich ...« Er blickte beschämt zu Boden. »Wir sind in den letzten Monaten nicht wirklich ... intim geworden. Sie wird mich nicht genau anschauen. Sie verstehen schon.«

»Tue ich«, sagte Myrna professionell und notierte sich alles, was sie hörte und für wichtig erachtete, auf ihrem Block. »Und nun zurück zu Hope und Ihnen.«

»Sie ist ... war meine Schwägerin. Wir standen uns nah.«

»Wie nah genau?«

Er biss sich in die Wange und starrte sie an.

»Mr O'Connor?«

»Ja, ich habe Ihre Frage gehört. Wenn Sie mir versprechen, dass Sue nichts davon erfährt, sage ich Ihnen alles. Sie und Henry sind auf einer Landwirtschaftsmesse in Bradford und kommen frühestens in einer Stunde zurück.«

»Ich kann nicht dafür garantieren, dass nichts durchsickert, aber von mir erfährt niemand etwas. Das verspreche ich Ihnen.«

Mehr konnte sie ihm nicht bieten, doch er schien zufrieden damit. »Hope und ich hatten vor fünfzehn Jahren eine Affäre. Ich habe meine Frau mit ihrer eigenen Schwester betrogen und mich sogar in Hope verliebt. Unsterblich verliebt.« Er betonte das, als würde es sein Handeln besser machen. »In der Nacht ihres Verschwindens sind wir auf dem Pendle Hill gewesen. Ich hatte mir Mut angetrunken – wieder einmal.«

Carlton machte eine Pause.

»Was passierte auf dem Hill?«

»Wir haben miteinander geschlafen. Nicht das erste Mal. Es war aufregend und verboten.« Seine Augen glänzten. Tränen sammelten sich darin, aber er schluckte den Kloß im Hals tapfer herunter.

Myrnas Mitleid hielt sich in Grenzen.

Nun weinte er doch. »Sie hat mir alles bedeutet, aber ich habe sie im Stich gelassen. Meinetwegen ist sie tot.«

»Was meinen Sie damit? Wie lange war Hope denn bei Ihnen?«

»Sie ist irgendwann einfach fort gewesen. Hope muss gegangen sein, während ich geschlafen habe. Es war eine warme Sommernacht im Juni. Ich bin aufgewacht und wusste zuerst nicht, wo ich bin. Der Morgen graute, aber die Uhrzeit weiß ich nicht mehr. Mein Schädel hat geschmerzt, und mir war übel vom vielen Alkohol den Abend zuvor.« Plötzlich war er ganz kleinlaut. »Sue, also Susannah und ich, hatten viel Streit zu dieser Zeit. Sie weiß, dass ich etwas für Hope empfunden habe und sie bis heute vermisse.«

»Sie weiß davon?«, fragte Myrna überrascht nach. »Wieso sollen wir es dann vor ihr geheim halten?«

Seine Augen wurden groß. »Weil sie glaubt, dass ich für Hope geschwärmt habe, aber keine Affäre mit ihr hatte. Sie weiß, dass ich um ihre Schwester trauere, aber nicht, dass ich sie tatsächlich mit ihr betrogen habe.«

»Und so eine Beziehung wollen Sie weiterführen?«, fragte Myrna nun zum ersten Mal direkter. Sie verstand nicht, wieso sich jemand derart selbst geißelte und dabei noch alle Menschen in seinem Umfeld mit in den Abgrund riss. »Haben Sie denn nie daran gedacht, sich zu trennen?«

»Das hätte ich wahrscheinlich, aber Hope hat mich hingehalten. Ich hätte den Absprung wohl nur gewagt, wenn sie sich zu mir bekannt hätte. Leider ...«

Myrna hob ihre Augenbrauen abwartend. »Leider?«

»Leider hatte sie nicht nur mich als Liebhaber, sondern etliche andere im Ort. Ich war nur einer von vielen. Hope war ein richtiges Flittchen, aber ich liebe sie bis heute und fühle mich schuldig, weil ich wahrscheinlich der Letzte war, der sie lebend gesehen hat. Nun ist sie tot.«

Myrna setzte sich ihm im Schneidersitz gegenüber und überflog ihre bisherigen Notizen. Sie zügelte ihren Zorn auf diesen Mann und versuchte, ihn nicht direkt zu verurteilen.

Es gab unterschiedliche Gründe, seinem Partner fremdzugehen. In Mr O'Connors Fall waren es wohl Feigheit und das große Erbe gewesen, die ihn bei Susannah gehalten hatten, während er in Wahrheit Hope geliebt hatte. Myrna wusste aus eigener Erfahrung, wie schmerzhaft es war, wenn man herausfand, dass die Liebe seines Lebens nicht ehrlich war und jemand anderen begehrte. Aber die eigene Schwester? Würde man dafür töten?

»Der Letzte, der sie lebend sah, war ihr Mörder. Das müssen Sie sich immer sagen, Carlton. Weiß Ihre ganze Familie von Hopes Tod? Wir sind eigentlich heute hergekommen, um es Ihnen schonend beizubringen. Es tut mir leid, dass mein Kollege etwas hat durchsickern lassen. Das hätte nicht passieren dürfen.«

Myrna wurde aufmerksam, als ein seltsamer Ausdruck in sein Gesicht trat. Dann runzelte er die Stirn. »Wir haben es nicht von Ward oder seiner kauzigen Freundin. Dass Hope tot ist, konnten wir auf diesem neuen Internetblog lesen.«

»Ein Blog? Was für ein Blog?«

»Nennt sich inzwischen ›Churchyard Crimes‹. Dort bekommt man alle aktuellen Infos über den Fund des Skeletts. Er wird von einer Thea Shaw betrieben, soweit ich weiß.«

Myrna hätte beinahe ihren Notizblock fallen lassen. Sie atmete flach und dachte nach.

Das darf doch wohl nicht wahr sein! Am liebsten hätte sie alles stehen und liegen lassen und sich diese Shaw direkt vorgeknöpft. *Die kann was erleben!*

»Sie haben also keinerlei Erinnerung daran, was passiert ist, nachdem Sie sich mit Hope Fernsby am Pendle Hill getroffen haben?«, sprach sie ruhig weiter, obwohl alles in ihr brodelte und schäumte. Myrna schaffte es dennoch, unbeirrt zu wirken.

Alethea Shaw rannte ihr nicht weg. Myrna hatte sich – wie immer – im Griff und blieb kompetent. Ihre Emotionen sperrte sie weg, um professionell aufzutreten und keine Angriffsfläche zu bieten. So hatte sie es gelernt. Wenigstens eine Person in diesem Städtchen musste einen kühlen Kopf bewahren.

»Das ist immerhin fünfzehn Jahre her.«

»Da sie daraufhin verschwunden blieb, hätte ich gemeint, man erinnert sich auch Jahre später noch an ein paar Details aus jener Nacht. Haben Sie Geräusche gehört oder jemanden gesehen?«, fragte Myrna weiter. »Auch unwichtige Details könnten später wichtig werden.«

Er schüttelte enttäuscht mit dem Kopf. »Ich weiß es nicht mehr, sosehr ich es auch versuche. Es tut mir leid, vor allem für Hope. Durch den vielen Whisky bin ich leider eingenickt und erst wieder aufgewacht, als ich ein Kratzen im Hals gespürt habe.«

»Ein Kratzen vom Alkohol?«

»Nein, das war etwas anderes. Ein seltsamer Geruch lag in der Luft. Irgendwo hat jemand wohl ein Schwein oder Rind gebraten. Es roch nach Fleisch und Ruß wie in einem Smoker. Ein Feuer, vielleicht auch ein Waldbrand. Ich war zu verkatert, um alles zu erfassen.«

Myrna schluckte, als ihr bewusst wurde, was Carlton in Wahrheit gerochen hatte. »Wann war das genau? Wissen Sie das noch?«

»Ich weiß es nicht mehr, weil ich danach direkt wieder eingeschlafen bin. Wie oft soll ich das denn noch sagen? Richtig hell war es jedenfalls noch nicht.«

Das bedeutet, es ist sicher, dass Hope am Tag ihres Verschwindens auch umgebracht und verbrannt wurde, dachte Myrna bestürzt.

Bislang hatte die Polizei die Meldung der genauen Todesumstände von Miss Fernsby zurückgehalten. Sie würden sich bald der Presse stellen müssen.

»Ich danke Ihnen.« Myrna beendete das Gespräch und übergab ihn an den zuständigen Arzt, der sich mit einem Koffer zu ihnen heraufbemühte. »Halten Sie sich für Fragen bereit. Ach, und noch etwas ...«

Mr O'Connor sah ein letztes Mal auf. Myrna konnte sich beinahe in seinen großen dunklen Iriden spiegeln, die so traurig dreinblickten, als wäre soeben die Welt untergegangen. Dieser Mann hatte Hope Fernsby geliebt und war enttäuscht worden. Ein Motiv hatte er, aber Myrna traute ihm die Tat nicht zu. Außerdem hätte er ihr andernfalls auch nichts von dem seltsamen Geruch erzählt – oder etwa doch?

»Ja?«

»Sie tragen keine Schuld an dem, was passiert ist. Hope hat selbst entschieden, in dieser Nacht dort zu sein, und ist ohne Ihr Wissen gegangen. Ihr Mörder hat sehr wahrscheinlich auf sie gewartet und ist ihr nicht zufällig begegnet. Er oder sie hätte Hope auch an einem anderen Tag zu anderer Stunde töten können.«

»Aber wäre ich bei ihr gewesen ...«

»Dann wären Sie jetzt vielleicht auch tot. Bleiben Sie stark, Carlton. Wir finden den Täter und ziehen ihn aus dem Verkehr. Und wenn es noch einmal fünfzehn Jahre dauert.«

»Was macht Sie da so sicher?«, fragte er wenig überzeugt und ließ die breiten Schultern sinken.

»Pendle kannte mich und meine Hartnäckigkeit vor fünfzehn Jahren noch nicht.« Sie zwinkerte und verließ das Zimmer. Draußen atmete sie endlich wieder frische Landluft ein. Myrna war übel, und sie stützte sich auf ihren Oberschenkeln ab, um den schwirrenden Schädel zu beruhigen.

Nichts davon, schon gar nicht Carlton O'Connors Selbstmordversuch, ging spurlos an ihr vorüber. Myrna blieb tapfer und nach außen hin immer stark, aber innerlich brodelte es gewaltig.

Carlton und Hope hatten eine Affäre. Was, wenn ihre Schwester doch davon wusste? Welche Frau würde nicht nachforschen, wenn sie erfahren würde, dass ihr eigener Mann für ihre Schwester schwärmt? Susannah könnte ausgerastet sein und die beiden in flagranti auf dem Pendle Hill erwischt haben. Dann wartet sie unten auf ihre Schwester, deren Rückweg zum Haus sie kennt, stellt sie zur Rede, es kommt zum Streit und ...

»Inspector?« Die raue Stimme riss sie aus ihren Gedanken. »Können wir reden?«

Sie stellte sich gemeinsam mit ihrem Kollegen ein Stück beiseite, damit weder die beiden eingetroffenen Streifenpolizisten noch der Arzt mithörten.

»Was gibt es, Harrison?«

»Wegen vorhin ...« Er zögerte und kratzte sich am Hinterkopf wie ein kleiner verlegener Junge. »Ich weiß nicht, was da mit mir passiert ist.«

»Das sollten Sie aber. Es ist unser Job, die Fassung zu bewahren, Sergeant. Ihr Verhalten gegenüber dem Befragten war absolut inakzeptabel. Mr O'Connor ist nichts weiter als das, solange wir noch nicht weitergekommen sind. Ich habe heute gemerkt, dass Sie emotional viel zu sehr in diesen Fall verstrickt sind.« Sie redete ruhig, aber auch streng mit ihm. Myrna legte sogar ihre Hände auf seine Schultern, um ihm zu zeigen, dass sie ihm nicht böse war. »Tun Sie uns beiden einen Gefallen, und lassen Sie mich erst einmal auf meine Weise weitermachen. Ich teile die Fortschritte natürlich gern mit Ihnen, aber bitte halten Sie sich ab sofort vom Tatort und von den Verdächtigen fern. Ich würde es außerdem begrüßen, wenn Sie von Alleingängen in der Ermittlung absehen.«

»Aber machen Sie dann nicht auch Alleingänge? Das ist nicht gestattet.«

»Ich suche mir einen anderen Partner für diesen Fall und setze Sie so lange für den Innendienst ein.«

Das hatte gesessen! Wards Kinnlade fiel herab. Wütend fuhr er sich über den Bart. Ein gefährliches Funkeln erschien in seinen grauen Augen. Myrna konnte noch so nett sein, aber ihre Rede hatte ihn nicht beruhigt, sondern vielmehr aufgeregt.

»Wie Sie wollen, *Inspector*.« Das letzte Wort spie er förmlich aus.

Myrna hoffte, dass die Reaktion seiner derzeitigen Impulsivität zu verdanken war und es in Zukunft keine Probleme zwischen ihnen beiden geben würde. Zur Sicherheit fügte sie hinzu: »Sie sind ein vortrefflicher Polizist, wenn Sie nur wollen. Lassen Sie die Schublade bitte geschlossen. Es gibt keinen Grund, sich jetzt in Selbstzweifeln zu suhlen. Ich brauche Sie später wieder, Harrison. Ich weiß, was in Ihnen steckt. Lassen Sie nicht zu, dass Ihre Wut Sie auffrisst. Danke, dass ich mich heute auf Sie verlassen konnte. Ohne Ihre Hilfe wäre Mr O'Connor jetzt vielleicht tot. Denken Sie daran, wenn Sie nach Hause fahren. Ich gebe Ihnen den restlichen Tag frei.«

Er murmelte etwas Unverständliches, was einem *Danke* glich, und stieg in seinen Wagen.

***

Thea setzte ein paar frische Blumen in das Beet am Grab einer gewissen Meredith Malone, die bereits vor über fünfzig Jahren das Zeitliche gesegnet hatte. Reverend Hughing hatte sie darum gebeten, auch die Gräber zu bestücken, um die sich kein Verwandter mehr kümmerte. So wurde das Gesamtbild gewahrt und der Friedhof stets ordentlich gehalten. Der Pfarrer wollte verhindern, dass die letzte Ruhestätte der Menschen aus Pendle verwahrloste.

Die Sonne strahlte nach Leibeskräften und sorgte für angenehme Temperaturen im Ort. Endlich wurde es Frühling. Neben immergrünen Bodendeckern pflanzte Thea bunten Rhododendron. Der Geruch, den die Pflanzen verströmten, war herrlich und machte Lust auf mehr!

Sie fragte sich, wann Hopes Leiche endlich freigegeben wurde. Sicher würde man sie auf dem St. Benet's Churchyard beerdigen und Thea ihren ersten wichtigen Auftrag vermitteln. Anscheinend beschäftigte sich die Pathologie noch immer mit ihr.

Sie hörte Stimmen. Jemand näherte sich, und dieses Mal waren es nicht die Geschwister McAllister.

»Guten Tag, Miss Shaw.« John Birming beugte sich gemeinsam mit seiner Frau Katherine zu ihr hinunter.

Thea nickte ihnen zu, weil ihre Hände schmutzig waren. »Hallo, wie kann ich Ihnen helfen?« Langsam erhob sie sich.

Die beiden wechselten einen Blick. »Wir sind hier, um mit Ihnen über Ihren Blog zu reden.«

Thea hatte geahnt, dass es sich bald herumsprechen würde. Callan hatte ihr mit dem neuen Design und einer einfacheren Bedienung geholfen sowie den Namen endgültig in ›Churchyard Crimes‹ geändert. Nun gab es kein Zurück mehr. Ihre Fans lechzten bereits nach neuen Informationen zum Fall Fernsby, die sie noch nicht hatte.

Thea war es eigentlich sogar recht, dass die Birmings vor ihr standen, auch wenn sie sie aus der Arbeit rissen. Bei ihnen würde sie mit ihrer Befragung weitermachen.

»Was ist damit? Es ist immerhin öffentlich, dass Hope Fernsby ermordet wurde. Die näheren Umstände kenne ich selbst noch nicht.«

»Miss Shaw ...« John blieb vorsichtig und legte all seine Überzeugungskraft in den nächsten Satz. »Ich habe einen Wahlkampf zu führen und kann schlechte Publicity nicht gebrauchen. Es wäre besser, wenn Sie mit dem Kriminalisieren warten würden, bis das durch ist.«

»Dieser Mordfall wirft einen Schatten auf die Politik meines Mannes«, sprach Katherine weiter und lächelte angespannt. »Wir würden es begrüßen, wenn wir diese delikate Angelegenheit zuerst einmal für uns behalten.«

»Aber ganz Pendle weiß davon«, meinte Thea stirnrunzelnd.

»Ja, Pendle, aber Lancashire noch nicht. Sie verstehen das sicher.«

»Nein, tue ich nicht. Ich bin nicht in der Politik.« Sie zuckte mit den Schultern. »Wieso sollte man Ihnen das übel nehmen? Sie haben doch nichts mit Hopes Tod zu tun.«

John zuckte kurz zusammen. Seine verräterische Reaktion machte Thea umso neugieriger auf seine Antwort. »Natürlich nicht!«, rief er vehement aus.

Seine Frau sah sich unbehaglich um. Katherine verdeutlichte ihm, leiser zu sprechen, indem sie den Zeigefinger an die Lippen legte.

»Sehen Sie. Und außerdem wird die Polizei spätestens morgen eine Pressemitteilung schreiben und weitere Details bekannt geben. Es bringt also nichts, das unter den Teppich zu kehren und so zu tun, als sei nichts passiert. Ein Mörder läuft durch Pendle. Gewöhnen Sie sich an den Gedanken, Herr Bürgermeister.«

John biss sich verärgert auf die Lippe, während Katherine ihre Hand an seinen Rücken legte und ihn besänftigte. Sie war seine Stütze, das erkannte wirklich jeder auf den ersten Blick.

Thea fragte sich inzwischen, wer von den beiden tatsächlich die Politik machte und wer nur schmückendes Beiwerk war.

»Hören Sie, Alethea ...« Katherines Tonfall war eindringlich, aber freundlich. Ihre hellgrünen Augen fokussierten sie. »Diese Wahlen sind sehr wichtig für John. Ob die Polizei etwas preisgibt, sei dahingestellt. Uns ist es wichtig, dass nicht noch mehr Menschen angetrieben werden, böse Dinge zu tun.«

»Sie glauben, mein Blog wird von Nachahmungstätern missbraucht?«, rief Thea außer sich.

»Nicht unbedingt. Aber wie Sie so schön sagten: Ein Mörder läuft durch Pendle, falls er heute noch hier lebt, und er ist nach wie vor auf freiem Fuß. Er hat sich fünfzehn Jahre erfolgreich versteckt gehalten. Dieser Verbrecher könnte sich durch Ihr Tun bestätigt fühlen und noch mehr Aufmerksamkeit wollen. Das wäre fatal für unser Borough.« Sie machte eine Pause und kam näher. Beinahe bedrohlich baute sich Katherine vor ihr auf. »Und auch fatal für Sie«, flüsterte sie. »Denken Sie doch einmal daran, was für Folgen Ihr Blog haben könnte. Wenn noch jemand stirbt und es auf Ihrer Seite breitgetreten wird. Die Polizei würde Sie wie eine Mittäterin behandeln.«

»Das könnten sie gar nicht. Das Internet kann frei genutzt und auch jede Seite von jedem eingesehen werden.«

John lächelte traurig. »Aber niemand sonst schreibt über die Verbrechen aus Pendle. Bitte achten Sie gut auf sich, Miss Shaw. Wir können und werden es Ihnen nicht verbieten. Aber wenn wir davon wissen, weiß es der Mörder ebenfalls. Sie befinden sich in großer Gefahr, sollte das kein Ende finden.«

»Bitte denken Sie einmal in Ruhe darüber nach. Hier läuft irgendwo ein Besessener herum, der junge Frauen ermordet.«

Sie drehten sich weg und gingen.

Thea hielt sie am Friedhofstor auf. »Wieso Besessener? Wissen Sie mehr als ich?«

Katherine lief weiter, als hätte sie nichts gehört, aber John zögerte und wandte sich ein letztes Mal um. »Hope Fernsby wurde wahrscheinlich von einem fanatischen Hexenhasser umgebracht. Mehr kann und darf ich Ihnen nicht sagen.«

»Hexenhasser? Wieso das? War sie gut in Kräuterkunde? Mochte sie schwarze Magie?«

John sah sich unbehaglich um, schüttelte dann aber den Kopf. Er senkte seine Stimme zu einem Flüstern. »Hope hatte viele Feinde hier in Pendle. Vielleicht hat sie jemand als Hexe angesehen und deshalb umgebracht. Bitte achten Sie gut auf sich, Miss Shaw. Sie könnten sonst die Nächste sein.«

Auch gegen den Willen der Birmings würde Thea weiterforschen. Sie fragte sich, was Hope Fernsby verbrochen hatte, um ermordet zu werden. Wieso hatte sich jemand die Mühe gemacht und sie nach der Tat vergraben? Und warum trauerte so gut wie niemand um sie? Thea würde es herausfinden.

***

Als Myrna nach einem langen Tag die Tür des Polizeireviers aufstieß, kam Ward Harrison direkt auf sie zugeeilt. Sie machte sich auf einen gehörigen Streit gefasst, der nicht folgte. Er überraschte sie sogar mit seiner Einsicht.

»Sie hatten recht, Evans«, meinte er deutlich erwachsener als auf der Farm. Dennoch roch er nach Whisky und hatte glasige Augen. Von seiner Schublade war er also nicht ferngeblieben. »Ich hatte mich nicht im Griff. Die Situation war zu viel für mich. Carlton und ich kennen uns von früher. Er und Susannah lebten gleich nebenan, ehe sie auf die Farm gezogen sind. Henry ist mein Skat- und Angelpartner. Ich bin zu sehr betroffen, um diese Ermittlung normal anzupacken.«

Myrna nickte und lächelte mitfühlend. »Das haben Sie bereits angedeutet. Ich hätte eben besser hören sollen. Gut, dass Sie es einsehen. Ich würde Sie aber gern von der Liste der Verdächtigen streichen. So wüsste ich, dass ich mich auf Sie verlassen kann. Immerhin teile ich meine Informationen mit Ihnen.«

Ward sah auf. »Sie meinen, ich könnte Hope Fernsby erwürgt und dann verbrannt und vergraben haben? Ich bin vielleicht grob, aber sicher kein Monster.«

Nun schmunzelte Myrna. »Das weiß ich doch. Sie wissen aber, wie ich vorgehen muss. Ich darf mich nicht beeinflussen lassen und muss jeden gleich behandeln.

Wenn es stimmt, dass Hope genau am Tag ihres Verschwindens starb, wovon wir ausgehen, war das der Morgen des 22. Juni 2008. Erinnern Sie sich an diesen Tag? Was haben Sie gemacht?«

Ward blies die Wangen auf, als er darüber nachdachte.

»Das ist schwierig. Ich glaube, Henry hat mir gleich am selben Tag davon erzählt. Schließlich tauchte Hope nicht mehr auf und ging auch nicht an ihr Handy. Das lag übrigens noch immer in ihrem Zimmer. Sie hatte es nicht mitgenommen.«

»Wie wir nun wissen, traf sie sich heimlich mit Carlton O'Connor auf dem Pendle Hill. Die beiden hatten eine Affäre.«

»Denken Sie, er war es?«, fragte Ward mit schmerzhafter Miene. »Ich mag mir nicht einmal vorstellen, dass einer von ihnen ... Sie sind doch ihre Familie ...«

»Statistisch gesehen findet man den Mörder fast immer im nahen Umfeld, auch in der eigenen Familie«, zitierte Myrna Alethea Shaw und kam dadurch auf eine Idee.

Der junge Neuzugang konnte nichts mit dem Verschwinden oder dem Mord an Hope zu tun haben. Sie hatte also eine weiße Weste. Zeitgleich glänzte sie mit einer guten Auffassungsgabe und beschäftigte sich anscheinend auf einem Internetblog mit dem Verbrechen. Noch immer war Myrna wütend auf Miss Shaw und ihre Unverfrorenheit. Doch nun konnte sie ihr vielleicht behilflich werden.

Ward riss sie aus ihren Überlegungen. »Ich war die gesamte Nacht lang hier in der Station. Es gibt dafür eine Zeugin.«

»Wen?«

»Lucretia Miller.« Er errötete leicht. »Wir ... also ...«

»Ich verstehe. Es ist mir längst zu Ohren gekommen, dass Sie beide ein Paar sind.«

»Wir verstehen uns gut und treffen uns ab und zu. Das ist alles.«

Myrna schob die Vorstellung, wie Ward Harrison und die schrille Lucretia Miller auf ihrem Schreibtisch knutschten, schnellstmöglich beiseite. Ein flaues Gefühl im Magen verblieb dennoch. Sie schrieb Desinfektionsmittel auf ihren imaginären Einkaufszettel.

»Ich werde sie dazu befragen müssen. Allerdings kann ich Sie beide nicht von der Verdächtigenliste streichen.«

Harrison öffnete den Mund, schloss ihn aber wieder und nickte zunächst. »Ich weiß. Noch können wir schließlich nicht sagen, wer wem womöglich ein falsches Alibi gibt.«

»Es könnte sich auch um ein Täterduo handeln. Ich schließe zu diesem Zeitpunkt noch nichts aus.«

Ward erwiderte das Lächeln erstaunlich warm. »Man merkt, dass Sie viel Erfahrung mitbringen. Vielleicht ist eine Städterin doch nicht so verkehrt für unser kleines Pendle.«

In der nächsten Stunde besprachen sie ihr Vorgehen für die morgige Pressekonferenz.

»Haben Sie mit Susannah und Henry gesprochen? Was sagen sie zu Carltons Ausrutscher?«, fragte er.

»Von einem Ausrutscher würde ich dabei nicht reden. Er ist bis heute glasklar in Hope verliebt und leidet sehr unter ihrem Tod. Ich halte ihn nicht für einen Mörder, aber mein Mitleid bekommt er auch nicht. Immerhin hintergeht er seine Frau seit vielen Jahren. Das ist jedoch ein Thema, das uns nichts angeht. Das müssen sie unter sich klären.«

»Auch wenn sich daraus ein Motiv ergeben sollte?«

»Sie meinen Susannah?«

»Oder Henry. Ich will nicht daran denken, aber ich tue es trotzdem. Hope wollte nicht so, wie er wollte. Und dann wirft sie sich auch noch an Carltons Hals. Wie muss es für einen Vater sein, mit anzusehen, dass sich seine Tochter derart danebenbenimmt?«

Myrna war seiner Meinung. Sie nickte nachdenklich. »Ein Mord aus Wut also? Das wäre denkbar. Bislang haben wir Eifersucht und Zorn als mögliche Motive. Ich kann es kaum erwarten, mit Susannah zu sprechen. Leider kamen die beiden erst spät zurück. Eine Sache noch: Carlton hat uns darum gebeten, ihr nichts von der Affäre zu sagen. Er wird sich einen anderen Grund ausdenken, wieso die Haustür aufgebrochen wurde.« Myrnas Blick suchte den seinen.

Ward schnaubte. »Hätte ich etwa auch hochklettern sollen? Haben Sie mal meine Figur gesehen? Es kann nicht jeder so agil und fit sein wie Sie, Inspector. Ich bin mehr der Mann fürs Grobe. Den Schaden übernimmt selbstverständlich die Polizei.«

»Außerdem wird die Leiche morgen zur Beisetzung freigegeben.« Myrna schenkte Ward und sich Kaffee nach.

Der bittere Geschmack legte sich wie eine raue Decke auf ihre Zunge. Sie würde sich an die seltsame Sorte gewöhnen müssen, wenn sie länger in Pendle blieb.

»Sollen wir uns unter die Trauernden mischen und sie während der Beerdigung beobachten?«

»Haben Sie das im Kino gesehen?«, fragte sie amüsiert. »Aber das ist gar keine so schlechte Idee. Allerdings mache ich das allein.«

»Sie können nicht überall allein hingehen, Inspector. Das haben wir doch schon besprochen. Lassen Sie mich wenigstens aus der Ferne helfen.« Wie er so dastand und sie treuherzig ansah, erinnerte er sie wieder an einen kleinen Jungen.

»Sie haben kein einwandfreies Alibi, Harrison. Es tut mir leid, aber ich werde diesen Fall vorerst auf eigene Faust untersuchen, bis geklärt ist, wem ich wirklich vertrauen kann und wem nicht.«

»Aber wen wollen Sie so lange zum Partner haben? Befragungen und Beschattungen sollte man nicht allein durchführen«, zitierte er das Regelbuch der Polizei.

Myrna war sich im Klaren darüber, dass es verrückt war, was sie vorhatte, aber die besten Chancen blieben ihr mit einer ganz bestimmten Einwohnerin. Niemandem sonst konnte sie trauen.

»Ich werde nicht allein sein«, sagte sie und blieb ihm die endgültige Antwort schuldig. Stattdessen erntete Ward ein geheimnisvolles Lächeln.

9. Kapitel

Mitten in der Nacht wachte Thea schweißgebadet auf. Sie war aus einem Traum hochgeschreckt, an den sie sich schon im nächsten Moment nicht mehr erinnerte. Einzelne Bildfetzen waberten durch ihren verwirrten Geist. John Birming und Lucretia Miller hatten darin eine Rolle gespielt, ehe sich stattdessen Oakley manifestiert und der Traum eine überraschende Wendung genommen hatte.

Sie brauchte unbedingt ein kühles Glas Wasser. Müde rieb sie sich ihre Augen, schwang die Beine aus dem großen Doppelbett und verschloss das Fenster, das kalte Luft ins Zimmer ließ. Sie fror mittlerweile, auch wenn ihr der Sauerstoffaustausch in dem muffigen Haus recht gewesen war.

Gerade, als sie sich wieder in das knarrende Bett legen wollte, hörte sie ein Geräusch. Es war dumpf und klang nach einem Schritt auf den alten Dielen im Erdgeschoss.

Thea schnappte sich ihr Handy und einen Brieföffner, den sie auf der kleinen Kommode gegenüber dem Bett fand. Vielleicht konnte sie ihn im Notfall als Waffe einsetzen. Sie tauschte ihn gegen den spitzen Schürhaken neben dem Kamin aus, der weit mehr Eindruck schindete als ein kleines Messer.

Die Nummer von Inspector Evans hatte sie sich eingeprägt und brauchte deren Visitenkarte nun nicht mehr, um sie zu erreichen.

Sie packte den Schürhaken fester und öffnete die Zimmertür möglichst vorsichtig. Dass sie kaum Kleidung am Körper trug, war ihr egal. Das dünne T-Shirt mit dem Aufdruck irgendeiner Rockband aus den Siebzigern musste genügen. Thea erinnerte sich nicht mehr, welchem Ex-Freund es ursprünglich gehört hatte.

Sie lauschte in die Stille. Erst nach einer Weile ertönte wieder das Schaben. Es klang, als schleifte jemand etwas Großes über den Boden. Die Geräusche kamen aus der Bibliothek, stellte Thea erschrocken fest. Der Schürhaken vibrierte in ihrer zitternden Hand. Mit der anderen wählte sie die Nummer des Inspectors und presste sich das Smartphone gegen ihr Ohr, damit niemand hören konnte, dass sie telefonierte. Zum Glück war die Verbindung dank Callans Hilfe direkt aufgebaut und nicht durch ein Funkloch gestört. Der Junge hatte Talente, die sie sich auch in Zukunft zunutze machen wollte.

»Evans?«, flüsterte sie heiser und schluckte. »Hier ist Thea Shaw aus dem Chamberling-Haus. Ich glaube, bei mir wurde eingebrochen. Ich höre jemanden in der Bibliothek.«

Die Kommissarin versprach, so schnell wie möglich zu kommen. Angespannt schlich Thea dennoch weiter. Sie wollte den Störenfried mit eigenen Augen sehen.

Ihr Herz klopfte so laut, dass sie kaum etwas anderes als das hörte. Mutig legte Thea ihre Hand auf die Klinke und drückte sie möglichst leise herunter.

Als sie eintrat, erwartete sie eine gespenstische Stille sowie die pure Finsternis. Ihre Augen gewöhnten sich nur langsam daran. Der Mond versteckte sich gerade hinter einer Wolke.

Hatte sie ein Geräusch gemacht und den Einbrecher vorgewarnt? Oder war er längst auf und davon?

Sie schlich langsam durch den Raum und stieß hart gegen den Tisch.

»Au, verflucht!«, rief sie. Der Schmerz brannte auf ihrer Hüfte. Plötzlich rumpelte es ganz in ihrer Nähe. Ein Fenster wurde aufgestoßen, und jemand glitt hinaus in die Nacht. »Halt! Stehen geblieben!«, schrie Thea dem Schatten hinterher, aber er war bereits im Garten verschwunden. »Mist!«

Sie stürzte zum Fenster und starrte hinaus, konnte aber keine Bewegung mehr ausmachen. Der Einbrecher war schnell wie eine Katze im Gestrüpp verschwunden.

Sie leuchtete sich den Weg bis zum Schalter neben der Tür. Thea ärgerte sich, dass sie nicht direkt Licht gemacht hatte. Dann hätte sie ihn wenigstens überrascht und erkannt, mit wem sie es zu tun hatte.

Ihr Blick wanderte hinüber zum Regal, das verschoben dastand und die Tür zum Geheimgang zeigte. Das erklärte das seltsame Schaben, das sie gehört hatte. Thea erinnerte sich, sie versteckt zu haben, ehe sie ins Bett gegangen war. Der Einbrecher hatte den Mechanismus also entweder aus Versehen oder absichtlich ausgelöst. Wusste er von dem Geheimnis, das das düstere Haus barg?

***

Es klingelte mehrmals. Thea öffnete und sah sich sowohl Myrna Evans als auch Oakley gegenüber.

»Was machst du denn hier?«, fragte sie ihn erstaunt.

»Er streifte durch Ihren Garten, als ich ankam. Ich dachte mir, dass Sie das wissen sollten.«

Erst jetzt sah Thea, dass die Kommissarin ihn mit einem Polizeigriff in die Mangel genommen hatte. Sie ließ ihn erst drinnen wieder los und schloss die Tür. Inspector Evans streifte sich den Mantel von den Schultern und warf ihn locker über die Armlehne eines alten Sessels.

»Was treibst du nachts in meinem Garten?«

»Ich habe jemanden aus deinem Haus weglaufen sehen und wollte mich vergewissern, dass es dir gut geht. Das ist alles«, sagte er.

Thea erkannte, dass er log. »Bist du der Einbrecher?«

»Was sollte ich hier schon groß stehlen? Traust du mir das wirklich zu? Ich hätte dir doch bloß meine Dienste als Handwerker anbieten müssen, um ins Haus zu kommen.«

Thea war nicht überzeugt. Irgendetwas an Oakleys Geschichte störte sie. »Nur, dass ich deine Dienste bis auf eine Ausnahme immer abgelehnt habe. So einfach, wie du es darstellst, wäre es also nicht gewesen.«

Sein Blick wanderte kein einziges Mal hinüber zu der alten Tür. Oakley war entweder ein guter Schauspieler und sich seiner Sache sicher, oder er wusste rein gar nichts darüber.

»Ich wollte nach dir sehen«, sagte er und lenkte Theas Aufmerksamkeit auf sich, indem er sie mit seinen unglaublich blauen Augen fixierte. »Mehr nicht.«

»Mitten in der Nacht?« Myrna hob misstrauisch eine Augenbraue.

»Ich konnte nicht schlafen und bin spazieren gegangen. Das tue ich manchmal. Kann ich jetzt gehen?«

»Gern, sobald ich Ihre Personalien aufgenommen habe und wenn Sie in der Nähe bleiben.«

Oakley deutete an die Frontseite des Hauses.

»Ich wohne gleich in diese Richtung, in der Camelot Avenue 5. Das ist nicht weit von hier.«

»Ich weiß. Dann sind wir allem Anschein nach Nachbarn«, antwortete die Ermittlerin lächelnd und notierte sich alles, was er sagte. Ihr Stift kratzte über das Papier und hinterließ eine filigrane Handschrift. »Ich bewohne ein Zimmer in Mrs Downings Motel. Für Fragen würde ich Sie bitten, in der Stadt zu bleiben. Soweit ich weiß, haben wir noch nicht miteinander über Hope Fernsby gesprochen.«

Oakleys Augen wanderten Hilfe suchend zu Thea, aber diese machte keine Anstalten, ihn zu retten. Stattdessen spitzte sie die Ohren und hoffte, neue Informationen zum Fall zu erhalten.

»Ich kannte sie kaum. Als sie verschwand, war ich noch ein Kind.«

»Ein Teenager, um genau zu sein. Auch Kinder können morden, Jugendliche erst recht. Halten Sie sich für meine Fragen bitte bereit. Eine Reise würde ich als Flucht verstehen. Aber dafür gibt es sicher keinen Grund, nicht wahr?«

Oakley wurde blass. »Sicher nicht«, antwortete er gepresst. »Man sieht sich, Thea. Pass auf dich auf. Da draußen läuft ein Verrückter herum, der sich an deinen Sachen zu schaffen macht. Vielleicht sollte ich auch die Fenster mit einem Schloss versehen.«

»Nicht nötig«, meinte Myrna, die sich die beiden Türen im Erdgeschoss angesehen hatte. »Es gibt keine Einbruchspuren, also wurde entweder abends ein Fenster nicht geschlossen, oder aber ...«

Sie musste ihren Gedanken nicht in Worte fassen. Thea hatte es längst verstanden. Sie sondierte Oakley. »Ich möchte, dass du jetzt gehst. Man sieht sich.«

»Bis dann.«

Ein letzter verunsicherter Blick wanderte von ihr zu Myrna, ehe er die Tür ins Schloss fallen ließ.

Sie drehte sich zur Kommissarin und sog hörbar Luft durch ihre Nase. »Es gibt wirklich keine Einbruchspuren?«

»Ich werde mir jedes einzelne Fenster und auch die Tür zum Keller einmal ansehen.« Sie schickte ihr eine Warnung hinterher. »Nehmen Sie sich besser in Acht, wem Sie Dinge anvertrauen oder Schlüssel übergeben.«

»Nicht nötig. Oakley Miller hat meine Schlösser gleich zu Beginn ausgewechselt. Ich kann ihm nicht mehr vertrauen.«

Myrnas Gesicht sprach Bände. Sie hatte Mitleid mit Thea, weil sie glaubte, dass sie mehr für den Mann Anfang dreißig empfand. Ihr Inneres sträubte sich dagegen, aber die Enttäuschung über Oakleys möglichen Verrat saß tatsächlich tief.

»Haben Sie den Einbrecher erkannt?«

»Nein, aber seine Gestalt konnte ich sehen.«

»Mann oder Frau?«

»Nicht klar, aber nicht so groß wie Mr Miller. Er trug einen unförmigen Pullover und war schlank, glaube ich.«

Myrna notierte sich alles. Dann bot sie Thea ihren Mantel an. Erst jetzt bemerkte sie, dass sie fror und noch immer spärlich bekleidet war. Ausgerechnet Oakley hatte sie so gesehen! Aber das konnte ihr nun egal sein. Er belog sie und hatte etwas zu verbergen. Auch wenn er nicht der Einbrecher gewesen war, handelte es sich bei ihm vielleicht um einen Komplizen, der Schmiere gestanden hatte.

»Sie sollten Ihre Schlösser von einem Fachmann wechseln lassen.«

»Oakley hat am ersten Tag mit einem Werkzeugkoffer vor der Tür gestanden und wusste von den Schlössern.«

»Sie haben sich nicht nach einem Schreiben erkundigt? Ein unterzeichneter Auftrag der Firma beispielsweise?«

Thea mochte die direkte Art der anderen, fühlte sich aber auch ertappt. Eine seltsame Mischung. »Ich habe nicht nachgefragt, weil der Zufall zu groß war.« Niedergeschlagen und ein wenig beschämt senkte sie den Kopf. »Das war ziemlich dumm, aber all das hier war neu für mich. Ich habe gerade erst herausgefunden, dass mein Vater Geheimnisse hatte und in diesem riesigen Herrenhaus lebte. Ich frage mich, wieso er es ausgerechnet mir vererbt hat. Er wollte bis zu seinem Tod nicht einmal Kontakt zu mir.«

»Manchen wird erst auf dem Sterbebett bewusst, was sie falsch gemacht haben«, sagte Myrna und strich sich eine Strähne hinters Ohr.

Sie war hübsch und tough. Sicher rannten ihr die Männer scharenweise hinterher. Aber Oakley hatte nur Augen für Thea gehabt. Sie errötete leicht und bot der Kommissarin etwas zu trinken an. »Viel ist nicht da, aber einen Tee könnten Sie haben.«

»Haben Sie auch Kaffee?«

»Sicher. Einen Moment. Habe ich Sie geweckt?«

Myrna folgte ihr in die Küche und setzte sich dort an den kleinen Tisch, während sich Thea um ihr Getränk kümmerte.

»Ich war im Dienst und saß in der Polizeistation. Es passte mir gut, dass Sie anrufen, muss ich gestehen.«

»Ach?«

»Ich wollte mit Ihnen über Ihren Blog sprechen.«

Thea hielt mitten in der Bewegung inne und versteifte sich leicht. »Mein Blog? Was interessiert Sie daran?«

»Er kann leider nicht weitergeführt werden. Sie haben vertrauliche Informationen im Internet preisgegeben, die dafür gesorgt haben, dass eine Familie noch vor unserem Besuch vom Tod ihrer Tochter und Schwester erfahren hat. Sie können froh sein, wenn die Fernsbys Sie nicht auf Schmerzensgeld verklagen.«

Thea wandte sich so abrupt um, dass sie das Kaffeepulver verschüttete. Sie riss die Augen weit auf und achtete nicht auf das Malheur zu ihren Füßen. »Ich kann nichts dafür, wenn die Polizei zu langsam arbeitet. Außerdem wusste jeder in Pendle davon, Lucretia Miller sei Dank. Ich habe bloß aufgeschrieben, was ich gehört habe. Dafür kann mich niemand belangen.«

»Doch, das könnte man. Es ist und bleibt privat. Ich habe mir ›Churchyard Crimes‹ einmal genauer angeschaut. Eine schöne Seite mit allerlei interessanten

Themen. Dass Sie sich nun an aktuelle Verbrechen wagen, hätte ich nicht gedacht. Sie scheinen mir eher ein Faible für die Vergangenheit zu haben.«

»Auch Hopes Fall liegt in der Vergangenheit. Immerhin war sie fünfzehn Jahre unter der Erde. Ein ungelöster Fall mehr oder weniger. Was macht das schon?«

Myrna seufzte. Thea schaffte es, die rappelige Kaffeemaschine zum Laufen zu bringen, und stellte anschließend eine dampfende Tasse vor den Inspector.

»Danke. Der Unterschied ist, dass dieser Fall wieder brandaktuell ist und wir es mit einem frischen Leichenfund zu tun haben. Sie stellen wilde Mutmaßungen mit völlig Fremden an, dann auch noch im World Wide Web. Wenn ich eines nicht leiden kann, dann das. Wieso sprechen Sie nicht direkt mit mir, wenn Sie eine Vermutung haben?«

»Das habe ich doch. Haben Sie die Familie durchleuchtet?«

»Noch nicht alle, aber ich bin bereits ein Stück weitergekommen.« Myrna trank vorsichtig aus ihrer Tasse. »Das, was Sie da betreiben, ist gefährlich. Sogenannte Social-Media-Detektive dürfen sich nicht einmischen. Detektivfilme ersetzen keine kriminalpolizeiliche Ausbildung und stören die laufende Ermittlung eher. Außerdem kann es für die Hobbydetektive immer auch brenzlig werden. Haben Sie heute Abend nicht mehr auf Ihren Blog geschaut?«

»Nein. Was meinen Sie?«

»Dann ist Ihnen die Drohung also entgangen. Jemand findet es gar nicht gut, dass Sie ermitteln.«

»Eine Drohung?« Thea spielte ihre Begeisterung herunter. »Das bedeutet, dass ich in ein Wespennest gestochen habe. Ist das nicht gut? Wir sind auf der richtigen Spur.«

»Noch haben wir keine eindeutige Spur. Die Ermittlungen laufen in viele Richtungen. Aber ja, Sie sind jemandem zumindest auf die Zehen getreten. Lesen Sie am besten selbst.«

Die Polizistin wendete ihre Augen nicht von ihr ab, weshalb Thea noch nicht zum Laptop griff. Sie fühlte sich durchschaut und in die Ecke getrieben. Thea wollte in einem Verhör dieser Frau lieber nicht gegenübersitzen. Myrna verdeutlichte ihr mit nur einem Blick, dass es so nicht weiterging und sie persönlich dafür sorgen würde, dass alles wieder in die richtigen Bahnen gelenkt wurde.

»Falsche Verdächtigungen haben bereits zu Schäden wie Suizid und Mobbing geführt oder auch zu Straftaten und Gewalt gegen den Hobbydetektiv selbst. Das hier ist kein Spiel, Thea. Wir haben es mit einem berechnenden Mörder zu tun, der vor nichts zurückschreckt. Es würde mich nicht wundern, wenn der Einbrecher heute unser Täter war.«

»Es tut mir leid, wenn ich mich in eine laufende Ermittlung eingemischt habe. Das war nicht meine Absicht.« Sie zeigte sich betont reumütig.

»Doch, war es.« Myrna schmunzelte. Das Grau ihrer Augen blitzte verräterisch auf. »Ich glaube, ich könnte sogar einen Nutzen aus Ihren eigenen Ermittlungen ziehen. Insbesondere Ihr letzter kurzer Beitrag über den Bürgermeister hat mich interessiert.«

»Die Birmings waren heute bei mir und haben mich gewarnt. Ihr Besuch auf dem Friedhof war eher rätselhaft.«

»Ich würde den beiden gern auf den Zahn fühlen, wenn ich mit Susannah O'Connor und Henry Fernsby gesprochen habe. Auch die Millers, die Downings und die McAllisters müssen noch immer zu Hope und der Nacht vom 21. auf den 22. Juni 2008 befragt werden.«

Thea setzte sich ihr gegenüber und stützte die Ellenbogen auf die Tischplatte. »Haben Sie dafür nicht Ihren Kollegen, diesen Sergeant Harrison?«

Wieder legte sich ein Schleier über Myrnas Augen, wenn auch nur kurz. Alles konnte sie nicht vor ihr verbergen. »Der Sergeant wird vorerst von der Station aus arbeiten. Er ist zu involviert. Das bedeutet, ich brauche einen neuen Partner da draußen ... oder eine Partnerin.«

Thea begriff trotz Myrnas eindeutigem Augenaufschlag nicht, wen sie meinte. Sie stand völlig auf dem Schlauch. »Und wieso sagen Sie mir das?«

»Ich dachte mir, wir könnten ein kleines Tauschgeschäft eingehen. Ich habe sogar einen Vertrag dabei, der Sie berechtigt, der Ermittlung eine Weile an meiner Seite beizuwohnen.«

»Ich? Ermittlung? Also ...« Thea war perplex. »Ich bei einer richtigen Ermittlung?« Sie kam sich unfassbar dämlich vor, nicht sofort zuzusagen, aber ihre Überraschung war echt. Sie hatte mit allem gerechnet, sogar damit, wegen ihres Blogs verhaftet zu werden, nur nicht mit einer Zusammenarbeit.

»Wie klingt das für Sie? Ich bewundere Ihre Art, wie Sie an den Fall herangehen, wie Sie recherchieren und die Ehrlichkeit, mit der Sie jedem begegnen. Außerdem können Sie als Einzige nichts mit Hope Fernsby zu tun haben, weil Sie damals nicht im Ansatz mit ihr in Kontakt getreten sind.«

»Mein Vater aber schon.«

»Er ist tot. Sie hatten auch keinen Kontakt zu ihm. Ich kenne Sie besser, als Sie denken, Alethea Shaw. Sie sehen, ich habe meine Hausaufgaben gemacht.«

Ihr letzter Satz klang ganz nach einem Slogan, den sie schon ein paarmal aufgesagt hatte.

Thea erinnerte sich mitten in ihrer Verwirrung an Myrnas Worte. »Was springt für mich dabei heraus? Sie sagten etwas von einem Tauschgeschäft.«

»Sollten Sie mir helfen, dürfen Sie Ihren Blog weiterführen.« Thea wollte schon vor Freude aufspringen, aber Myrna schaffte es wieder einmal, sie auf den Boden der Tatsachen zurückzuholen. »Unter den strengen Augen meiner Wenigkeit. Sie werden jeden Beitrag von mir absegnen lassen und nur das posten, was auch an die Öffentlichkeit gelangen darf.«

Das schränkte Thea zwar ein, doch es war besser, als den Blog zu schließen, der am vorherigen Tag unzählige neue Follower angelockt hatte. Die Menschen interessierten sich deutlich mehr für den aktuellen Fall rund um Hope Fernsby als für die vergangenen Verbrechen aus alter Zeit. Es wurde über Hexenverbrennungen geredet und die verschrobene Gemeinde spekuliert. Es gab sogar jemanden, der behauptete, dass die Bewohner alle unter einer Decke steckten und die ungeliebte Hope gemeinsam beseitigt hatten. Denkbar wäre es.

»Einverstanden. Wir haben einen Deal.« Thea streckte die Hand aus.

Statt sie zu ergreifen, schob Myrna den Vertrag über den Tisch. »Nur zur Sicherheit. Das ist eine Geheimhaltungsvereinbarung. Wenn Sie dagegen verstoßen und ohne mein Zutun wieder eigene Ermittlungen starten, kommt es Sie teuer zu stehen. Denken Sie an Ihre Brieftasche, bevor Sie mich im Dunkeln lassen.«

»Den drohenden Unterton überhöre ich geflissentlich«, antwortete Thea grinsend. »Ich habe schon Schlimmeres tun müssen, um an mein Ziel zu kommen.« Sie griff zu einem Stift und unterzeichnete. »Dann sind wir von nun an Partner?«

Myrna nickte. »Wenn Sie das so sehen wollen, ja. Aber ich bleibe natürlich Ihre Chefin. Ohne mich läuft nichts. Und bei Befragungen halten Sie sich zurück und lassen mich sprechen.«

»Nichts leichter als das.«

Thea sah ihr an, dass sie ihr nicht glaubte.

***

Lucretia schloss die Tür und lehnte sich mit klopfendem Herzen dagegen. Sie streifte die Kapuze ihres schwarzen Hoodies vom Kopf und fuhr sich durchs Haar.

Das Haus war still. Zu still, fand sie.

Lucretia war extra durch den Garten und die Hintertür gegangen, damit sie niemand auf der Straße sah und Oakley nicht aufwachte. Nun hörte sie aber nicht einmal mehr sein leises Schnarchen.

Ihre Brust schmerzte ungesund und stach manchmal. So etwas sollte sie in Zukunft lieber sein lassen, wenn sie noch alt werden wollte.

Als sie einen Schlüssel in der Vordertür hörte, huschte sie ins Nebenzimmer und wartete gespannt ab. Lucretia erkannte Oakley und atmete auf. Sie kam aus ihrem Versteck.

»Ich dachte schon, du seist jemand anderes«, meinte sie deutlich gefasster und goss sich ein Glas ihres besten Whiskys ein.

Die Flasche hatte ihr Ward zum letzten Geburtstag geschenkt. Dabei trank sie seit zwei Jahren nicht mehr. Heute war einer dieser Tage, an denen sie eine Ausnahme machte. Sie brauchte die brennende Flüssigkeit in ihrer Kehle, um wieder klar zu denken.

»Ach ja? Wer denn? Alethea Shaw?«, rief er wütend. »Ich habe bemerkt, dass du dich davongeschlichen hast. Also bin ich dir gefolgt und wurde fast selbst für den Einbrecher gehalten. Was hast du dir nur dabei gedacht?«

»Von Einbruch könnte man nur sprechen, wenn ich etwas aufgebrochen hätte, aber ich bin mit dem Schlüssel durch die Hintertür gekommen. Ganz ähnlich wie hier.« Sie deutete auf ihre eigene. »Man wird keine Spuren von mir finden. Ich habe Handschuhe getragen und wurde nicht erkannt.«

»Aber beinahe erwischt! Wie hättest du das erklärt?«

»Ich hätte die schlafwandelnde, verwirrte Alte gegeben und die beste Show meines Lebens geboten. Mach dir nicht gleich ins Hemd. Ich habe alles im Griff.«

Oakley raufte sich die Haare und schritt unruhig durchs Zimmer. »Was wolltest du eigentlich mitten in der Nacht dort? Wieso musste ich Schlüssel für dich und Jolene anfertigen lassen? Was habt ihr in diesem Haus zu suchen?« Seine Miene zeigte Bestürzung, als ihm ein Gedanke kam. »Geht es um meinen verschollenen Vater? Ich glaube nicht, dass er mich einfach verlassen hat. Was wird hier gespielt?«

Lucretia nahm sein Kinn in ihre Hand und zwang ihn, sie anzusehen. Ihre Augen zogen ihn in ihren Bann. »Er hat mit alledem nichts zu tun. Das verspreche ich dir. Es wäre besser, wenn du dich raushältst. Hier geht es um weitaus mehr als Gold.«

»Gold? Welches Gold?«

»Ich habe schon zu viel gesagt. Verfluchter Whisky.«

Lucretia ließ Oakley stehen und ging ins Bett, ohne ihm Antworten zu liefern.

10. Kapitel

Thea nutzte die restliche Nacht, um sich auf ihrem Blog umzusehen, Kommentare auszuwerten und einen neuen Beitrag zu verfassen. Viel weiter war sie noch nicht gekommen, aber immerhin gab es inzwischen mehrere Verdächtige und ein paar mögliche Motive.

Ihre Aufregung stieg mit jeder Stunde weiter an. Sie freute sich auf den folgenden Tag, an dem sie endlich an der Seite einer echten Kriminalkommissarin arbeiten durfte. Niemand sonst würde hautnah über ihre Schulter sehen können. Dass sie Thea mit ins Boot holte, sprach für Myrna.

Sie bereitete alles vor, beschrieb Karteikarten und suchte Stecknadeln heraus. Die mit den roten Köpfen nutzte sie für Personen, die grünen für Motive und die blauen für Alibis oder Fragezeichen.

Dann kam der Moment der Wahrheit, als sie durch die Liste scrollte und tatsächlich eine Drohung fand. Der Absender nannte sich *H.K.* und hatte ihr eine kurze, aber prägnante Nachricht hinterlassen:

Wenn du deine Neugier nicht zügelst, wirst du genauso enden wie Hope! Die Hexe in dir wird brennen!

Ein paar Flammensymbole unterstrichen die hässliche Warnung. Thea fühlte sich nicht verängstigt, sondern vielmehr herausgefordert. Nun würde sie erst recht in den Geheimnissen der Bewohner wühlen.

Der Schürhaken war seit dem Einbruch ihr ständiger Begleiter durch das Haus. Sie war sich nicht sicher, ob sie ihn jemals einsetzen würde, aber er sorgte zumindest für ein sicheres Gefühl.

Mehrere ihrer Fans hatten sich sorgenvoll zu der Drohung geäußert. Einer bot Thea sogar an, sich der Sache anzunehmen. Unwillkürlich dachte sie an Myrnas Worte zum Thema Hobbydetektive. Sie beruhigte ihre Abonnenten fürs Erste, löschte die Drohung aber noch nicht.

Der Morgen brach an, und mit ihm begannen die ersten Vögel zu singen. Müde streckte sich Thea und überlegte, sich wenigstens für ein paar Stunden aufs Ohr zu hauen. Sie wollte wach genug sein, sobald Myrna sie nach der Pressekonferenz in Preston einsammelte. Immerhin ging es darum, jede noch so kleine Regung zu erkennen und Lügner zu entlarven. Inspector Evans würde ihr sicher das eine oder andere in der Entschlüsselung von Mimik und Gestik beibringen.

***

Ein paar Stunden später klingelte es. Myrna stand pünktlich auf der Matte und hatte Brötchen aus dem ›Café Healy‹ dabei.

»Wie war die Konferenz?«

»Überlaufen und anstrengend, aber Harrison und ich haben es gemeistert. Ich weiß nun, wo seine Stärken liegen, nämlich im Umgang mit vorlauten Journalisten.« Sie seufzte.

Als Thea in eines der Brötchen biss, füllte sich ihr Mund mit einem pappeartigen Geschmack. »Mrs Healy macht exzellente Puddings und Cakes, aber ihre Brötchen sind nicht einmal mehr für die Enten zu gebrauchen«, sagte sie angewidert und warf das angebissene Gebäck zurück auf den Teller.

»Wie gut, dass ich vorgesorgt habe«, meinte Myrna und holte eine zweite Papiertüte unter dem Tisch hervor. »Echte Butter Pie.«

Thea lief das Wasser im Munde zusammen. Sie liebte den mit Kartoffeln und Zwiebeln gefüllten Mürbeteig. Von der köstlichen Pastete wurde man wenigstens satt.

Heute trug Myrna einen hautengen Rollkragenpullover und Jeans. Ihr Stil gefiel Thea. Sie sah kurz an sich herab. Lockere Cardigans und Pullover in Übergröße reichten ihr für gewöhnlich. Für Thea war es kein Wettbewerb, und sie wollte auch niemanden beeindrucken. Anscheinend hatte ein Mann wie Oakley Miller dennoch angebissen.

Inzwischen war die Wut auf ihn verflogen, aber Thea fragte sich weiterhin, was er in der Nacht bei ihr im Garten gesucht hatte. Zudem musste sie die Schlösser wechseln lassen, solange jemand Fremdes Zutritt zum Haus hatte.

Es klingelte erneut.

»Erwarten Sie jemanden?«

»Niemanden außer Ihnen«, sagte Thea und erhob sich.

Ein grau melierter Herr mit hervorstechenden Augen und einem dicken Muttermal auf der Wange begrüßte sie. Er trug Arbeitskleidung und hielt einen Werkzeugkoffer in der Hand.

»Guten Morgen, Miss Shaw. Ich komme, um Ihre Schlösser zu wechseln. Mr Benning hat Ihnen sicher Bescheid gegeben.«

Er sprach von dem Makler, der Thea das Haus übergeben hatte, und zeigte ihr dessen schriftlichen Auftrag. Nathan Shaws Unterschrift prangte ebenfalls darunter. Nun war also gewiss, dass Oakley niemals dazu befugt gewesen war, in ihr Haus zu kommen. Thea würde ihn bei nächster Gelegenheit zur Rede stellen. Heute blieb keine Zeit dafür.

Sie ließ den Mann hinein und an die Arbeit gehen. Thea würde wieder sicherer im Chamberling-Anwesen sein, wenn sie wusste, dass niemand mehr so ohne Weiteres eindringen konnte.

Sie erklärte Myrna die Lage in knappen Sätzen.

»Das bedeutet, Sie können nicht mitkommen, während hier gearbeitet wird.«

Enttäuscht zog Thea ihre Mundwinkel nach unten. »Ich würde gern, aber erst letzte Nacht wurde bei mir eingebrochen. Das riskiere ich nicht noch einmal.«

»Nachvollziehbar. Ich würde trotzdem ungern ohne Sie gehen. Auch ich kenne meine Vorschriften. Man sollte nicht allein zu Verdächtigen rausfahren, selbst wenn es nur um eine harmlose Befragung geht. Sie ahnen nicht, was ich in meiner Laufbahn alles erlebt habe.« Myrna verdrehte die grauen Augen. »Harmlose Polizeikontrollen sind teilweise völlig ausgeartet und endeten in einem Blutbad auf beiden Seiten. Nein, danke. So etwas brauche ich nicht noch einmal. Schon das Kino lehrt uns, dass Alleingänge eine dumme Idee sind.«

Thea schluckte. »Aber, Inspector, ich bin nicht ausgebildet. Ich könnte Sie niemals beschützen, weil ich keine Waffe trage oder überhaupt damit umgehen könnte. Ich habe noch nie geschossen oder jemanden mit einem Messer bedroht, kenne keine Kampfkunsttechniken oder Griffe, um den Gegner am Boden zu halten. Außerdem fehlt mir die nötige Körperkraft.«

»Bitte nennen Sie mich Evans. Das tut jeder. Zwei Ermittler machen mehr her als einer. Es genügt, wenn Sie dabeistehen und die Umgebung beobachten. Sollte es brenzlig werden, muss ich Sie sowieso aus dem Schussfeld bringen. Ihre Sicherheit steht für mich an erster Stelle. Ich glaube daran, dass Sie mir kein Klotz am Bein sind, sondern positiv zu dem Fall beitragen. Anhand Ihrer Artikel habe ich gemerkt, was in Ihnen steckt, Thea. Sie denken nicht in starren Wegen, sondern gehen darüber hinaus. Das gefällt mir. Ihre Herangehensweise könnte für meine Arbeit von großem Nutzen sein.«

»Danke«, hauchte Thea überwältigt. Sie war nicht oft gerührt, aber Myrna Evans schaffte es, durch ihre Barriere zu dringen und etwas in ihr zu bewirken. »Ich habe etwas vorbereitet. Wenn Sie wollen, können wir damit starten und einen Tagesplan erstellen.«

»Eigentlich habe ich schon ... Ach, was soll's. Zeigen Sie mir, was Sie haben.« Myrna gab sich geschlagen und folgte Thea in die alte Bibliothek. Beeindruckt sah sie sich um. »Als es dunkel war, habe ich kaum etwas gesehen. Das ist ein faszinierender Raum mit einer langen Geschichte.« Sie verrenkte sich fast den Hals, als sie ihren Blick über die unzähligen Buchreihen und Etagen wandern ließ. »Wann wollen Sie die alle lesen?«

»Fragen Sie mich etwas Einfacheres. Mein Lieblingszimmer im ganzen Haus. Deshalb habe ich es auch als unsere kleine Privatstation auserkoren«, erklärte Thea und zeigte Myrna ihre Tafel, an die sie verschiedene Karteikarten gepinnt hatte. Mit einem Faden waren einige davon verbunden. Thea erklärte ihr alles zu den unterschiedlichen Farben der Stecknadeln, zu ihren Verdächtigen und deren möglichen Motiven. »Weit gekommen bin ich noch nicht.« Verlegen kratzte sie sich am Hinterkopf. »Aber mit Ihrer Hilfe könnten wir das Bild vervollständigen.«

Myrna zeigte sich begeistert. »Ich bin zwar kein Fan von Hobbydetektiven, wie ich Ihnen bereits gesagt habe, aber da Sie nun offiziell meine Assistentin sind ...«

»Ich dachte, ich sei Ihre Partnerin?«

»... werde ich auch hier ein Auge zudrücken und mich darauf einlassen«, sprach Myrna ihren Satz unbeeindruckt zu Ende. »Was haben Sie alles gesammelt? Eine Totengräberin bekommt sicher mehr von den Menschen mit, als ich es tue.«

Thea räusperte sich und deutete auf eine Karte mit der Aufschrift ›Hope Fernsby‹, die in der Mitte hing und das Zentrum des bunten Spinnennetzes bildete. »Ich weiß zum Beispiel, dass Hope kurz vor ihrem Tod bei Reverend Peter Hughing in der Kirche gewesen ist.« Ihr Finger wanderte einen Faden entlang bis zu seiner Namenskarte. »Sie hat ihm etwas gebeichtet beziehungsweise anvertraut, das er mir nicht verraten wollte. Nicht einmal ihr Tod wird daran etwas ändern.«

»Sehr verdächtig«, sagte Myrna, die sich einen Stuhl geschnappt und sich Thea gegenüber niedergelassen hatte, als wären sie Lehrer und Schüler. »Er würde uns helfen, indem er uns ihr Geheimnis verrät.«

»Aber er hat es geschworen. Das ist wie ein Beichtgeheimnis für ihn.« Thea verteidigte ihren wahrscheinlich einzigen Freund.

Myrna blieb hart. »Wir können auch einen Geistlichen nicht ausschließen. Vielleicht hatte er selbst eine Affäre mit Hope.«

Thea kicherte bei dem absurden Gedanken. »Der Reverend hat Rückenbeschwerden. Und außerdem glaube ich kaum, dass sie sich auf ihn eingelassen hätte. Den Erzählungen nach war sie flatterhaft und unbeständig. Hope war für das Abenteuer gemacht, aber nicht für einen Siebzigjährigen mit Rückenleiden. Er wirkt mehr wie eine Vaterfigur als ein feuriger Liebhaber.«

»Vielleicht täuscht er seine Beschwerden vor. Ich werde mich auf jeden Fall noch einmal mit ihm unterhalten und danach seinen Arzt konsultieren. Wir haben es hier mit Mord zu tun. Da sollten Patientenakten und Beichtgeheimnisse nun einmal offengelegt werden.« Myrna notierte sich diesen Punkt auf ihrem Block. »Sie soll ältere Herren bevorzugt haben, wie Hank Forsythe aus dem ›Hills Inn‹ behauptet. Übrigens empfehle ich Ihnen den Burger der Woche. Die Sauce ist sensationell. Hank stellt sie eigenhändig her und arbeitet mit regionalen Produkten. Sein Bruder schlachtet sogar selbst.«

Thea bildete sich neben dem Lob für das Mittagessen im Pub auch eine kleine Schwärmerei für den Wirt ein.

»Das merke ich mir, danke. Vielleicht können wir nach der Arbeit einen Abstecher dorthin machen? Wir müssten diesen Hank sowieso befragen.«

»Genau das meine ich: Wir ergänzen uns. Es war keine falsche Entscheidung, Sie um Hilfe zu bitten.«

Thea nickte und kam zum Ernst der Lage zurück. Sie wollte nicht, dass Myrna bemerkte, wie stolz sie war. »Dann hätten wir da noch die McAllisters, Agnes und Bernie.«

»Das merkwürdige Geschwisterpaar, das am Stadtrand im Haus ihrer verstorbenen Mutter lebt. Beide ledig und ohne Partner.«

»Ich habe sie auf dem Friedhof mehr unbeabsichtigt belauscht.«

»Natürlich unbeabsichtigt.« Myrna zwinkerte vielsagend. »Was sagten die beiden?«

»Agnes hat sich sehr über Hope aufgeregt. Sie verschweigt definitiv etwas. Vielleicht hat ihr Hope damals einen Mann ausgespannt oder sie anders hintergangen. Die zwei erwähnten außerdem einen Jonah Thomson.«

»Hopes Ex-Freund. An dem sind wir dran. Harrison kümmert sich gerade darum. Sagt Ihnen der Name Carlton O'Connor etwas?«

Thea schürzte die Lippen. »Sowohl Birming als auch Bernie McAllister haben von ihm gesprochen. Angeblich weiß er mehr über Hope. Er ist ihr Schwager, glaube ich.«

»Mit ihm habe ich mich bereits unterhalten. Wir haben ihn bei einem Suizidversuch erwischt und gerettet.

Er macht sich Vorwürfe, weil er in der Nacht ihres Todes mit ihr auf dem Pendle Hill war und eingeschlafen ist. Hope war fort und kurz danach tot.«

Thea zog ihre Augenbrauen zusammen. »Was wollten die beiden um diese Zeit dort?« Myrna machte ein Gesicht, das keinen anderen Schluss zuließ als den, der sich just in dieser Sekunde in Theas Kopf manifestierte. »Oh, verstehe.«

»Er und Hope hatten eine Affäre, von der Sue, wie er sie nennt, bis heute nichts weiß.«

»Da kennt er uns Frauen aber schlecht.« Thea war nicht überzeugt. »Natürlich wird sie es wissen. Wenn nicht, dann wird sie es bald herausfinden.«

»Wir werden ihr nichts sagen«, antwortete Myrna streng.

Thea riss die Augen weit auf. »Aber er betrügt seine Frau nach Strich und Faden. Apropos Faden ...« Thea setzte neue Nadeln und spannte ein paar Schnüre. »Nun ist Hope sogar tot. Ich kann Susannah nicht ins Gesicht sehen und sie belügen. Das ist nicht meine Art.«

Myrna stützte sich auf ihre Knie und suchte Theas Blick, um ihren Worten mehr Bedeutung zu geben. »Eine goldene Regel im Polizeidienst besagt, dass wir uns aus den Privatangelegenheiten der Leute heraushalten. Wir würden ihnen sonst nur noch mehr Probleme bereiten.«

»Arbeiten Sie immer so vorschriftsmäßig?« Thea verdrehte die Augen. »Wie gut, dass ich keine Polizistin bin. Das scheint ein langweiliger Beruf zu sein.«

»Thea ...« Myrna schlug einen warnenden Unterton an, als spräche sie mit ihrer Tochter.

Sie hob ihre Hände ergebend. »Ist ja gut, ich halte mich zurück. Es geht mich nichts an, was die Fernsbys für Sorgen haben. Aber was, wenn ebendiese Probleme zu Hopes Tod geführt haben? Susannah könnte davon gewusst und ihre Schwester als Konkurrentin aus dem Weg geräumt haben. Oder Hope wollte ihr davon erzählen und wurde aus Angst vor einem Skandal von Carlton ermordet. Was ist nun eigentlich mit ihrem Ex-Freund, diesem Jonah ...«

»Jonah Thomson.« Myrna blätterte in ihren Notizen. »Ihre Beziehung ging in die Brüche, bevor sie verschwand. Er könnte aus Eifersucht gemordet haben, weil er sie mit niemandem teilen wollte oder weil er die Trennung nicht überwunden hat. Einen Moment bitte. Ich hatte Harrison sowieso auf die Infos angesetzt. Vielleicht weiß er inzwischen mehr.« Myrna schnappte sich ihr Handy und sprach kurz mit dem Sergeant über den Verdächtigen und dessen Hintergründe. Sie wartete, während er im Computer nachsah und seine Aufzeichnungen durchging. Myrna bedankte sich, drückte auf den roten Hörer und steckte das Telefon weg.

»Und?«

»Jonah Thomson ist mittlerweile mit einer gewissen Tabea Stone verheiratet und lebt in Glasgow. Das allerdings schon seit fünfzehn Jahren. Es hat ihn nach der Trennung nicht hier gehalten, weshalb er fortgezogen ist und Pendle für immer den Rücken gekehrt hat. Verletzt war er, aber ob das für einen Mord reicht? Es klang, als hätte er ein gutes Leben in Reichtum und mit einer neuen Frau an seiner Seite. Sie soll außerdem zum dritten Mal schwanger sein.«

»Hat er ein Alibi für die Tatzeit? Wann war die überhaupt?«

»Wir konnten es auf die Nacht vom 21. auf den 22. Juni 2008 eingrenzen, in den frühen Morgenstunden. Genaueres ist nach dieser langen Zeit nicht mehr möglich. Dank Carlton wissen wir, dass der Morgen graute, als er den Geruch von verbranntem Fleisch bemerkt hat.«

Thea pinnte eine neue Karteikarte für Susannah O'Connor an die Tafel und spannte einen Faden von ihr zu Hope sowie zu ihrem Mann Carlton. Sie baute ein Dreieck aus ihnen und setzte ein Fragezeichen in die Mitte davon.

»Wieso verbrannt?«, fragte sie irritiert nach.

»Hope wurde erst stranguliert, bis ihr das Zungenbein brach, dann verbrannt und anschließend vergraben. Wahrscheinlich wollte der Mörder alle Spuren beseitigen, wurde dabei gestört und hat das Feuer deshalb wieder gelöscht. Er muss einen Brandbeschleuniger benutzt haben, um so schnell auf eine derart hohe Temperatur zu kommen, dass ihre Knochen zerfallen. Ein Teil ihrer Beine fehlt, und die Bruchstellen zeigen Anzeichen für ein Feuer. Eine Stunde muss es mindestens gebrannt haben, bis er aufhörte und den Rest von ihr vergrub. Wenn der Morgen bereits angebrochen war, ist es kein Wunder, dass er hektisch geworden ist. Die Menschen trauen sich nachts nicht zum Pendle Hill, aber tagsüber streifen dort unzählige Wanderer, Sportler und Landwirte herum.«

»Das ist wirklich interessant. Immerhin hat man mir auch gedroht, dass ich als Hexe brennen werde. Und Jonah Thomson soll laut Callan scheußliche Dinge über

Hope im Netz verbreitet haben. Er hat sie ebenfalls als Hexe verschrien. Ein Zufall?«

Myrna wurde hellhörig und wendete den Kopf. Dabei fiel ihre blonde Strähne wieder nach vorne. »Ist Callan nicht Fiona Healys Sohn? Und wieso weiß er davon?«

»Lange Geschichte.« Thea schüttelte den Kopf. Sie würde nicht zulassen, dass der junge Hacker ans Messer geliefert wurde. »Nun weiß ich auch, was mir John Birming sagen wollte.«

»Der Bürgermeister?«

»Genau der. Er und seine Frau Katherine haben seltsame Andeutungen von einem Besessenen gemacht und mich gewarnt. Er sagte, dass Hope womöglich als Hexe angesehen wurde. Weiß er von dem Feuer? Wenn ja, woher?«

Myrnas Stift wetzte über das Papier ihres Notizblocks. Danach griff sie zu den Karteikarten und setzte den Politiker ebenfalls auf die Tafel, allerdings noch ohne Schnüre. »Das finden wir heraus. Ich kann mir vorstellen, dass er in seiner Stellung ein paar Vögelchen hat, die ihm Dinge zwitschern. Harrison hat schließlich auch gegenüber Miss Miller gesungen, weil die beiden ein Verhältnis miteinander haben.« Thea hätte sich gern übergeben. Ihr wehleidiges Gesicht ließ Myrna lachen. »So in etwa habe ich mich auch gefühlt.«

»Jonah ist für mich aktuell der Hauptverdächtige«, redete Thea weiter, um sich von den seltsamen Bildern in ihrem Kopf abzulenken. Sie schritt langsam durch das Zimmer und überlegte dabei laut. »Der Mörder muss kräftig genug sein, ihr das Zungenbein einzudrücken und zu brechen. Klingt nach einer gewaltsamen Tat aus Wut. Und Liebe oder Besessenheit können, wie man

weiß, schnell in Hass umschlagen.« Theas Begeisterung
für den Fall wollte gar nicht mehr aufhören. »Hat er es
mit den Händen oder mit einem Hilfsmittel getan?«

»Wahrscheinlich mit den bloßen Händen um Hopes
Hals und den Daumen vorne auf ihrem Kehlkopf. Wir
wissen zumindest, dass sie nicht von hinten überrascht
und erdrosselt wurde.«

»Dann muss der Täter wirklich groß und kräftig gewesen sein. Eine Neunzehnjährige würde sich doch
nach Leibeskräften wehren.«

»Eine winzige Fraktur an der Stirn deutet darauf hin,
dass sie jemand niedergeschlagen hat, bevor sie erwürgt wurde. Andere Brüche wurden nicht festgestellt.
Bei diesem langen Zeitraum ist es schwierig, alle Details zu beleuchten. Der Tathergang lässt sich kaum re-
konstruieren.« Myrna warf einen Blick auf ihr vibrie-
rendes Handy.

»Ihr Kollege?«

»Jonah können wir streichen. Er hatte Nachtschicht,
schreibt Harrison in seiner Mail. Es gibt mehrere Zeugen, die bestätigen, dass er in seiner Firma war.«

»Und Tabea? Könnte sie die Konkurrentin aus dem
Weg geräumt haben, weil sie Angst hatte, dass Jonah zu
Hope zurückgeht?«

Myrna lächelte anerkennend, schüttelte aber den
Kopf. »Sie war an diesem Morgen nicht zu Hause, aber
dafür in den USA bei einem wichtigen Meeting ihrer
Kanzlei. Tabea war damals Anwaltsgehilfin. Pendle ist
zu weit weg, um es zeitlich bis hierher und zurück zu
schaffen, ohne dass jemand ihre Abwesenheit bemerkt.
Streichen wir beide von der Liste.«

Thea tat, was sie wollte, und zog die Nadeln für diese beiden Karten aus dem Brett. Sie zerstörte sie nicht, sondern legte sie beiseite. Sicher war sicher. Man wusste nie, welche verrückten Wendungen dieser Fall noch nahm.

»Leben Verwandte von Jonah in Lancashire? Es könnte auch seine Mutter sein, die Hope gehasst hat, weil sie ihrem Sohn wehtat.«

Myrna verneinte erneut. »Seine Eltern wohnen in Frankreich. Ich denke nicht, dass sie auf einer ihrer Reisen den Drang verspürt haben, eine junge Frau zu töten. Was hingegen verheimlicht uns Agnes McAllister?«

Myrna trat nun neben sie und deutete auf die entsprechende Karte. Thea war gefragt und überlegte kurz. »Ich denke, sie war neidisch auf Hopes Schönheit. Ich habe Bilder von ihr auf ihrem Online-Profil gesehen. Da konnte eine Agnes McAllister natürlich nicht mithalten.«

»Vielleicht steckt auch mehr dahinter. Setzen Sie bitte ein Fragezeichen an ihren Namen. Was ist mit Agnes' Bruder Bernard?«

»Sie nennt ihn Bernie. Er wirkte auf mich wie kleingehalten. Agnes hat bei den beiden definitiv das Sagen.« Thea senkte ihre Stimme verschwörerisch. »Er hatte den Drang, mir etwas zu erzählen, aber sie ist sofort dazwischengegangen wie ein Pitbull. Bernie war auch derjenige, der Mitleid mit Hope empfand, ganz im Gegensatz zu seiner Schwester.«

»Ein stiller Verehrer vielleicht? Die Ruhigen sind meistens die Schlimmsten«, meinte Myrna voller Ernst.

»Die McAllisters sind beide verdächtig und stehen auf meiner Liste. Wer noch?«

»Lucretia Miller, die alte Hexe«, raunte Thea wenig begeistert. »Ich würde mir wünschen, dass entweder sie oder Jolene Downing dahinterstecken. Beide können mich nicht ausstehen, weil ich anders bin als sie.«

»Sie sind eine von zwei Neuen in einem Dorf voller verschrobener Einwohner. Was haben Sie erwartet?«, erwiderte Myrna mit einem schrägen Lächeln. »Aber seien Sie unbesorgt, mich mögen sie auch nicht. Gleich am ersten Tag habe ich komische Blicke geerntet, weil ich keinen Ring trage. Sie halten sich nur zurück, weil sie wissen, wo ich arbeite.«

Die Handwerksgeräusche aus dem Nebenzimmer verstummten. Kurz darauf klopfte es an der Tür.

»Ich wäre dann fertig, Miss Shaw. Die Rechnung wurde bereits beglichen.«

Thea gab ihm trotzdem ein Trinkgeld für seine Mühe und ließ sich die Schlüssel aushändigen. »Alle Türschlösser sind jetzt erneuert?«, vergewisserte sie sich.

»Ja, und die Schlüssel gibt es jeweils nur in zweierlei Ausführung. Wenn Sie also noch mehr davon wollen, für Freunde, Mitbewohner oder Verwandte zum Beispiel, dann besuchen Sie mich einfach in meinem Geschäft.« Er reichte ihr eine Visitenkarte mit einer Adresse aus Burnley. ›Charlies Keyshop‹ stand darauf.

Thea war zufrieden und bedankte sich. Myrna wartete währenddessen in der Tür auf sie.

»Ich würde sagen, wir starten unsere Befragungen heute mit den ersten paar Verdächtigen auf unserer Liste. Wie klingt das?«

Aufregung durchfloss Thea wie eine Droge. Ihr Job als Totengräberin rückte plötzlich in den Hintergrund. Für die Beete hätte sie auch wann anders noch Zeit. Nun hieß es, einen Mörder zu fassen. Sie konnte es kaum erwarten, Miss Miller und Mrs Downing auszuhorchen. Thea würde den beiden alten Damen nichts durchgehen lassen. Sie freute sich auf deren verkniffene Gesichter, wenn sie an der Seite einer Kommissarin vor ihnen stand.

***

Jolene stauchte Lucretia zusammen, kaum dass sie die Tür geöffnet hatte. »Was hast du dir dabei gedacht, ohne mich in das Haus einzubrechen?«

»Ich hatte einen Schlüssel, also bin ich nicht ...«

»Lass diese Ausreden, Lu! Nun wurden die Schlösser erneut gewechselt. Hast du wenigstens etwas herausgefunden, oder war alles für die Katz? Wieso hast du denn nicht auf mich gewartet?«

Lucretias Gesicht verhärtete sich. »Du hättest mich bloß aufgehalten mit deinem Stock. Sie hätten mich beinahe erwischt. Ich musste schnell sein und durfte keine Spuren hinterlassen. Wenigstens habe ich endlich die Tür zum Geheimgang entdeckt und weiß nun auch, wie man sie freilegt.« Sie wandte sich ab und schenkte sich und ihrer Feindfreundin Tee ein.

Jolene krallte ihre Finger fester um den Totenkopf aus Elfenbein. Die Gehhilfe war ein Erbstück ihres verstorbenen Vaters, der nach langer Krankheit das Zeitliche gesegnet hatte. Nun wurde Jolene selbst nach und nach krank. Sie hatte große Angst, genauso zu enden wie er und irgendwann ans Bett gefesselt zu sein.

»Hat man dich erkannt?«

»Würde ich sonst hier stehen und Tee kochen?«, antwortete die Rothaarige siegesgewiss. »Natürlich nicht. Die Polizei wäre ansonsten längst hier gewesen.«

Als es klingelte, fuhren sie gleichzeitig herum. Durch das Glas, das in fantasievollen Blumenranken die Eichentür zierte, erkannten sie Detective Inspector Myrna Evans und schluckten fest.

***

Myrna wartete geduldig vor dem roten Backsteinhaus. Sie hatte eine Bewegung hinter dem Glas der Eingangstür ausgemacht, also war jemand zu Hause.

»Das dauert verdächtig lang«, sagte Thea ungeduldig.

»Werden Sie sich zusammenreißen, falls Oakley Miller vor uns steht?«

»Das schaffe ich schon. Keine Sorge.«

»Das will ich hoffen. Ein Partner mit persönlichen Bezügen zu Tatverdächtigen genügt mir. Bleiben Sie immer schön locker und gehen Sie auf keine Provokation ein, egal, wie schlimm es auch wird.«

Thea zeigte sich erstaunlich einsichtig. »Okay, ich bemühe mich.«

Endlich schien sie so etwas wie Ehrfurcht vor ihrer neuen Aufgabe zu entwickeln. Myrna wollte es nicht bereuen, sie mitgenommen zu haben.

Lucretia Miller steckte ihren roten Igelkopf durch den winzigen Türspalt. »Ja? Was wollen Sie?«

Myrna zückte sicherheitshalber ihre Polizeimarke und hielt sie Lucretia unter die spitze Nase. »Detective Inspector Evans. Ich hätte da ein paar Fragen.«

»Ich kenne Sie. Was wollen Sie von mir?«, keifte die Alte zänkisch.

Myrna bemerkte sofort, dass ihr Blick für den Bruchteil einer Sekunde zur Seite wanderte. Außerdem schien sie gestresst und aus dem Konzept gebracht zu sein.

»Es geht um die Nacht vom 21. auf den 22. Juni 2008.«

»Da ist Hope verschwunden.« Sie erahnte offenbar die Richtung, in die das Gespräch verlief. Lucretia wirkte auf einmal deutlich entspannter, ließ sie aber immer noch nicht hinein. Nun fiel ihr Blick aus verengten Augen auf Thea. »Was sucht die denn hier?«

Ihre feindliche Art weckte den Beschützerinstinkt in Myrna. »Miss Shaw assistiert mir im Fall Hope Fernsby. Können Sie sagen, was Sie in jener Nacht getan haben?«

»Ich habe in meinem Bett gelegen und geschlafen, wie es alle anständigen Leute tun.«

»Gibt es Zeugen dafür?«

Lucretias Wangen wurden rot. Eine Ader erschien an ihrem sehnigen Hals, die aufgeregt pulsierte. »Nein, ich bin nicht verheiratet.«

»Ein Freund vielleicht? Oder Ihr Neffe?«

»Was wollen Sie Oakley unterstellen? Er ist ein guter Junge, der sich um mich kümmert. Seine Mutter ist tot, sein Vater auf und davon. Er hat niemanden außer mir.«

Myrna seufzte innerlich. »Ich möchte Ihnen weder Ihren Neffen noch das Haus nehmen, Mrs Miller.«

»*Miss* Miller!«, entgegnete sie erbost.

Myrna blieb ruhig. »Verzeihen Sie, Miss Miller. Also kann niemand bezeugen, wo Sie in jener Nacht bis zum Morgengrauen gewesen sind? Sie wissen, dass Geheimnisse bei mir sicher sind. Mir ist sowieso etwas zu Ohren gekommen, was mit Mr Harrison zu tun hat.« Diese Andeutung sollte genügen.

Ein verräterisches Funkeln erschien in Miss Millers Augen. Dann starrte sie wieder Thea an. »In Gegenwart dieser Hexe sage ich gar nichts. Ich rufe meinen Anwalt an.«

Sie knallte ihnen die Tür vor der Nase zu. Myrna drehte sich zu ihrer Assistentin. »Und? Haben Sie etwas bemerkt?«

»Sie war nervös, aber das könnte an mir liegen. Ich halte Sie also doch in der Ermittlung auf, ob ich will oder nicht.«

»Papperlapapp.« Myrna winkte ab. »Nennen Sie mir alle Auffälligkeiten aus diesem knappen Gespräch. Wir gehen niemals ohne Fortschritt, Thea. Merken Sie sich das. Aus jedem noch so kleinen Fetzen kann man Antworten ziehen.«

»Sie hat mehrmals nach hinten gesehen, wollte aber nicht, dass wir es merken.«

»Sehr gut. Weiter?«

»Und sie hat über ihre Handrücken gerieben, als wäre sie nervös. Ich gehe davon aus, dass sie nicht allein war.«

»Sie wollte uns nicht hineinlassen, hat das Gespräch schnell auf Sie bezogen und sich damit aus der Schusslinie gebracht. Wir sollten prüfen, mit wem sie sich getroffen hat, und legen uns auf die Lauer.« Sie schob den Ärmel ihres Mantels zurück.

»Es ist jetzt drei Uhr, also ...«

Als Myrna ihren Kopf wieder hob, war Thea verschwunden. Sie sah gerade noch eine blaue Regenjacke, die hinter dem Haus verschwand.

Verflucht!, dachte sie und hetzte hinterher.

Myrna duckte sich unter den Fenstern entlang und folgte Thea in den hinteren Bereich des Grundstücks. Dort hockte sie sich neben die Totengräberin und beobachtete das Geschehen im Inneren des Hauses.

»Was soll das hier werden? So etwas nennt sich Hausfriedensbruch«, flüsterte sie außer sich. »Kaum eine Stunde im Dienst, und schon brechen Sie die erste Regel.«

»Ihrer Meinung nach sollten wir stundenlang ausharren und abwarten. Das ist mir zu langweilig. Außerdem kommen wir so nie voran«, redete Thea kess dagegen. »Sehen Sie? Da ist Jolene Downing. Was die beiden wohl zu besprechen haben?«

Thea schoss mehrere Fotos der Frauen, aber verstehen konnten sie durch das geschlossene Fenster nichts. Als Jolene aufsah und sie entdeckte, zuckten alle Anwesenden zusammen.

»Lu! Lucretia!«, hörte man sie dumpf keifen. Jolene deutete auf die beiden Beobachter. Ihre Freundin trat dazu und folgte ihrem Fingerzeig. »Da ist jemand in deinem Garten!«

Myrna zog Thea am Ärmel mit sich und flüchtete auf das Nachbargrundstück. Von dort aus gelangten sie zurück zur Straße.

Während Thea keuchte und kicherte, war Myrna gar nicht nach Lachen zumute. »Was sollte das werden? Wissen Sie eigentlich, was mir blüht, wenn ich Sie als meinen Schützling nicht von Gefahren fernhalte?«

»Geben Sie zu, dass Sie ohne mich nie herausgefunden hätten, wer bei Lucretia Miller steckt. Jolene Downing wäre einfach durch die Hintertür in ihren Garten spaziert, und wir hätten wie doof vorne in Ihrem Wagen gewartet, bis es dunkel wird.«

Myrna war sauer, gestand Thea aber eine ordentliche Portion Mut zu. Früher hatte sie selbst Regeln gebrochen, um weiterzukommen. Erneut erinnerte sie sie an die junge, tatkräftige Myrna, die vor nichts zurückschreckte.

Nun stand ihre Rückkehr nach London auf dem Spiel. Sie wollte besser nichts riskieren, diesen alten Mordfall mit erlaubten Mitteln aufklären und endlich ihre Beförderung zum Chief Inspector erhalten, wie sie es verdiente.

»Noch einmal für Sie zum Mitschreiben: Es gelten *meine* Regeln und *meine* Grenzen, solange Sie unter mir arbeiten und helfen.«

Thea nickte mit zusammengepressten Lippen. »Wenn es sein muss.«

»Keine Alleingänge, keine eigenen Befragungen. Sie machen nicht einmal den Mund auf, wenn ich es Ihnen nicht sage. Sie sind einzig meine Beobachterin.«

»Sie haben nicht viel Spaß in Ihrem Job, oder?«

Myrna blies die Wangen auf und machte ein paar Schritte allein. Thea Shaw regte sie auf. »Ich hätte Sie nicht mitnehmen sollen. Das war eine dämliche Idee!«

Sie ärgerte sich maßlos. »Meine Vorgesetzten werden mir den Kopf abreißen, wenn sie davon erfahren.«

»Aber jetzt haben Sie mich schon eingeweiht, ich habe die Verschwiegenheitspapiere unterschrieben, und dank mir haben Sie ein paar neue Hinweise. Das ist doch was.« Noch immer klang Thea ganz euphorisch. »Haben Sie mich nicht um Hilfe gebeten, weil ich eben nicht immer den geraden Weg gehe?«

Myrna nickte und verdrehte die Augen. »Ja, habe ich. Aber Sie dürfen nicht einfach davonstürmen. Reden Sie wenigstens vorher mit mir. Wir müssen unser Vorgehen aufeinander abstimmen und absprechen, sonst endet das hier in einer Katastrophe. Ich weiß, Sie sind ein Freigeist, aber in einer Mordermittlung herrschen strikte Regeln, erst recht, wenn es um die Beschaffung von Wissen, Aussagen und Beweismaterial geht.«

Thea zeigte sich einsichtig und streckte ihre Hand aus. »Haben wir noch einen Deal?«

Myrna zögerte, aber sie hatte keine andere Wahl. Entweder sie bewegte sich endlich wieder aus ihrer Komfortzone heraus und überschritt ein paar Grenzen, oder sie würden Hopes Mörder wahrscheinlich nie finden. »Deal.«

11. Kapitel

Als sie Reverend Peter Hughing vor der Kirche aufsuchten, eröffnete er Thea, dass sie für Hope Fernsbys Begräbnis verantwortlich war. Sie würde bis morgen ein Loch unter einer großen Tanne ausheben müssen und die Kapelle für die Trauerfeier vorbereiten. Die Staatsanwaltschaft hatte ihren Leichnam endlich freigegeben und die Familie entscheiden lassen, wie es nun weiterging.

»Ich müsste Sie bitte sprechen. Es geht um Hope.« Myrna zeigte auch ihm ihre Marke. »Können wir irgendwo ungestört reden?«

Thea wollte zunächst hinterhereilen, aber der Pfarrer verdeutlichte ihr, dass ihnen nicht mehr viel Zeit bis zur Trauerfeier blieb. Sie schnappte sich ihre Arbeitskleidung aus dem Pfarrhaus und versuchte, mit dem Ohr an der Tür zum Nebenzimmer ein paar Worte aufzuschnappen. Leider war das Holz zu dick, um etwas zu verstehen.

Thea steckte den Bereich ab, den sie ausheben musste, damit die Maße passten. Ganz so, wie es der Reverend ihr gezeigt hatte. Sie machte sich daraufhin mit Schaufel und Spitzhacke an die mühselige Arbeit Nach mehreren Stunden hatte sie die Hälfte geschafft und legte eine Pause ein Da die Temperaturen endlich in die Höhe schnellten, war die Erde wieder lockerer und besser auszuheben. Ihr rann Schweiß übers Gesicht. Als ihr jemand eine Wasserflasche hinhielt, sah sie auf und in Myrnas aufgeschlossene Miene.

Sie half Thea aus dem Loch und ging ein Stück mit ihr.

»Das hat ziemlich lange gedauert«, meinte Thea außer Atem. »Diese Schufterei ist nichts, was ich ein Leben lang machen kann. So viel steht fest.«

»Hughing hat sich, wie erwartet, nichts aus der Nase ziehen lassen. Nicht einmal, als ich ihm gesagt habe, dass wir Hopes Mörder dadurch finden könnten. Er hält an seinem Versprechen fest, das über den Tod hinausgeht, wie er sagt.« Myrna klang enttäuscht.

»Und was hat bei diesem Gespräch sonst so lange gedauert?«

Um Myrnas Mundwinkel zuckte es amüsiert. »Eigentlich nichts. Er hat mich daraufhin zum Tee eingeladen, und wir haben uns ein wenig über die Kirche und das Leben als solches unterhalten.«

Thea wischte sich über die feuchte Stirn. Dann stemmte sie die erdigen Hände in die Seiten ihrer Latzhose. »Das soll heißen, Sie haben sich einen schönen freien Nachmittag gemacht, während ich hier draußen geschuftet habe?« Sie wurde wütend.

Nun grinste Myrna sogar. »Dafür werden Sie bezahlt. Außerdem brauchen wir dieses Begräbnis unbedingt. Es wird sich zeigen, wer alles da ist und auf welche Weise auf Hope reagiert.«

Das leuchtete ihr ein. Ihr Zorn verflog. »Ich muss das hier heute fertig bekommen«, erklärte sie. »Fahren Sie gleich noch zu den McAllisters oder den Fernsbys raus?«

»Die Familie fange ich morgen nach der Trauerfeier ab. Das ist einfacher. Wenn Sie wollen, warte ich auf Sie, ehe ich Agnes und Bernie besuche. Wir sind schließlich ein Team und sollten an einem Strang ziehen.«

Ihr Zwinkern wirkte falsch angesichts der Tatsache, dass sie Thea nicht einmal geholfen hatte. Lieber hatte Myrna ihre Füße hochgelegt und sich verköstigen lassen, statt ihr zur Hand zu gehen.

»Was denken Sie über den Reverend? Wie ist Ihr Eindruck von ihm?«, fragte Thea, weil sie wusste, dass Myrna nicht bloß zugehört hatte. Sie war eine Meisterin darin, versteckte Details zu entdecken und sich ein Bild von ihrem Gesprächspartner zu machen. »Ich halte ihn für unschuldig.«

»Ob unschuldig oder nicht, kann ich nicht sagen. Er wirkte jedenfalls ehrlich. Fakt ist, dass Hope kurz vor ihrem Tod bei ihm war und einen Rat brauchte. Wieso sollte jemand, der nicht besonders gläubig ist, ausgerechnet den Pfarrer der Gemeinde aufsuchen?«

Nun war Theas große Stunde gekommen. »Weil sie mit niemandem sonst darüber sprechen konnte. Hope hatte viele Affären im Ort und wurde gehasst. Was, wenn sie ungewollt schwanger war? Eine frühe Schwangerschaft könnte man anhand der Knochen nicht mehr feststellen.«

Myrna horchte auf und zückte ihren Notizblock. »Das ist gar kein schlechter Gedanke. Der Vater des Kindes könnte noch heute in Pendle leben. Wenn er sogar mordet, weil sie ihn mit einem Kind erpresst hat oder damit an die Öffentlichkeit gehen wollte, war er entweder eine wichtige Persönlichkeit oder jemand, der in festen Händen ist. In jedem Fall hätte es einen Skandal gegeben. Eventuell ein Mann, der deutlich älter als Hope war. Das hätte für viel Gerede im Ort gesorgt.«

»Oder jemand, der zu jung war, um schon Vater zu sein. Vielleicht wollte er noch keine Familie und fühlte sich nicht bereit.«

Myrna machte eine Pause, in der sie darüber nachdachte. »Aber bringt man die Mutter seines Kindes dann gleich um? Das erscheint mir doch sehr ... drastisch.«

»In Panik tun die Menschen meistens dumme Dinge. Es war eine Tat aus Wut, die mit viel Kraft ausgeübt wurde. Bei überschäumenden Emotionen ist alles möglich.«

»Wir reden am besten bei Ihnen zu Hause weiter darüber. Hier ist kein guter Ort dafür. Ich habe das Gefühl, dass man uns belauscht. Meine Nackenhärchen stellen sich die ganze Zeit schon auf. Und Sie sollten sich unbedingt das Gesicht waschen. Überall kleben schwarze Schlieren.« Myrna reichte ihr ein Taschentuch. Thea gab ihr im Gegenzug den Zweitschlüssel für die Haustür, den Myrna überrascht entgegennahm. »Ich dachte, Sie vertrauen niemandem aus Pendle. Immerhin wurde vor Kurzem bei Ihnen eingebrochen.«

»Sie sind nicht aus Pendle. Außerdem sind Sie die zweite Person, der ich wirklich traue.«

»Das ehrt, aber verwundert mich auch. Sie meiden Menschen gemeinhin, sollte man den Gerüchten glauben.«

»Würde mich ein Verbrecher so tief ins Geschehen eintauchen lassen und zu einer wichtigen Ermittlung mitnehmen? Ich denke, nicht. Sie haben sich mein Vertrauen redlich verdient.«

Myrnas Lippen kräuselten sich zu einem warmen Lächeln. Nun wirkte sie alles andere als hochnäsig.

Thea wusste, was sie tat. Sie hielt sich tatsächlich lieber fern von den anderen, aber in Myrnas Gegenwart sagte ihr Bauchgefühl, dass sie richtiglag.

»Wer ist die andere Person, der Sie vertrauen?«

»Reverend Hughing.« Sie kratzte sich verlegen am Hinterkopf. »Bei ihm hoffe ich, dass ich mich nicht getäuscht habe. Es wäre schade, ihn irgendwann in Handschellen zu sehen.«

»Das glaubt man über die meisten aus seinem Umfeld. Denken Sie daran, dass jeder aus Lancashire ein potenzieller Täter ist. Mord kommt in den besten Familien vor, bei der Polizei, Richtern, Geistlichen und Ärzten. Jeder Mensch hat Gefühle und kann verletzt werden. Oder es gibt ein dunkles Geheimnis aus der Vergangenheit, das denjenigen erpressbar macht. Ich schließe nichts und niemanden aus.«

Thea war ganz ihrer Meinung. Durch ihre lange Arbeit mit alten Kriminalfällen und den Statistiken, mit denen sie sich in London tagtäglich beschäftigt hatte, wusste sie, dass es stimmte. Sie konnte sich den folgenden Kommentar nicht länger verkneifen. »Also, bei Klatschtante Lucretia wäre das nicht weiter schlimm. Bei ihrer Verhaftung würde ich sogar applaudierend danebenstehen.«

Sie lachten gemeinsam.

***

Ein Schatten schälte sich aus der dunklen Hecke und verschwand ungesehen auf der Straße. Jemand grüßte, woraufhin ebenfalls eine Hand gehoben wurde. Das Lächeln fiel gleich darauf in sich zusammen und wich einem angespannten Ausdruck.

Diese beiden Frauen stören meinen Ablauf. Das kann ich nicht zulassen. Sie machen alles kaputt, was ich mühevoll errichtet habe. Wieso müssen diese blöden Ziegen auch ausgerechnet nach Pendle ziehen? Hope hätte für alle Zeiten unter der Erde schmoren sollen, wo sie hingehört.

Die Hand, die eben noch freundlich gegrüßt hatte, ballte sich, und ein finsterer Schatten wanderte über das Gesicht, ehe die Person wieder das Dunkel der Mauer suchte und davonschlich.

***

»Ist Callan zu Hause?«, fragte Thea später am Haus der Healys.

Die kleine Familie bewohnte ein hübsches helles Cottage mit bunten Blumen und blauen Fensterläden. Thea hörte Bienen summen und Vögel zwitschern. Sie fühlte sich sofort geborgen. In diesem Haus steckte viel Liebe. Anders als ihr düsteres Anwesen am Ende der Straße, dem man in all der Zeit kaum Beachtung geschenkt hatte.

Fiona setzte eine sorgenvolle Miene auf. »Hat er wieder etwas angestellt? Ich habe den Jungen viel zu wenig unter Kontrolle. Er tut einfach, was er will.«

Thea konnte sie beruhigen. »Nicht doch. Ich brauche seine Hilfe bei einem kleinen Problem. Das mit meinem Blog ist längst vergeben und vergessen.«

Fiona atmete sichtlich auf. Erleichtert rief sie durch das Haus nach Callan.

»Er macht Hausaufgaben. Einen Moment bitte.«

Das glaubst auch nur du, dachte sich Thea ihren Teil. »Ich warte so lange hier.«

»Möchten Sie nicht lieber reinkommen und etwas Gebäck essen? Es soll heute Nacht wieder auffrischen, und der Wind nimmt schon jetzt deutlich zu.«

»Nein, danke. Es dauert auch nicht lange. Eventuell würde ich Callan danach entführen. Wäre das in Ordnung für Sie? Zur Not helfe ich ihm später bei den Hausaufgaben.«

Kurz huschte ein unsicherer Ausdruck über ihr rosiges Gesicht, doch sie nickte. Fiona war einverstanden. Vertraute sie Thea etwa nicht? Andererseits war Callan minderjährig. Sicher machte sie sich allgemein Sorgen um ihn.

Kurz darauf sah ein lockiger roter Schopf durch die Tür. »Ach, Sie sind's.« Der schlaksige Junge mit dem sommersprossigen Gesicht lächelte aufrichtig, aber auch misstrauisch. »Was ist es dieses Mal?«

»Können wir das auf dem Weg zum Chamberling-Haus besprechen? Es ist wichtig. Ich brauche deine ... Fähigkeiten.«

In seinen grünen Augen erschien das typische Leuchten. Callan fühlte sich endlich wieder gebraucht und wichtig. Er lief die Treppe hinauf und kam mit einem großen, zerschlissenen Rucksack zurück.

»Ich melde mich, falls was ist«, sagte er seiner Mutter, drückte ihr einen Kuss auf die Wange und folgte Thea.

»Komm nicht zu spät! Morgen ist Schule!«, hörten sie sie von Weitem rufen.

***

»Wo haben Sie gesteckt? Ich wollte schon einen Suchtrupp losschicken!« Myrna stemmte ihre Hände in die Seiten. »Und was macht *er* bitte schön hier? Kinder beschäftige ich nicht, soweit ich weiß.«

Sie hatte sich in der Zwischenzeit mit Sergeant Harrison ausgetauscht, war aber nicht weitergekommen.

»Callan kann mit dem Fall von damals nichts zu tun haben. Er kannte Hope nicht einmal, weil er 2008 geboren wurde. Er wird uns bei allem helfen, was wir brauchen.« Thea versuchte allem Anschein nach, Myrna für ihre Idee zu begeistern. »Callan hat Talente, die uns nützlich sind. Bitte geben Sie ihm eine Chance. Zu dritt haben wir mehr Möglichkeiten, den Mörder zu fassen.«

»Talente? Kannst du jonglieren und Löffel verbiegen?«, fragte sie den Teenager, der sein Equipment mitten auf dem Boden der Bibliothek ausbreitete und sie staunen ließ. Er hatte ein paar Kabel, USB-Sticks, Chipkarten sowie seinen Laptop dabei, aber auch mehrere Minikameras, die der Überwachung von Straßen oder

Räumen dienten. »Oh, ich verstehe. Du bist also ein Computerfachmann.«

Callan schürzte verlegen die Lippen, aber Thea kam ihm zuvor: »Nicht nur das. Er kann alles und jeden hacken. Callan hat sich sogar in meinen Blog geschlichen und ihn kurzzeitig an sich gerissen.«

Ein ungläubiger Laut drang aus Myrnas Kehle. Sie fing sich jedoch schnell wieder. »Sie wissen beide, dass das verboten und sogar strafbar ist?«

Thea winkte ab und ließ Callan weitermachen. »Er ist auf unserer Seite.«

»Das klang eben nicht danach. Hast du also die Drohungen verfasst?«

»Nein, habe ich nicht!« Zum ersten Mal richtete er das Wort an Myrna. »Aber ich kann herausfinden, welche IP-Adresse dahintersteckt. Lasst mich nur machen.«

Myrna ließ sich auf einen Stuhl fallen und rieb sich die Nasenwurzel. »Das darf doch nicht wahr sein!« Sie seufzte tief. »Mein Team besteht aus einem versoffenen Möchtegernsheriff, den ich für nichts weiter als Büroarbeit einsetzen kann, weil er sonst durchdreht, einer Totengräberin, die sich für Wednesday Addams hält, und einem irischen Hacker, der sich jeden Tag strafbar macht und wahrscheinlich knapp davor ist, vom Geheimdienst verhaftet zu werden. Wenn ich das den Kollegen in London erzähle ...«

»Klingt nach einem perfekten Team, würde ich sagen«, bemerkte Callan schmunzelnd. »Ich bin drin.«

»So schnell?«, fragten sie wie aus einem Munde. Myrna folgte Theas Beispiel und setzte sich zu ihm auf den Boden. Gemeinsam starrten sie gespannt auf den

Bildschirm, der nicht mehr als einen schwarzen Hintergrund und lange Zahlen- und Buchstabenfolgen zeigte.

»Ich erkenne dort gar nichts.« Thea sprach damit Myrnas Gedanken aus. »Wer hat die Drohung denn nun geschrieben?«

»Leider jemand, der dafür nicht seinen Heimrechner oder sein Handy, sondern den Computer im Stadtarchiv benutzt hat. Und dort gibt es keine Kameras. Der Täter wird nicht dumm genug für Augenzeugen sein. Wir haben also nichts, was uns weiterbringt.«

»Woher kennst du deren IP-Adresse? Ach, was frage ich überhaupt?« Myrna machte eine wegwerfende Geste und freundete sich mit dem Gedanken an, nicht bloß wegen Thea, sondern nun auch wegen Callan ihre Grenzen zu überschreiten. Je weniger sie wusste, desto besser. »Immerhin können wir jetzt sagen, dass die Nachricht tatsächlich aus diesem Borough stammt.«

»Jemand möchte dich von den Ermittlungen fernhalten, Thea.« Wie selbstverständlich war er zum Du übergewechselt. »Gerade traf eine weitere Warnung ein.« Er schien sich als Teil von ihnen wohlzufühlen. Vielleicht entging er auf diese Weise seiner Langeweile in der dörflichen Gemeinde. »Vor zwei Minuten schrieb dieselbe Adresse: *Sieh dich lieber um, sonst brennst du, Alethea Shaw! Verschwinde, du gottlose Hexe!* Klingt nach jemandem, der es ernst meint. *H.K.* finde ich überaus passend.« Er grinste, aber niemand lachte mit ihm. Callan sah verwundert von einem zum anderen. »Na, wegen Heinrich Kramer.« Immer noch keine Reaktion. »*Der Hexenhammer*? Das Buch, das die Anleitung zur

Verfolgung, Befragung und Bestrafung beinhaltete? Ihr solltet dringend mehr lesen.«

»Und du solltest dringend weniger überheblich sein, wenn du mit Erwachsenen redest«, entgegnete Thea und verstrubbelte ihm das rote Haar.

»Vielleicht ist er noch im Archiv!« Myrna sprang auf die Beine. »Er kann nicht weit gekommen sein.« Als sie den seltsamen Geruch im Korridor wahrnahm, wandte sie sich an Thea. »Raucht hier jemand? Oder grillen die Nachbarn um diese späte Uhrzeit?«

Die Angesprochene riss ihre Augen weit auf und packte Myrna an den Schultern. »Es brennt! Jemand hat das Haus angezündet! Der Mörder will mich in Flammen sehen, genau wie Hope!«

Callan rappelte sich ebenfalls auf. Zu dritt folgten sie dem Qualm, der Myrna husten ließ, und fanden die Quelle im Studierzimmer. Jemand hatte das Fenster aufgebrochen und eine brennende Zeitung hineingeworfen. Die Flammen breiteten sich rasend schnell auf dem alten Teppich aus und lechzten bereits nach den Regalen. Sie hatten glücklicherweise rechtzeitig reagiert und konnten das meiste davon austreten und den Rest mit einem Eimer ersticken.

»Ich mag mir nicht einmal ausmalen, was passiert wäre, wenn das hier auf die Bibliothek übergegangen wäre«, hauchte Thea bestürzt. »Wer tut so etwas?«

»Jemand, der Sie mit allen Mitteln vergraulen will. Sie sollen die Finger von dem Fall lassen.« Thea besah sich den Schaden am Fenster, während Myrna sprach. »Ich helfe Ihnen beim Aufräumen und Reparieren. Immerhin dürfen wir Ihre Bibliothek für die Ermittlung nutzen. Die Befragung lassen wir für heute und werden morgen früh vor Hopes Beerdigung zu den McAllisters rausfahren.«

»Danke. Derjenige sollte wissen, dass ich mich nicht kleinkriegen lasse, nicht einmal von einem Brand. Beinahe wäre mein Erbe in Asche verwandelt worden.«

Sie öffnete das Fenster, um durchzulüften und den beißenden Geruch von verbranntem Stoff und Holz aus dem Haus zu vertreiben.

Callan räusperte sich und zog Theas und Myrnas Aufmerksamkeit ganz auf sich. »Der Weg vom Archiv ist viel zu weit, um ihn in zwei Minuten zurückzulegen. Das schaffe ich nicht einmal rennend. Es kann nicht dieselbe Person gewesen sein.«

»Also wollte mich jemand anzünden, kurz nachdem mich ein anderer bedroht hat? Das ist mir zu viel Zufall auf einmal.«

»Oder wir haben es hier mit einem Duo zu tun.« Myrna tauschte einen vielsagenden Blick mit ihr. »Wir sollten dringend die McAllisters aufsuchen. Ich traue diesem Gespann nicht. Und du, Callan, gehst lieber wieder nach Hause. Wenn deine Mutter erfährt, dass es gebrannt hat, dreht sie durch.«

»Aber ich kann helfen. Lass mich wenigstens ein paar Kameras anbringen. Du solltest nicht ohne Schutz hier leben. Man sieht ja, was passiert. Wenigstens den Eingangsbereich und den Garten solltest du überwachen.«

»Aber danach gehst du heim. Ich melde mich bei dir, wenn noch etwas sein sollte. Deine Mutter macht sich bestimmt Sorgen«, sagte Thea und unterstützte Myrna damit. »*Churchyard Crimes* braucht dich in Zukunft sicher noch ein paarmal.«

In diesem Moment wurde ihnen allen bewusst, dass sie soeben einen Namen für ihre groteske Gruppe gefunden hatten. Auch wenn Myrna kein Fan von solchen Dingen war, fühlte es sich erstaunlich gut an, Teil einer verschworenen Gemeinschaft zu sein.

12. Kapitel

»Was ist mit Carlton O'Connor?«, fragte Thea am folgenden Morgen, während sie in Myrnas altem Ford zum Grundstück der McAllisters fuhren.

Das kaputte Fenster hatten sie von innen verbarrikadiert und gehofft, dass es der einzige Anschlag blieb. In der Nacht war nichts mehr passiert, was darauf schließen ließ, dass der Täter zurückkam. Myrna hatte Wache gehalten, während Thea schlief, und umgekehrt.

Was Theas Theorie betraf, war Myrna anderer Ansicht. Sie hatten inzwischen einige Möglichkeiten durchgespielt, gedanklich neue Fäden gespannt und andere zerrissen. »Er hätte sich gefreut, mit Hope ein Kind zu haben. Schließlich wäre das endlich der Liebesbeweis gewesen, auf den er gehofft hat. Für Hope hätte er Susannah sofort verlassen.«

»Und wenn sie es nicht wollte?«

»Auch dann hätte er sie nicht ermordet. Davon hätte er nichts gehabt. Er würde nicht das Kind töten, auf das er sich freut. Nein, das klingt für mich nicht stimmig.«

»Dafür hätte Susannah ein umso größeres Motiv. Hopes Schwangerschaft hätte ihre Ehe endgültig zerstört.«

Theas Laptop lag auf ihrem Schoß. Sie scrollte unter den letzten Blogbeitrag von ›Churchyard Crimes‹. »Meine Follower sind jedenfalls der Meinung, wir sollten dem Politiker auf die Finger schauen. Was meinen Sie dazu?«

»John Birming steht auch auf meiner Liste, aber weiter unten. Er hatte nicht viel Kontakt zu den Fernsbys. Es gibt bislang keine Verbindung von ihm zu Hope.«

»Er könnte ihr Liebhaber gewesen sein. Ein reicher, machtgeiler Politiker und eine junge Frau, die sich einen Vorteil durch eine Affäre verschaffen will. Mit dem Kind erpresst sie ihn schließlich. Sowohl seine Karriere als auch seine Ehe mit Katherine hätten auf dem Spiel gestanden. Wenn das kein Motiv ist, weiß ich auch nicht.«

»Wir werden ihn gleich nach unserem Gespräch mit der Familie befragen. Ich bin mir sicher, dass er sich so kurz vor der Wiederwahl möglichst volksnah zeigt und auftaucht.«

Sie hielten vor einem Farmhaus, das schon bessere Tage gesehen hatte. Kaum stiegen sie aus dem Wagen, kamen die McAllisters mit Mistgabeln aus dem Stall geeilt.

»Fehlen bloß noch die Fackeln«, raunte Thea Myrna zu, die sich ein Lachen verkniff.

»Guten Morgen. Entschuldigen Sie die Störung.« Bernie stand so nah an Myrna, dass sie seinen Stallgeruch in der Nase hatte. »Inspector Evans, und das ist Alethea Shaw, meine Assistentin.« Sie deutete auf Thea. »Wir haben noch ein paar Fragen zu Hope Fernsby und dem 22. Juni 2008. Sicher haben Sie gehört, dass man ihre Leiche am Pendle Hill gefunden hat.«

Agnes meldete sich als Erste zu Wort. »Wir haben nichts anderes zu sagen als vor fünfzehn Jahren. Verschwinden Sie, alle beide, erst recht die da.«

»*Die da* hat einen Namen, *du da*«, blaffte Thea zurück und nahm den Wettbewerb im Anstarren gekonnt auf. »Klingt ganz danach, als würdet ihr etwas verbergen und uns loswerden wollen.«

»Unsinn! Mein Bruder und ich haben Alibis. Wir waren mit Freunden zusammen, als Hope verschwunden ist.«

»Ihr habt Freunde? Meint ihr damit euer Vieh?«, fragte Thea frei heraus. Myrnas Gesicht entgleiste nur nicht, weil sie sich perfekt unter Kontrolle hatte. »Namen und Adressen, aber pronto.«

Myrna bedachte sie mit einem unauffälligen Kopfschütteln, das aussagte: *Ruhig Blut. Ich übernehme die Befragung, nicht du.* Sie erinnerte sie damit an ihre Übereinkunft.

»Niemand bezichtigt Sie eines Verbrechens.« Myrna versuchte, die aufgebrachte Hausherrin zu besänftigen. »Wenn Sie nichts angestellt haben, werden das hier reine Routinefragen. Sie sagten damals aus, Hope morgens an der Bushaltestelle gesehen zu haben. Sie sei in einen Bus gestiegen und davongefahren.«

»Richtig. Wir haben unsere Freunde dahin begleitet, weil sie früh nach Wales zurückgefahren sind und zum Bahnhof mussten.«

»Wohin wollte Hope?«

»Was weiß denn ich? Ich hatte andere Sorgen. Wir haben sie nur kurz gesehen.«

»Das bedeutet gleichzeitig, dass Sie sich kurz vor ihrem Tod draußen und ganz in ihrer Nähe aufgehalten haben. Als Ihre Freunde davongefahren sind, waren Sie beide also wieder unter sich und ohne Zeugen.«

»Wir sagen nichts mehr ohne unseren Anwalt. Bernie, wir gehen!«

Mit der störrischen Agnes kamen sie nicht weiter. Myrna sollte lieber beim schwächsten Glied der Kette ansetzen.

Sie bedachte Thea noch einmal mit einem vielsagenden Blick. Dieses Mal brachte sie sie dazu, ihr zu helfen, die Geschwister voneinander zu trennen.

»Ich sehe mir einmal den Garten an. Ihr habt Felder und Pferde, oder?«, sagte Thea laut genug und brauchte nicht lange auf Agnes zu warten, die ihr wütend hinterherstampfte.

»Hiergeblieben, du kleine Hexe!« Sie schnaufte wie eine Dampflok und lief dabei rot an.

Ihre Stimmen wurden leiser.

Als Bernie ihnen folgen wollte, hielt Myrna ihn am Arm zurück. Sein ängstlicher Blick blieb auf ihr haften.

»Sie hat gelogen, oder?«

»Nein, also ... nein«, wimmerte er verunsichert. Viel Grips schien dieser Mann nicht zu haben, der unter der Fuchtel seiner Schwester stand. »Wir haben sie gesehen. Ehrlich.«

»Sie sprechen von Hope?«

Er nickte eifrig. »Wir wollten doch nicht, dass so etwas passiert. Hätten wir es gewusst, dann ...«

Myrna wiederholte ihren Verdacht mit mehr Nachdruck. »Haben Sie mit eigenen Augen gesehen, wie sie in den Bus stieg?«

»Ja ... Also ... Nein ... Nicht so direkt.« Er begann zu schwitzen. Bernie nestelte nervös am Saum seines

Holzfällerhemdes und warf unruhige Blicke über die breite Schulter. »Ich sollte nicht ohne Agnes reden.«

Sie bohrte weiter, statt Ruhe zu geben. Myrna stand knapp vor dem Ziel. »Was heißt *nicht so direkt* im konkreten Fall?«

Myrna war auf dem richtigen Weg.

Sein Gesicht wurde noch eine Spur dunkler. Verlegen kratzte er sich am Hinterkopf. »Vielleicht habe ich mich geirrt. Als ich Hope dort gesehen habe, habe ich einfach angenommen, dass sie einsteigen wollte.«

»Sie haben also nicht wirklich gesehen, dass sie davongefahren ist.«

»So ist es.«

»Hatte Miss Fernsby Gepäck dabei? Eine Reisetasche vielleicht oder einen Koffer? Auch ein Rucksack wäre möglich.«

Bernie überlegte noch einmal genauer. Myrna war froh, dass er sich ohne seine Schwester im Nacken nun doch Zeit ließ und mit der Sprache herausrückte.

»Nein, nichts. Sie stand nur da und hat gewartet.«

»Auf was oder wen?«

»Auf den Bus, nehme ich an.«

»Sind viele ausgestiegen?«

Bernie zuckte mit den Schultern. »Ich weiß nicht. Agnes sagte, wir müssen bei unserer Version bleiben, weil wir sonst Ärger bekommen. Ich bin mir nicht einmal sicher, ob es wirklich Hope gewesen ist, die da gestanden hat.«

»Danke, Bernard. Sie helfen mir weiter. Sie haben mich nicht belogen, sondern sich eben getäuscht. Das kommt vor und ist menschlich.« Ihre Worte besänftigten den Hünen. »Ich denke nicht, dass das strafrechtliche Folgen hat.«

»Danke, Inspector. Sie sind eigentlich ziemlich in Ordnung.«

»Das höre ich gern«, erwiderte Myrna mit einem Lächeln. »Dennoch werden Sie sich beide vor den Fernsbys verantworten müssen. Sie haben mit Ihrer Falschaussage, so ehrlich sie gemeint war, dafür gesorgt, dass ein Verbrechen seit fünfzehn Jahren nicht aufgeklärt wurde.«

»Aber ... wir wollten doch nicht ...«

»Was Sie wollten, spielt dabei keine Rolle. Entschuldigen Sie sich am besten persönlich bei Susannah und Henry. Es war ein großes Missverständnis. Sie waren sich sicher und glaubten, das Richtige zu tun.«

»Das ist wahr.« Bernie ließ den Kopf hängen. Er wirkte absolut enttäuscht von sich selbst. Auf seltsame Weise tat er Myrna sogar leid.

Das Streitgespräch auf der anderen Seite des Hauses lief derweil aus dem Ruder. Man hörte die lauten Stimmen der beiden Frauen herüberschallen. Je mehr Feindseligkeit Agnes zeigte, desto aufgebrachter war auch Thea.

»Entschuldigen Sie mich«, meinte Myrna schnell und eilte hinterher.

»Wusste ich doch, dass du Geheimnisse hast!« Thea deutete auf die Scheune, in der lauter süße Hundewelpen herumtollten. »Diese Rassen dürfen schon seit Jahren nicht mehr gezüchtet werden. Und du hast sie hier versteckt.«

»Du hast keine Befugnis, in meinen Sachen zu schnüffeln!«, keifte Agnes zurück. »Ich zeige dich an, wenn du noch einmal deine Nase in meine Angelegenheiten steckst!«

Myrna ging dazwischen, ehe sie sich die Köpfe einschlugen. Sie zog Thea etwas gröber beiseite. »Habe ich mich nicht klar genug ausgedrückt? Wir schnüffeln nicht in den Privatangelegenheiten anderer Leute herum. Alles, was wir finden, hätte vor Gericht keine Bedeutung mehr.«

»Aber nur auf diese Weise kann ich ihnen ihre Geheimnisse entlocken. Agnes züchtet verbotene Hunderassen. Sehen Sie selbst!«

Einer der kleinen Pitbull Terrier rannte um Myrnas Beine herum. Agnes hatte alle Mühe, die aufgeregten Tiere wieder einzufangen.

»Das geht uns nichts an. Wir können ihr höchstens das Amt auf den Hals hetzen. Außerdem müssen wir jetzt los, die Beerdigung fängt gleich an. Hier kommen wir nicht weiter. Die McAllisters sind eine Sackgasse und haben die Aufklärung des Falles lange genug hinausgezögert. Um sich auf dem Hof umzusehen, bräuchten wir einen Durchsuchungsbeschluss, und den bekommen wir auf die Schnelle bloß bei Gefahr im Verzug.«

»Sie haben doch gesehen, was passiert, wenn wir nach Vorschrift arbeiten – nämlich nichts. Wir haben keine Zeit für lange Befehlsketten. Ein Mörder läuft frei herum, und das mitten in Pendle. Sie wollen ihn genauso entlarven wie ich. Haben Sie mich nicht aus diesem Grund ins Team geholt? Weil ich anders denke und vorgehe als Sie?«

Myrna ärgerte sich noch immer. Sie schloss die Augen für einen Moment, atmete durch und nickte dann. »Sie haben recht. Dennoch bitte ich Sie, solche Dinge immer erst mit mir abzusprechen. Diese Menschen kennen Sie als die Totengräberin. Es ist schwierig genug, ihnen klarzumachen, dass Sie nun meine Assistentin sind und ernst genommen werden müssen. Ich kann Sie nicht schützen, wenn Sie immer davonlaufen und Ihren eigenen Kopf durchsetzen.«

»Ihre *Partnerin*, wollten Sie sicher sagen.«

Myrna verdrehte die Augen. »Dann eben Partnerin.«

»Ich habe eine letzte Frage an Agnes. Darf ich?«

»Von mir aus. Aber nur, wenn sie mit unserem Fall zu tun hat.«

Thea wandte sich daraufhin an die aufgebrachte Frau, die die Scheune wütend verschloss. »Wusste Hope von deinem kleinen Geheimnis? Hast du sie deshalb gehasst?«

»Verzieh dich endlich. Du hast hier nichts zu suchen«, knurrte sie gefährlich. »Hope hat bekommen, was sie verdient hat. Gott war auf meiner Seite, als er die junge Fernsby geholt hat. Sie hat immer schon gern mit dem Feuer gespielt und ist etlichen Leuten auf die Zehen getreten. Du erinnerst mich an sie. Hope musste auch immer ihre Nase in alle Angelegenheiten stecken.« Agnes wandte sich ab.

»Danke für die Antwort!«, rief Thea ihr fröhlich zu und provozierte sie damit noch mehr. Sie grinste und folgte Myrna zum Auto.

Den veränderten Gesichtsausdruck von Agnes McAllister hatte diese ebenfalls bemerkt. Bernies Schwester hatte vielleicht zum ersten Mal in ihrem Leben die Wahrheit gesagt. Also hatte Hope sie in der Hand gehabt und vielleicht sogar erpresst.

Ohne weiteren Zwischenfall stiegen sie ein. Im Rückspiegel sah Myrna, dass Agnes ihren Bruder zur Seite nahm und sich eindringlich mit ihm unterhielt.

»Die beiden haben sich geirrt. Vielleicht hat Agnes Bernie auch bloß eingeredet, dass sie Hope gesehen haben. Er ist stark abhängig von ihr und dieser Frau hörig. Ich glaube, sie nutzt ihn aus«, sagte Myrna auf der Rückfahrt. »Agnes wollte sich wahrscheinlich nur wichtigmachen und von ihrem eigentlichen Geheimnis, den Hunden, ablenken.«

»Was passiert nun mit ihr?«

»Ich gebe dem Veterinäramt Bescheid. Um den Rest muss sich jemand anderes kümmern. Sie wird zunächst überprüft und erhält dann ein Zuchtverbot sowie eine Geldstrafe.«

Thea nickte zufrieden. Sie hatte sich beruhigt und war wieder ganz die Alte. »Fahren wir direkt zum Friedhof?«

»Zuerst einmal nach Hause. Ich setze Sie ab und fahre danach weiter zu Mrs Downing, um mich umzuziehen. Ein roter Pullover ist nicht die passende Bekleidung für eine Beerdigung.«

»Ich werde dann schon einmal vorgehen.«

»Thea ...«

»Nicht, um zu ermitteln, sondern für die Arbeit«, sagte sie schnell. »Reverend Hughing erwartet mich im Vorfeld bei sich in der Kapelle. Wir gehen den Ablauf noch einmal durch und kontrollieren die Blumengestecke und die Bestuhlung.«

»Dann ist ja gut.«

***

Jolene humpelte schnellstmöglich zu Lucretia hinüber und klopfte mehrmals mit ihrem Stock gegen die Tür, ehe sie auch noch die Klingel betätigte.

»Was willst du? Du weißt doch, dass ich um diese Zeit mein Wellnessprogramm habe!«, motzte die Rothaarige, die zwei Gurkenscheiben in der Hand hielt.

Ihr faltiges Gesicht war mit einer klebrigen, durchsichtigen Masse überzogen, die Jolene an Gelatine erinnerte.

»Jeder weiß, für wen du dich hübsch machst. Seid ihr also wieder verabredet, ja?«, entgegnete sie forsch.

»Das geht dich nichts an, du alte Schreckschraube.«

»Wenigstens brauche ich keine Masken und Spritzen, um mein Alter zu verschleiern. Ich stehe zu meinen Falten. Natürlichkeit ist bei den jungen Leuten jetzt wieder angesagt.«

»Bist du gekommen, um mir das zu sagen und in der Wunde zu bohren? Oder bist du immer noch sauer, weil ich ohne dich eingebrochen bin?«

Jolene schnipste einmal, sodass Lucretia zusammenzuckte. »Siehst du? Nun nennst du es selbst einen Einbruch. Erwischt.«

Ihre Nachbarin verdrehte die Augen. »Wenn du meinst.«

»Aber nein, deshalb bin ich nicht gekommen.« Jolene beugte sich verschwörerisch vor und sah sich vorsichtshalber um, ehe sie weitersprach. »Hast du schon gehört, dass es drüben in der Blackburn Road 13 gebrannt haben soll?«

»Ein Brand im Chamberling-Haus? O mein Gott!« Sie bekreuzigte sich schockiert. »Warst du das?«

»Wieso sollte ich das verbrennen, was uns zusteht? Denk doch mal nach.«

Lucretia gab ihr recht. Jolene rollte innerlich mit den Augen. Ihre Freundin war nicht gerade mit Intelligenz gesegnet. Kein Wunder, dass sich Jolene jeden ihrer Pläne ausdenken musste, während Lucretia meistens bloß kopflos voranlief und sich in Schwierigkeiten manövrierte. Sie war nichts weiter als ein ausführendes Mittel, Jolenes verlängerter Arm. Dennoch hätte sie ihr den kleinen Einbruch nicht zugetraut.

»Da es noch steht, würde ich meinen, dass das Feuer gelöscht wurde?«

»So ist es. Ich dachte, dass du mir mehr dazu sagen kannst.«

»Ich?« Lucretia deutete verwundert auf sich selbst. »Ich würde lieber wissen wollen, wer dahintersteckt, wenn du und ich es nicht waren.«

»Offenbar wird die kleine Shaw noch von anderen
Leuten nicht gemocht. Wir sollten die Augen und Ohren offenhalten. Falls du etwas hörst, sag mir Bescheid.
Es wäre schön, wenn du nicht jede Nacht bei diesem
übergewichtigen Trampeltier von Sergeant verbringen
würdest.«

»Bist du meine Mutter? Ich tue, was immer ich will.
Du hast keine Ahnung, was Ward und mich verbindet«,
schnauzte Lucretia sie an und warf die Tür zu.

Jolene ging nach Hause. Sie ärgerte sich über Lucretias Aufbegehren. Ihre Freundin fühlte sich anscheinend erhaben, weil sie mit einem Polizisten verkehrte.
Sobald Ward Harrison sie fallen ließ, wäre Lucretia
wieder das armselige kleine Mädchen, mit dem Jolene
tun und lassen konnte, was immer sie wollte. Schließlich war sie die Stimme der Vernunft und die, die die
Ansagen machte.

Ihr Blick glitt hinüber zum St. Benet's Churchyard,
auf dem sich nach und nach Menschen einfanden. Hopes Begräbnis interessierte sie brennend, aber Jolene
wollte die Ablenkung nutzen, um sich auf Miss Shaws
Grundstück umzusehen. Vielleicht gab es auch im Garten verborgene Türen, von denen sie noch nichts wussten.

***

Myrna legte einen Zwischenstopp an der Polizeistation
ein, aber Ward war bereits fort. Sicher sah sie ihn auf
der Beerdigung wieder. Er hatte die ganze Nacht lang

telefoniert und sich Notizen zu Hopes entfernten Verwandten und einigen Freunden aus der Schule gemacht, die Namen allerdings alle wieder gestrichen. Hauptsache, er drehte heute nicht durch, sobald ihm jemand während der Messe verdächtig vorkam.

Ihr Blick blieb an einem Zettel mit ihrem Namen hängen. Ward hatte etwas für sie beiseitegelegt. Es war eine Akte mit mehreren Fotografien von Gegenständen. Die Forensik hatte ihnen weitere Berichte geschickt.

Sie stieg wieder in ihren Wagen und atmete auf, als Thea seelenruhig auf dem Beifahrersitz saß und etwas in ihr Handy tippte. Aus unerfindlichen Gründen hatte Myrna befürchtet, sie wäre fort, sobald sie zurückkam. Bei ihrer Sprunghaftigkeit musste man mit allem rechnen.

»Ich habe hier etwas, das auch für Sie interessant ist«, verkündete Myrna mit einem Lächeln. Sie wedelte mit der Akte vor Theas Nase und erlangte sofort ihre Aufmerksamkeit.

»Was ist das?«

»Die Forensik aus Preston hat heute die gefundenen Gegenstände freigegeben. Die Originale liegen noch dort.«

»Sie meinen alles, was am Tatort entdeckt wurde?«

»Sicher nur weggewehter Müll, aber man weiß nie. Diese Sachen wurden mit Hopes Knochen aus der Erde gespült oder lagen in der Nähe ihres ursprünglichen Grabes am Waldrand.« Myrna warf die Akte vorerst nach hinten. »Dafür bleibt später noch Zeit. Sie müssen zum Reverend, ehe die Trauerreden beginnen.«

Thea nickte einsichtig und gab Ruhe, obwohl Myrna ihr anmerkte, dass sie am liebsten sofort losgelegt hätte. Ihr Blick wanderte immer wieder neugierig auf den Rücksitz. Sie verrenkte sich beinahe dafür. Myrna musste sich das Schmunzeln verkneifen. Ihre neue Kollegin hatte eindeutig Blut geleckt.

»Darf ich diese Ergebnisse dann auch mit meinen Abonnenten teilen? Sie brauchen neue Informationen, sonst springen sie ab.«

»Nicht, wenn etwas Brauchbares dabei ist.«

»Wo ist da der Sinn?«

»Falls wir weiterkommen, dürfen wir den Mörder nicht vorwarnen. Wir sind ihm auf der Spur, aber noch viel zu weit entfernt, um zuzuschnappen. Wir wissen nicht einmal, wen wir von all diesen Leuten ins Visier nehmen sollen.« Myrna zuckte bedauernd mit den Schultern. »Für mich ist jeder in Pendle verdächtig bis auf Sie und Callan. Alle anderen waren alt genug, diese Straftat zu begehen, die meisten davon hatten sogar ein Motiv und kein Alibi.« Sie hielten vor der Kirche. »Bis später, Thea.«

***

»Wir haben zwei Stunden, ehe die Trauergäste aus der Kirche kommen«, sagte Thea. Sie saßen auf der schattigen Bank an der Seite des Kirchenschiffs und lauschten dem Chor, dessen schöne Stimmen bis zu ihnen vordrangen. »Was ist mit Callan?«

»Er ist hoffentlich zu Hause und stellt keinen Unsinn an.«

»Er könnte uns helfen, das hier auszuwerten.« Thea
deutete auf die Akte, die sich Myrna unter den Arm ge-
klemmt hatte. »Ich schreibe ihm schnell. Das lässt er
sich bestimmt nicht entgehen.«

Myrna seufzte. Sie würde ja doch nichts dagegen machen können. Wenn sich Thea einmal etwas in den
Kopf gesetzt hatte, hielt sie niemand mehr auf. Vielleicht brachte der Teenager ihnen auch den gewünschten Fortschritt. Er konnte vorlaut und eingebildet sein,
war aber ebenso intelligent und ambitioniert. Eine Mischung, die sich in der Vergangenheit bewährt hatte.

Keine Viertelstunde später traf Callan ein und setzte
sich zu ihnen ins Gras neben der Kirche. »Ich bin so
schnell gekommen wie möglich«, meinte er außer
Atem und legte seinen Rucksack behutsam auf die
Erde. Sicher war wieder allerhand Technik darin. »Sind
die Trauernden noch in der Kirche? Wollen wir nicht
lieber ins Chamberling-Haus gehen? Hier könnte uns
jemand sehen.«

»Sind sie, aber ich kann hier leider nicht weg«, erklärte Thea wenig begeistert. »Ich habe noch einiges für
den Pfarrer und Hope zu erledigen. Es gibt einen bestimmten Ablauf, den ich einhalten muss. Sollte ich
verschwinden und meinen Einsatz verpassen, reißt er
mir sicher den Kopf ab und feuert mich. Das kann ich
mir nicht leisten.«

Callan hatte sich seine roten Locken dieses Mal nach
hinten gegelt und einen kleinen Zopf daraus gebunden.
Außerdem duftete er frisch nach irgendeinem herben
Duschgel.

Myrna hatte den Eindruck, dass er sich extra für seine neue Aufgabe herausgeputzt hatte, und belächelte den jungen Burschen amüsiert. Er wollte von den Erwachsenen wahrscheinlich ernst genommen werden und möglichst kompetent wirken.

Thea schnappte sich Myrnas Akte und breitete alle Fotos wie ein Puzzle auf dem Boden aus. Sie beschwerten die Bilder mit Steinen, damit sie nicht wegwehten. Zum Glück war es einigermaßen windstill hinter der Friedhofsmauer.

Noch immer hörten sie den Chor und danach die sonore Stimme des Pfarrers, der eine Ansprache hielt.

»Redet bitte laut miteinander. Was seht ihr? Was fällt euch auf?« Myrna sah von einem zum anderen. »Alles, was unwichtig erscheint, könnte uns zum Täter führen.«

Thea schürzte die Lippen. »Das meiste sieht eher nach Müll aus. Eine Plastikflasche hier, ein Schokoriegel da. Auch einen Strohhalm wird der Mörder wohl kaum zu seiner Tat mitgenommen haben. Und was ist das hier? Loses Papier?«

»Sieht so aus«, sagte Callan, »aber kann man leider nicht mehr entziffern. Ein Kassenbon vermutlich. Der kann auch noch keine fünfzehn Jahre dort gelegen haben. Er wäre längst verwittert und hätte sich aufgelöst.«

Myrna nickte. »Das sehe ich genauso.« Sie nahm ihm die Fotografie aus der Hand und sammelte alles auf der Bank, was *Churchyard Crimes* nicht weiterbrachte. »Das hier fand ich deutlich interessanter. Sieht wie ein Stift aus.« Myrna deutete auf eines der Fotos. Theas Augen wurden groß. Sie betrachtete das ungewöhnliche

Stück darauf eingehend. »Alles in Ordnung? Erkennen Sie etwas?«

Thea atmete schneller. Ihre Pupillen huschten mehrmals von links nach rechts. »*Dalbergia retusa*«, hauchte sie fassungslos. »Natürlich.«

»Bitte?«

»Cocoboloholz«, sagte Callan. »Ich glaube, ich weiß, worauf Thea hinauswill. Das hier könnten einmal zwei goldene Initialen gewesen sein. Er hat dir also auch seinen protzigen Kugelschreiber gezeigt. Was für ein Angeber.«

»Könnte mich bitte jemand aufklären?« Myrna war noch immer verwirrt. Sie stand auf dem Schlauch.

Thea leckte sich aufgeregt über die Unterlippe. »Sehen Sie diese besondere, sehr bauchige Form? Das ist nicht irgendein Stift, sondern ein Kugelschreiber, den man nicht überall kaufen kann. Und das hier«, sie deutete auf zwei winzige Kratzer im Holz, »könnten einmal goldene Initialen gewesen sein, wie Callan sagt.«

»Initialen von wem?«

»Von John Birming. Ein *J* und ein *B*. Er hat diese Kugelschreiber seit seinem Karrierestart in der Politik, also seit zwanzig Jahren, und ist ziemlich stolz darauf. Angeblich ist die Stückzahl begrenzt. Vielleicht hatte er einen Ersatz zu Hause, den er jetzt nutzt. Oder er hat sich einen neuen Stift anfertigen lassen, nachdem er ihn verloren hat.«

»Was sucht sein Kugelschreiber in der Nähe einer Leiche? So wie er aussieht, liegt er schon eine Weile am Pendle Hill. Das ist äußerst verdächtig, aber noch kein Beweis. Er könnte ihn beim Joggen verloren haben.«

Callan war nicht überzeugt. »Wer geht bitte mit einem Stift joggen? Also, ich würde das nicht tun.«

»Dann eben beim Spazieren.« Myrna blätterte durch die Berichte. »Die Forensik hat daran keine Spuren, also keine DNA entdeckt, aber das ist nach dieser langen Zeit kein Wunder. Leider sind die Initialen nicht mehr rekonstruierbar. Wir haben also gar nichts.«

Thea und Callan weiteten ihre Augen. »Wir haben sehr wohl etwas!«, riefen die beiden durcheinander.

»Ich kann Birming nicht nachweisen, dass es sein Kugelschreiber ist.«

»Abwarten …« Callan machte sich sogleich an seine Online-Recherche und holte dafür seinen Laptop aus der Tasche. »Wer viel reist, redet viel, und wer viel redet, lügt.«

»Wie bitte?«

»Ein irisches Sprichwort. Und Birming ist ein Mann, der ziemlich viel redet. Ein Brite mit Stil – und für eben so einen hält er sich – kauft banale Dinge nicht im Laden um die Ecke oder bezahlt sie in bar.« Er klickte noch ein paarmal auf seine Tastatur, dann präsentierte er ihnen zu Myrnas Erstaunen eine Auflistung von roten und grünen Zahlen. »Wir befinden uns nun in seinem Firmenkonto. Keine Sorge, er wird nicht bemerken, dass wir uns umsehen. Ich schleuse mich über drei unterschiedliche Server auf aller Welt ein. Man könnte mich niemals zurückverfolgen.«

»Bist du wahnsinnig geworden?«, rief Myrna entsetzt aus und drosselte ihre Lautstärke. »Das kostet mich Kopf und Kragen! Wir sehen uns hier nicht die neueste Kollektion von John Smedley an!«

»Wenn niemand außerhalb dieses Dreiecks ein Wort darüber verliert, ist es kein Problem, oder?«, sagte Thea. »Wir bereichern uns schließlich nicht an seinem Geld, sondern wollen bloß Beweise finden.«

»Beweise, die ich niemals haben würde, wenn ich nicht illegal vorgehe. Wie soll ich ihm bitte erklären, dass wir über seine Abrechnung gestolpert sind? Ich habe weder einen Beschluss noch die nötigen Mittel dazu.« Thea und Callan sahen sie an wie zwei kleine trotzige Kinder. Manchmal kam sich Myrna wie eine überforderte Mutter vor. Sie lachte gequält und rieb sich die Augen. »Wenn das hier funktionieren soll, müssen wir es auf meine Weise tun. Thea und ich werden uns nachher positionieren und umschauen. Danach befrage ich die Fernsbys und versuche, etwas herauszufinden. Thea, Sie warten im Hintergrund und achten auf alles und jeden, der sich in der Nähe aufhält.«

»Wie ein Wachhund«, sagte sie trocken. »Ich möchte bei der Befragung dabei sein oder wenigstens John Birming auf den Zahn fühlen. Nun haben wir endlich einen Anhaltspunkt.«

Myrna seufzte. »Nicht ohne mich. Ich leite die Verhöre. Denken Sie daran, dass wir es mit trauernden Menschen zu tun haben. Die Emotionen kochen heute sowieso hoch.«

»Hier ist es!«, rief Callan wie aus dem Nichts und drehte den Bildschirm wieder zu ihnen. »Ich habe meine Suche in Johns Konto auf das Jahr 2008 beschränkt. Er hat tatsächlich einen neuen Kugelschreiber bei einer Firma namens ›Lassington Wood Style‹ bestellt. Schaut mal auf das Datum.«

»Der 25. Juni 2008, kurz nach Hopes Tod. John hat gemerkt, dass sein Stift fehlt, und sich einen neuen bestellt. Wir haben ihn!«, jubelte Thea begeistert.

»Laut Netz arbeiten sie für Einzelstücke und geringe Auflagen, verwenden edles, seltenes Holz und verkaufen nicht an jedermann. Birming gehört anscheinend zum Kreis der Auserwählten, eine Art VIP.« Er unterstrich seine geringe Meinung von dem Volksvertreter mit einer entsprechenden Miene. »Im Verwendungszweck steht eine lange Zahlenfolge, wahrscheinlich die Bestellnummer, aber auch das Wort Kugelschreiber. Er ist es.«

Myrna drückte den Laptop kurzerhand wieder zu und holte sich die nötige Aufmerksamkeit der beiden. »Ich unterbreche eure Euphorie ja nur ungern, aber wir haben nichts weiter als einen Verdacht«, wiederholte sie etwas genervter. »Das alles hier ist nie passiert. Ich hätte es gar nicht sehen dürfen.«

Thea lächelte aufmunternd. »Beruhigen Sie sich, Evans. Niemand von uns ist Ihr Feind. Wir wollen nur helfen. Birmings Stift ist zumindest ein Anhaltspunkt. Und gleich haben wir ebenjenen Mann direkt vor der Nase.«

»Ich bin froh über Ihre Hilfe und neue Ansätze, aber das hier ist kriminell. Ich werde mich nicht auf das Niveau meiner Gegner begeben.«

Callan zeigte sich enttäuscht. »Ich dachte, *Churchyard Crimes* sei eine Art Robin Hood. Wir könnten Hope Gerechtigkeit bringen.«

»Robin Hood hat gestohlen.«

»Nur das, was vorher von anderen gestohlen wurde. Zieh endlich den Stock aus deinem Hintern, Evans.«

»So redest du mit einer Polizistin? Wo ist dein Respekt geblieben, Junge?«

»Sei froh, dass du kein Politiker bist. Dann hätte das gerade ganz anders geklungen«, entgegnete er zwinkernd.

Sie wuschelte ihm zur Strafe durch das Haar und zerstörte seine penibel gelegte Frisur. Nun sah er wieder aus wie vorher.

»Hey!«, beschwerte sich Callan, fiel aber in das Gelächter ein.

Als sich der Sturm zwischen ihnen gelegt hatte, ergriff Thea das Wort: »Auch wenn das hier illegal war, so haben wir wenigstens eine kleine Spur, der wir nachgehen können. Wir wissen nun, dass John Birming verdächtig ist. Was, wenn er der Vater von Hopes Kind war und einen Skandal verhindern wollte? Er stand immerhin am Anfang seiner Karriere und war schon damals mit Katherine in einer Beziehung. Hope bevorzugte ältere Herren als ihre Liebhaber. Selbst meine Follower meinen, wir sollten John befragen. Sie warten sehnsüchtig auf eine Fortsetzung. Inzwischen glauben einige, Hope sei von Aliens entführt worden.«

»Glaubt das nicht immer irgendjemand?« Myrna gab sich geschlagen. »Na schön, John Birming rutscht ganz nach oben auf der Liste. Sergeant Harrison hat ihn nicht einmal notiert, weil er keine Verbindung zu Hope hatte. Dieser Mann besitzt sicher eine blütenreine Weste. Wo soll, darf und kann man da schon ansetzen, ohne Ärger zu machen?«

Eine Krähe kommentierte ihr Treiben mit ihrem wilden Gezeter, bis Callan sie davonjagte. Der Wind rauschte in den Tannen und beruhigte die drei.

Myrnas nachdenklicher Blick wanderte über die Rückseite der Grabsteine bis zu einem Erdhaufen, den Thea mit einer Plane vor Regen und Wind geschützt hatte. Es dauerte nicht mehr lange, bis die Trauergäste die Kirche verlassen würden und der Sarg mit Hopes Knochen nach draußen getragen wurde.

Thea sah auf die Uhr und erschrak. »Es ist so weit, ich muss los. Wir treffen uns später wieder hier.« Sie eilte davon und stellte sich an den Hintereingang.

Als sich die Pforte öffnete und Menschen hinausströmten, verschwand sie im Inneren und tauchte wenig später mit einem großen schwarz umrahmten Foto von Hope Fernsby auf. Über dem anderen Arm trug sie einen Trauerkranz. Beides stellte sie an der Graböffnung auf. Myrna freute sich über ihren Eifer. Thea nahm ihre Arbeit offenkundig sehr ernst.

Die Ermittlerin sammelte ihre Fotos wieder ein und steckte sie weg.

»Du solltest jetzt gehen. Thea meldet sich, wenn wir etwas brauchen«, sagte sie zu Callan, der den Hals reckte. »Warte auf deinen Einsatz. Es wäre besser, wenn man dich hier nicht sieht.«

»Ich bin also eure Geheimwaffe, die verborgen im Hintergrund arbeitet. Verstehe.« Der junge Ire klang absolut begeistert.

Myrna schmunzelte und sah ihm nach. Wenigstens ein Mensch in Pendle hörte auf sie.

13. Kapitel

Hopes Begräbnis verlief ohne Komplikationen. Reverend Hughing hielt auch am offenen Grab eine Rede, die der Jugendlichen mehr als recht gewesen wäre. Ihr Sarg wurde im Anschluss hinabgelassen. Thea hielt sich währenddessen im Hintergrund auf und beobachtete gemeinsam mit Myrna die Trauernden, wie sie es verabredet hatten.

»Das da ist Susannah O'Connor«, erklärte Myrna ihr, als sich eine kleine, dunkelblonde Frau mit großen Augen und spitzer Nase vor die Graböffnung stellte.

Susannah warf erst eine Handvoll Sand hinein, dann lieblos einen Blumenstrauß hinterher. Ihr Blick sprach Bände. Sie sah ihrer Schwester sehr ähnlich, aber an Hopes Schönheit kam sie nicht heran. Ihr fehlte das gewisse Etwas, um wirklich interessant zu sein und aus der Menge herauszustechen.

»Sieht mir mehr nach Genugtuung bei ihr aus als nach Trauer um ein geliebtes Familienmitglied«, sagte Thea scharfsinnig.

»Da bin ich ganz Ihrer Meinung.« Myrna rieb sich den Nacken.

»Ist die Couch doch nicht so bequem gewesen? Sie hätten sich in mein Bett legen sollen, Evans. Ich war doch sowieso wach und habe aufgepasst.«

»Alles ist besser als Mrs Downings Katzen-Cottage. Ich sollte mir bald eine andere Unterkunft suchen. Sie nimmt außerdem horrende Preise, die sich selbst ein Detective Inspector nicht auf Dauer leisten kann. Ich habe das Gefühl, dass sie bei mir absichtlich zugeschlagen hat.«

»Würde zu ihr passen«, murrte Thea

»Wenigstens weiß ich, dass ich nach diesem Fall nicht mehr lange hier sein werde.«

»Was macht Sie da so sicher?« Thea runzelte die Stirn und behielt ihren Blick auf den Trauergästen. Ihre Hände waren tief in den Jackentaschen verborgen, während sie im Schatten der Mauer ausharrten und abwarteten. »Immerhin hat man Sie grundlos hierher versetzt. Sicher, dass Ihre Kollegen Sie wieder in London haben wollen?«

Myrna schluckte fest. Wahrscheinlich verbannte sie in diesem Moment die Zweifel, die Theas Worte in ihr auslösten. »Natürlich, ich war einer ihrer besten Inspectors. Und das werde ich wieder sein.«

Ihre Stimme zitterte nicht, doch Thea war die deutliche Veränderung darin nicht entgangen. Myrna Evans war eine starke und selbstbewusste Frau, aber auch sie hatte eine Schwachstelle. Ihre Arbeit war ihr furchtbar wichtig. Sie würde niemals etwas anderes machen wollen, wie Thea sie einschätzte. Sollte sich herausstellen, dass man sie aus Bequemlichkeit losgeworden war – und das wäre bei ihrer akkuraten Arbeitsweise denkbar –, würde für Myrna sicher eine Welt zusammenbrechen.

Nun war Carlton an der Reihe, dem die Tränen in Strömen über die Wangen rannen. Susannah zog ihren

Mann genervt beiseite. Ihr schien es peinlich zu sein, dass er seine Liebe zu Hope derart offen zeigte.

»Sie ist von seiner Trauer nicht gerade begeistert. Jede Wette, dass sie von der Affäre wusste.«

»Sie wissen doch, dass ich nicht wette«, erwiderte Myrna ernst.

»Spielverderberin.«

Myrnas Mundwinkeln zuckten einmal, aber sie blieb ganz in ihrer Rolle.

Viele waren nicht gekommen. Neben der kleinen Familie hatte es ein paar Leute hergezogen, die Thea nicht kannte. Vielleicht ehemalige Klassenkameraden oder Freunde aus Lancashire. Jonah Thomson und seine Partnerin Tabea waren nicht aufgetaucht. Sie lebten ein neues Leben in Schottland und hatten womöglich nicht einmal erfahren, dass Hope tot war.

Neben Sergeant Harrison, der die drei Fernsbys sogar in den Arm nahm und beruhigend auf sie einsprach, während sich sein Jackett unangenehm spannte, stand das Ehepaar Birming. Sie waren beinahe zu fein gekleidet für ein Begräbnis und stachen aus der Menge heraus.

Die Presse der ›Pendle Daily Mail‹ hatte keinen Zutritt erhalten, wartete aber vor dem Tor auf ein Statement der Trauernden. Vielleicht wollten die Journalisten auch bloß ein paar Bilder für ihre Klatschzeitung schießen. Eine gute Möglichkeit für den Politiker, sich in den Vordergrund zu spielen und den volksnahen Mitbürger zu mimen.

Thea beobachtete den Bürgermeister eingehend. Seit sie wusste, dass sein Kugelschreiber in der Nähe der

Leiche gefunden worden war, vertraute sie ihm noch weniger.

Die Gäste kondolierten der Familie, die viele Hände schüttelte und danach allein zurückblieb, während die anderen zum Leichenschmaus ins ›Hills Inn‹ weiterzogen. Thea wusste, dass Hank dort auf Henrys Wunsch hin auftischte.

Myrnas Einsatz war gekommen. Sie stellte sich ans Ende der Schlange und sprach den Fernsbys ihr Beileid aus.

Während Henry sie dankbar und traurig anlächelte, verfinsterte sich Susannahs Gesicht. »Sie sind also der Inspector, der vor Kurzem auf unserem Hof war?«, hörte Thea sie von Weitem sagen.

»So ist es.« Myrna sah anscheinend nicht ein, wieso sie lügen sollte, wenn Susannah sowieso Bescheid wusste. So hätte es Thea auch gemacht.

»Also haben Sie meinem Mann das Leben gerettet?«

»Auch das ist wahr, aber ich hatte Hilfe von Sergeant Harrison.«

»Dann gebührt auch ihm unser Dank. Carlton hätte niemals auf diese morsche Leiter steigen dürfen«, sagte sie.

Myrna wechselte einen Blick mit dem Hünen. Er wirkte gehetzt, gar panisch. Carlton hatte offenbar ziemlich viel Angst vor seiner Frau, der er eine abstruse Geschichte aufgetischt hatte.

»Die meisten Unfälle passieren im Haushalt. Es war reiner Zufall, dass ich da war.« Mit dieser kleinen Lüge bereitete sie Carlton weniger Ärger. Er musste selbst wissen, wann es Zeit war, die Wahrheit zu sagen und diese Ehe zu beenden.

Thea juckte es dennoch in den Fingern, Susannah reinen Wein einzuschenken. Sie hasste Unaufrichtigkeiten.

»Ich wollte Ihnen schon dort mein Beileid aussprechen«, sagte Myrna. »Es tut mir außerdem leid, dass Sie es durch die Medien erfahren mussten, ehe wir die Möglichkeit dazu hatten.«

»Eigentlich haben wir es tief in unseren Herzen bereits geahnt. Es passte einfach alles zusammen.« Susannah schnäuzte in ein Taschentuch. Thea kaufte ihr die Rolle der trauernden Schwester nicht ab. »Dieser Blog hat unsere Befürchtungen bloß bestätigt.«

»Ich kannte Hope nicht und habe nur ein vages Bild von ihr. Sie wird als fröhliches Mädchen beschrieben, das den Drang hatte, die Welt zu erkunden.« Myrna ging geschickt in die Befragung über.

Thea hielt es nicht länger auf ihrem Platz. Das alles verlief viel zu langsam. Sie wartete, bis der Pfarrer in der Kirche verschwunden war, ehe sie Myrna hinterhereilte.

»Das stimmt«, sagte Henry mit glänzenden Augen. Sein Gesicht war fahl. Er war ein Schatten seiner selbst. »Hope war das Beste, was Margareth und mir passieren konnte. Wir hatten die Hoffnung auf ein zweites Kind bereits aufgegeben, als plötzlich Hope unterwegs war. Daher auch ihr Name.«

Myrna öffnete den Mund, doch statt ihrer Stimme war nun Theas zu hören. Sie musste sich einfach einmischen! Es hatte schon die ganze Zeit in ihr gebrodelt wie in einem Vulkan kurz vor dem Ausbruch. In den Gesichtern dieser Menschen las sie alles, nur keine Aufrichtigkeit. Und wenn sie etwas nicht leiden konnte, dann waren es Lügen. »Trotzdem hat sie sich aufgebäumt. Sie hat nicht nach den Regeln der Fernsbys gespielt und Dinge getan, die man nicht einmal in einer Familie gutheißen kann.« Alle wandten sich ihr zu. Thea stellte sich mutig neben den Inspector. »Hope wurde von vielen Menschen gehasst, einschließlich von ihrer eigenen Familie.«

»Das ist weder der richtige Ort noch der passende Zeitpunkt für Frechheiten«, zischte Susannah feindselig und zog beide Männer mit sich. »Wir haben heute unsere Schwester, Schwägerin und Tochter beerdigt. Zeigen Sie etwas mehr Respekt vor den Toten, Miss Shaw. Ich dachte, Sie arbeiten hier und verschließen das Grab nachher.«

»Man merkt, dass Sie neidisch auf Hope waren!«, rief ihr Thea provozierend hinterher, ehe Myrna sie stoppen konnte. Wieder einmal übernahm ihr Instinkt die Kontrolle über das Gespräch. »Sie wissen es, nicht wahr?«

Susannah hielt inne. Ihre Schultern verkrampften sich. »Ich weiß nicht, wovon Sie sprechen.«

»Keine halbwegs intelligente Frau würde sich das gefallen lassen. Hope hat Ihr Leben zerstört, also haben Sie sich an ihr gerächt. Vielleicht war es nicht Mord, dafür aber Totschlag. Sie waren wütend, Sue.«

Susannah atmete schwer. Sie kam mit zwei großen Schritten auf Thea zu. Myrna stellte sich schützend zwischen die beiden.

»Sie haben ja keine Ahnung, was ich in meinem Leben alles ertragen musste! Sie kommen hierher und verurteilen uns, aber dazu haben Sie kein Recht. Ja, ich wusste von der Affäre meines Mannes mit meiner Schwester, aber ich habe ihm verziehen. Ich verzeihe ihm sogar, so lange nach ihrem Verschwinden immer noch regelmäßig auf den Pendle Hill zu gehen und dort zu heulen wie ein Schlosshund. Wir wurden sehr früh aneinandergebunden und hatten kaum eine Wahl. Was ich aber nicht verzeihe, ist Ihre Art, sich in unser Privatleben zu mischen!«

»Sie waren hoch verschuldet, aber dank Hopes Tod sind Sie nun Alleinerbin der Farm in Bentham. Carlton und Sie haben seither ein sorgloses Leben.« Thea ließ sich nicht beirren und breitete ihre Geheimnisse weiter aus. »Ein Motiv wäre allemal da gewesen. Sogar mehrere.«

Myrna schenkte ihr einen todbringenden Blick, der sie endlich verstummen ließ. Dann entschuldigte sie sich bei Susannah und den anderen für Theas Vorpreschen.

»Du hast es gewusst?«, hörten sie Carlton sagen. Susannah drehte sich ihm zu und nickte traurig. »Wieso hast du nie etwas gesagt oder mich verlassen?«

»Weil ich dich liebe.« Ihr standen Tränen in den Augen. »Ich wollte dich nicht aufgeben und um dich kämpfen.«

Er zog sie in seine Arme und küsste ihren Scheitel. »Ich verspreche dir, für dich da zu sein, Sue. Ich war ein schlechter Mensch. Du hast etwas Besseres verdient als mich.«

Sie antwortete mit einem Schniefen. Die zwei hatten noch viel Redebedarf. Die Familie machte Anstalten, zu gehen.

Myrna wandte sich eilig an Henry, ehe die Chance vorüber war. »Ich müsste einen Blick in Hopes persönliche Sachen werfen. Sicher haben Sie das eine oder andere aufbewahrt?«

Nun war es Susannah, die sich schützend vor ihren Vater stellte und eine Mauer zwischen ihm und der Kommissarin bildete.

»Meinen Sie nicht, dass er genug durchgemacht hat? Heute ist Hopes Beerdigung. Lassen Sie uns bitte einfach in Ruhe.«

Myrna wandte sich an Henry und überging ihren Kommentar. »Bitte, Henry. Ich denke, das würde uns weiterbringen«, sprach sie eindringlich auf ihn ein, aber wiederum war es seine Tochter, die ihnen einen Strich durch die Rechnung machte und für ihn sprach.

Susannah atmete tief durch und zeigte mit dem Finger auf sie. »Verschwinden Sie von hier. Man merkt, dass Sie nicht zu uns gehören, Inspector. Und nehmen Sie diese kleine Hexe gleich mit.«

Als sie fort waren, wechselten Myrna und Thea einen langen Blick. Susannah O'Connors Worte erinnerten sie stark an die Drohung auf Theas Blog. Ob sie dahintersteckte, um ein Geheimnis zu bewahren?

Erst danach ging Myrna in eine Moralpredigt über: »Ich hätte sie schon noch zum Reden gebracht. Dafür brauche ich Ihre Hilfe nicht. Sie waren zu grob und direkt, Thea. Wir sollten das mit dem Verhör noch einmal üben.«

»Ich kann nicht anders. Jeder sieht doch, dass sie etwas verbirgt. Sue ist eine Lügnerin durch und durch. Es würde mich nicht wundern, wenn sie für den Brand in meinem Haus verantwortlich ist.«

»Woher wussten Sie das von den Schulden? Das wissen nicht einmal Harrison und ich.« Thea blickte zu Boden. Myrna erahnte die Antwort und stöhnte. »Hat Callan schon wieder fremde Bankkonten und E-Mails durchforstet?«

»Immerhin hat sie es nicht abgestritten.«

»Und wenn sich Susannah fragt, woher Sie das wissen? Außerdem könnten Sie falschliegen. Schon einmal daran gedacht? Dann haben Sie nun einen ohnehin grausamen Tag noch viel schlimmer für diese arme Familie gemacht. Henry hat heute seine Tochter zu Grabe getragen, sein Kind, von dem er sich fünfzehn Jahre ein Lebenszeichen erhofft hat.«

Thea verlagerte das Gewicht auf das andere Bein und musterte das versteinerte Gesicht der anderen. »Sie sind sauer.«

»Ach, merkt man das?« Myrna schnaubte und gestikulierte wild. »Sie sind wie eine Planierraupe über mein Verhör gefahren und haben jeden Annäherungsversuch zunichtegemacht. Nun muss ich umständlich einen Bescheid beantragen, um Hopes persönliche Sachen durchzusehen. Das dauert ewig, wie Sie selbst wissen und betont haben.«

»Dann warten wir eben nicht darauf und gehen einfach rein.«

»Das nennt sich Einbruch. Wir könnten nichts davon als Beweis vorlegen.«

»Wenn wir es nicht mitnehmen, sondern nur unser Wissen erweitern, ist das etwas anderes. Die Familie weiß nun, dass wir an Hopes Gegenstände wollen. Sie könnten Dinge verschwinden lassen, ehe wir den Bescheid haben. Das darf nicht passieren. Wir müssen noch heute in Henrys Haus. Es hat sicher einen Keller oder Dachboden. Vielleicht bewahrt er zur Erinnerung sogar ihr altes Kinderzimmer auf. Manche Menschen sind so.«

Thea hoffte, dass sie Myrna erreichen konnte. Sie musste einfach mitspielen, damit dieser Plan funktionierte.

»Und wie dachten Sie sich das? Ich werde nicht in ein fremdes Haus einsteigen, solange keine Gefahr im Verzug ist. Sie kennen die Regeln. Ich habe mehr zu verlieren als Sie.«

»Wir könnten jemanden damit beauftragen, während wir die Fernsbys und ihre Gäste im Auge behalten. Wir hätten ein Alibi und wüssten, dass niemand von ihnen nach Hause fährt. Falls doch, warnen wir unseren Agenten vor Ort.«

»Unseren *Agenten*? Was für ein Agent? Doch nicht etwa ...« Myrna raufte sich den blonden Pixie und fiel aus allen Wolken. »Sie meinen Callan?! Er soll ins Haus einsteigen, während wir die Einwohner im Blick haben? Das ist verrückt. Der Junge ist nicht einmal volljährig, und Sie stiften ihn zu Straftaten an. Thea, Sie sind vollkommen wahnsinnig.«

»Lieber gestört als dröge«, erwiderte sie ihr kleines Motto lächelnd.

Callan bekam sein Startsignal in Form einer SMS von Thea. Er huschte lautlos durch den Garten vom alten Fernsby-Haus und fühlte sich wie 007 höchstpersönlich. So etwas Aufregendes hatte er noch nie erlebt. Und nun hatte er sogar die Rückenstärkung von einer echten Kriminalkommissarin! Seine Mutter würde in solchen Momenten wieder sagen, dass er mehr Glück als Verstand hatte.

Wie beinahe jedes Haus in Pendle war auch dieses mit klapprigen Fensterläden und morschen Türen ausgestattet. Er suchte sich eines, das gekippt war, um den Hebel mit einer selbst gebastelten Schlinge umzuklappen. Callan atmete auf und gelangte problemlos in das zugemüllte Haus.

Er konnte kaum atmen, so dicht an dicht standen Kartons und Zeitungsberge, Kleidungshaufen und altes Geschirr. Überall lagen Essensreste oder Tonnen an Staub. Es roch nach Schimmel und abgestandenem Wasser. Hier lebte jemand, der sich schon vor langer Zeit aufgegeben hatte. Henry Fernsby schien es schlechter zu gehen, als mancher glaubte.

Callan suchte sich einen Weg bis zu einer Tür, die er für den Kellereingang hielt. Der Raum dahinter stellte sich als Abstellkammer heraus. Einen Keller gab es nicht, dafür einen Dachboden.

Er testete die alten Treppenstufen, wovon jede zweite ein verräterisches Knarren von sich gab. Sie hielten sein Gewicht jedoch. Im Obergeschoss warf er Blicke in jedes Zimmer, aber bis auf alte Fotos von Hope war nichts mehr von ihr übrig. Es gab kein Kinderzimmer.

Callan fand die Leiter zum Dachboden und bestieg auch diese mit Bedacht. Einen Sturz in einem fremden Haus konnte er sich nicht leisten. Was würde seine Mutter wohl sagen, wenn sie wüsste, dass er für Thea und Myrna arbeitete? Er fragte sich nicht, ob sie ihn ausnutzten. Dafür war die Kommissarin zu abgeneigt und Thea zu ehrlich gewesen. Nun brauchten sie ihn endlich, und er würde sie nicht enttäuschen.

Callan lief gebeugt über das Holz und stieß sich beinahe den Kopf an einem hervorstehenden Balken. Er sah sich zwischen Weihnachtsschmuck und Devotionalien in Ruhe um. Falls es brenzlig wurde, würde Thea ihm eine weitere SMS senden.

Ein paar Kisten, die man absichtlich ganz in die Ecke geschoben hatte, bekamen nun seine volle Aufmerksamkeit. Callan brauchte eine Weile, bis er zu ihnen vorgedrungen war. Er schob den vielen Kram mühsam beiseite.

»Volltreffer«, flüsterte er erfreut, als er die Aufschrift ›Hope‹ auf einem der Umzugskartons entdeckte. Callan hatte ihre persönlichen Sachen gefunden.

Er schoss ein Foto und schickte es Thea aufs Handy. Dann begann er mit seiner eigentlichen Durchsuchung.

Er musste sich beeilen. Selbst wenn seine neuen Freunde ihn vorwarnten, brauchte er eine Weile, bis er aus dem Haus entkommen konnte. Callan durchwühlte eine Kiste nach der anderen. Babyspielzeug,

Flechtarbeiten und Stickereien, Zeichnungen der kleinen Hope und sogar eine alte Zahnspange waren zu finden. Nichts davon brachte sie weiter, bis er endlich auf ein buntes Tagebuch stieß, aus dem allerlei Zettel und Schnüre herausquollen. Hope hatte bis ins Detail von ihren Wochen erzählt, sprach über Sorgen und Nöte, aber auch über ihre Liebhaber, die sie nicht mit Namen nannte. Das Tagebuch reichte bis zu einem Datum kurz vor ihrem Tod.

Callan machte Fotos der einzelnen Seiten. Er wusste, dass er es nicht mitnehmen durfte. Das hatten ihm die Frauen beide verdeutlicht. Als er umblätterte, fiel ihm ein gefaltetes Blatt Papier entgegen.

»Mist«, fluchte er leise und hob es auf. Callan weitete seine Augen überrascht. Auch davon schoss er ein Bild. »Na, wenn das nichts ist ...«

Plötzlich hörte er das Knarren der Treppe eine Etage unter sich. Callan erstarrte und wagte es nicht, sich zu bewegen. Er atmete noch nicht einmal. Wieder knarrte es. Jemand kam die Stufen herauf und würde jeden Augenblick die Leiter zum Speicher entdecken.

Als einzige Möglichkeit blieb ihm das kleine Dachfenster, das ihm Licht spendete. Staub tanzte in den wärmenden Sonnenstrahlen, aber Callan war nicht nach Gemütlichkeit zumute. Er zitterte am ganzen Leib, weil er ahnte, worauf das hinauslief.

Als die Schritte direkt unter der Luke erstarben, blieb ihm keine Zeit mehr. Er hatte, was er wollte. Hastig warf er das Tagebuch zurück in die Kiste und öffnete das schräge Fenster. Es quietschte leider und verriet seinen Standort.

Callan überwand seine Angst und konzentrierte sich auf seinen Weg über die Schindeln. Glücklicherweise gaben sie nicht nach, sodass er sicher auf der Rückseite des Daches landete und nun ein Stück hinter dem Fenster hockte. Callan rutschte nicht ab, aber seine Knie schlotterten gewaltig. Er meinte, sein Herz spränge jeden Augenblick aus dem Brustkorb. Es schlug heftig dagegen und wollte sich auch nicht beruhigen, als ein verschwommener Kopf in seinem Sichtfeld auftauchte.

Jemand war ihm gefolgt und sah sich in Ruhe auf dem Dach um. Callan legte sich flach auf die Schindeln und blieb hinter dem First verborgen. Als er nach einer halben Ewigkeit wieder aufsah, verschloss die Person gerade das Fenster.

Callan musste seinen Rückweg nun über die Dachrinne antreten. Für jemanden mit Höhenangst war dies der absolute Horrortrip, aber sein Mut hatte ihn bis hierher gebracht – oder eher seine Angst, erwischt zu werden. Callan wollte den Plan unbedingt zu einem erfolgreichen Ende führen, weshalb er sich zusammenriss und vorsichtig an der nicht einsehbaren Rückseite des Hauses hinabstieg.

Unten angekommen atmete er auf und verschwand schnellstmöglich im Dickicht.

***

»Callan hat sich gemeldet«, sagte Thea und zeigte Myrna die Fotos. »Er hat es tatsächlich geschafft.« Mit den Fingern vergrößerte sie die kritzeligen Tagebuchseiten, die mit zahlreichen Zeichnungen komplettiert wurden. »Sie war definitiv nicht glücklich. Ständig sehnt sie sich nach der Ferne und nach Reichtum, nach einem Leben ohne ihre Familie, die sie einengt.«

Myrna zeigte auf eine andere Stelle im Text. »Hier spricht Hope von einem Geheimnis. Etwas Erschütterndes, was sie herausgefunden hat.«

»Klingt nach einer großen Sache. Leider verrät sie uns nicht, was es war. Ob sie Angst hatte, dass Henry das Buch findet?«

»Immerhin lebte sie damals mit Susannah und ihm unter einem Dach.« Myrna beobachtete die Familie, die noch immer an einem Tisch versammelt war und die Köpfe zusammensteckte.

Ab und zu setzte sich ein Gast dazu und unterhielt sich mit ihnen. Hank hatte derweil alle Hände voll zu tun und kaum Zeit, sich mit ihr auseinanderzusetzen. Myrna bemerkte den kleinen Stich in ihrem Herzen, wollte aber nicht darauf hören. Sie war noch nie einnehmend oder eine Klette gewesen. Das passte gar nicht zu ihr. Außerdem ging ihm heute eine hübsche Dunkelhaarige namens Candice zur Hand, die Myrna zum ersten Mal traf. So wie sie Hank ansah, schwärmte sie heimlich für den kräftigen Mann mit den sanften Augen.

Myrna ließ ihren Blick kreisen, um sich abzulenken, und verharrte auf Lucretia Miller und Ward Harrison, die sich in eine dunkle Ecke zurückgezogen hatten und unter dem Tisch wahrscheinlich Händchen hielten.

Am Platz daneben hielt John Birming gerade eine ausschweifende Rede über seinen Werdegang vom Tellerwäscher zum Millionär. Vielleicht wollte er die jungen

Menschen ringsherum zu einer Mitgliedschaft in der Partei bewegen oder hoffte auf ihre Stimme bei der anstehenden Wahl.

»Hier haben wir etwas«, flüsterte Thea. Die beiden saßen am Tresen und ließen sich ein Bier schmecken, während sie Callans Fund untersuchten. »Das ist ein Formular zum Ausfüllen.«

Myrna beugte sich wieder über das Handy und kniff die Augen zusammen, um alles zu erkennen. »Das ist ein Antrag auf einen Vaterschaftstest.«

»Also war Hope tatsächlich schwanger, wollte einen Beweis für die Vaterschaft und hat ihren Mörder womöglich damit erpresst. Leider hatte sie noch keinen Namen eingetragen.«

»Es wird Zeit, den nächsten Schritt zu gehen. Während ich mich mit John unterhalte, sorgen Sie dafür, dass wir nicht gestört werden. So nah komme ich ihm wahrscheinlich kein weiteres Mal. Katherine ist gerade auf der Toilette. Halten Sie sie auf, falls sie sich einmischen will.«

»Soll ich nicht lieber ...«

»Nein, das hier mache ich allein. Es ist besser so. Vertrauen Sie mir, Thea.«

Myrna trank ihr Glas leer, nickte Hank einmal zu und erwiderte sein smartes Lächeln, ohne rot zu werden. Sie setzte sich ohne ihre Assistentin an Johns Tisch und wartete, bis der Letzte weitergezogen war.

»Inspector Evans, was für eine Freude an so einem traurigen Tag. Was kann ich für Sie tun?« Johns Grinsen war einnehmend und perfekt auf die jeweilige Situation abgestimmt. Hier wusste jemand, was er tat.

»Ich habe noch ein paar Fragen zu Hope Fernsby. Sie erlauben doch?«

»Nur zu. Ich habe nichts zu verbergen.« Er gab sich freimütig.

Myrna behielt ihren Notizblock dieses Mal in ihrer Manteltasche, damit niemand der Gäste erfuhr, dass hier ein Verhör stattfand. Sie stützte sich auf ihre Unterarme und beugte sich leicht vor. Die Lautstärke im Pub schwoll von Ale zu Ale an. Irgendjemand stimmte sogar ein Lied an.

»Wir haben herausgefunden, dass Hope schwanger war, als sie starb.« Ob er ihren Bluff durchschaute, wusste sie nicht.

Johns Mundwinkel zuckten kurz, aber er blieb standhaft. »Das ist tragisch, aber was hat das mit mir zu tun, Werteste? Ich kannte Hope kaum.«

»Wo waren Sie in der Nacht vom 21. auf den 22. Juni 2008 und am folgenden Morgen?«

John blies die Wangen auf und dachte ernsthaft darüber nach. Er war weder beleidigt noch verängstigt, sondern blieb besonnen. »Ich glaube, ich habe neben Katherine gelegen und geschlafen. Meine Frau kann Ihnen bestätigen, dass ich zu Hause war.«

»Das Alibi durch einen nahen Verwandten oder den Ehepartner ist leider nicht ausreichend. Gibt es noch jemanden, der Ihre Aussage stützen kann?«

»Nicht dass ich wüsste, aber zum Glück müsste man mir zuerst die Schuld nachweisen, ehe ich meine Unschuld beweisen muss.« Er kannte sich aus und ließ sich nicht in die Karten blicken.

»Wer, meinen Sie, könnte der Vater von Hopes Kind gewesen sein?«

»Carlton O'Connor zum Beispiel, aber sie hatte so einige Affären im Borough.« Die Worte kamen ein wenig zu schnell. John nahm einen Schluck von seinem Whisky und schwenkte das Glas in der Hand. »Sie glauben, dass es der Vater des Kindes war, der sie getötet hat?«

»So ist es.«

»Was ist mit den eifersüchtigen Partnerinnen? Sie hätten alle ein Motiv gehabt.«

»Keines ist so stark wie das des möglichen Vaters, der keiner sein wollte. Hope mochte deutlich ältere Herren und spielte gern mit den Gefühlen anderer.«

»Das ist wohl wahr, aber an mir hat sie sich die Zähne ausgebissen. Es gab ein paar kleine Flirts von ihrer Seite aus. Als sie gemerkt hat, dass es bei mir nichts wird, hat sie sich ein neues Opfer gesucht. So war sie eben. Ich liebe Katherine über alles. Außerdem schlafe ich nicht mit jungen Frauen, die gerade einmal aus ihren Kinderschuhen gewachsen sind. Sie sollten mich besser kennen, Inspector.«

»Eigentlich kenne ich Sie gar nicht, Mr Birming.«

Im Augenwinkel sah sie, wie Thea sich mit vollem Einsatz vor Katherine warf, die vor Schreck ihre Handtasche fallen ließ und sich lauthals über sie ärgerte. Ihnen blieb keine Zeit mehr.

»Ich habe nie mit Hope geschlafen«, sagte Birming noch einmal, ehe Myrna das Wort ergreifen konnte.

»Für mich war sie ein kleines Mädchen, mehr nicht. Außerdem kann ich nicht der Vater ihres Kindes gewesen sein.«

»Wieso nicht?«

Er sah sich verstohlen um. »Weil ich vor fünfundzwanzig Jahren einen schweren Reitunfall hatte. Mein Arzt wird Ihnen bestätigen, dass ich seitdem zeugungsunfähig bin. Es ist also nicht möglich, dass ich diese junge Frau geschwängert habe. Ich wünsche Ihnen dennoch gutes Gelingen, Miss Evans.«

»Und Ihre Kinder? Sie haben Zwillinge, wenn mich nicht alles täuscht.«

»Ich bin nicht ihr leiblicher Vater. Katherine hat die beiden damals mit in die Ehe gebracht. Ich liebe sie wie meine eigenen.«

»Was ist hier los?«, hörte sie die hektische Stimme seiner Frau im Hintergrund.

John beruhigte sie sofort. »Wir können gehen. Der Inspector hatte bloß ein paar Routinefragen, die ich beantwortet habe. Lass uns an der Rede für morgen feilen, meine Liebe.«

Sie verabschiedeten sich bei der trauernden Familie und verließen das Lokal.

Thea rutschte auf den Platz, den eben noch John Birming eingenommen hatte. »Und? Was sagt er?«

»Leider nichts Gutes. Er ist es nicht. John kann seit fünfundzwanzig Jahren keine Kinder mehr zeugen.«

»Das erfindet der doch!« Thea regte sich sichtlich auf. »Hat er nicht erwachsene Zwillinge?«

»Die aus einer früheren Beziehung von Katherine stammen. Er war sich seiner Sache sehr sicher. Sein

Arzt wird es mir bestätigen, das weiß ich jetzt schon.«
Myrna ärgerte sich. »Wo setzen wir nun an? Wer käme
sonst noch infrage?« Die Tür flog auf. Alle Köpfe drehten sich Callan Healy zu, der seinen Blick suchend über
die Menge wandern ließ.

»Zutritt erst ab achtzehn, Callan!«, rief Hank aus dem
Hintergrund, aber der Junge beachtete seine Anweisung nicht, sondern zog sich einen freien Stuhl heran
und setzte sich zu den beiden Frauen. »Callan, bitte!«

»Du siehst gehetzt aus. Was ist denn los? Die Familie
war die ganze Zeit über hier.«

»Ja, aber trotzdem ist jemand durch das Haus geschlichen und hätte mich beinahe erwischt. Ich konnte gerade noch rechtzeitig durch das Dachfenster entkommen«, berichtete er aufgeregt. Seine Stimme schraubte
sich nach oben.

»Was für ein Einsatz, Callan. Wir sind stolz auf dich«,
erwiderte Thea ehrlich und drückte ihm die Schulter.
»Eine Cola für den jungen Herrn hier!«

Hank hatte ein Einsehen und machte eine Ausnahme.

»Ich glaube kaum, dass es die alte Downing war, die
dich verfolgt hat, aber vielleicht Oakley. Die beiden
sind nicht zur Beerdigung erschienen«, sagte Myrna
und beachtete Theas Reaktion.

Sie sah traurig aus. Sein Verrat saß ihr offenbar noch
immer in den Knochen. Vielleicht glaubte sie sogar,
dass er für den Brand in ihrem Haus verantwortlich
war.

»Haben Sie mit ihm gesprochen?«, fragte sie Thea.

»Noch nicht. Das hat Zeit. Aktuell bin ich froh, wenn
ich ihn nicht sehen muss.«

»Ich verstehe. Das wird sich aber erst legen, wenn man sich ausgesprochen hat. Sonst stehen für immer Fragezeichen zwischen Ihnen beiden.« Myrna sprach aus Erfahrung. »Lassen Sie uns zum Fall zurückkehren. Alle anderen, die irgendeine Bedeutung für uns haben, waren hier im Pub. Niemand ist gegangen. Thea und ich hatten die Tür ständig im Auge.«

»Und wenn Mrs Downing ihren Sohn geschickt hat, diesen Brian? Sie muss es nicht selbst getan haben.« Thea erntete verständiges Nicken. »Wir sind dem Killer jedenfalls auf der Spur. Wieso sonst sollte man heimlich in das Fernsby-Haus einbrechen, während alle hier sind? Der Unbekannte hat auch nach dem Tagebuch und dem Formular gesucht. Es würde mich nicht wundern, wenn alles davon inzwischen gestohlen und zerstört worden ist. Wir sind gerade noch rechtzeitig gekommen, um Beweise zu sichern, auch wenn es nun keine Originale mehr gibt, sondern bloß Kopien in unseren Clouds.«

»Um ehrlich zu sein, war ich so in Panik, dass ich das leere Antragsformular aus Versehen eingesteckt habe«, gestand der Fünfzehnjährige. »Ich habe es dabei.«

Sie wechselten einen Blick und zuckten mit den Schultern. Es gab Schlimmeres als ein leeres Blatt Papier.

»Das ändert leider nichts«, sagte Myrna. »Auch das ist kein Beweis.« Callan fasste beide an den Armen und sah ihnen nacheinander in die Augen. Plötzlich wirkte er gar nicht mehr so jung, sondern wie der Ernst in Person. »Es gibt nur noch einen Weg, den Mörder aus der Reserve zu locken, aber er ist riskant.«

»Was schwebt dir vor?«, fragte Myrna interessiert, auch wenn sie mit großem Unfug in Richtung Hacken und Spionieren rechnete.

Sie hatten nichts weiter als ein paar Indizien. Lose Fäden, die in der Luft hingen. Myrna war über jeden Vorschlag froh.

Sie steckten die Köpfe zusammen, während Callan ihnen seinen Plan erläuterte, der von Sekunde zu Sekunde besser klang und selbst sie überzeugte.

14. Kapitel

Thea setzte sich mit einem Buch von Ken Follett aus der Bibliothek ihres Vaters in den gemütlichen Sessel auf der gegenüberliegenden Seite der geheimen Tür und versank sowohl in dem Möbelstück als auch in ihrem Wälzer.

Sie vergaß dabei die Zeit. Zuvor hatte sie den wahrscheinlich wichtigsten Beitrag für ›Churchyard Crimes‹ verfasst, der die Kommentarspalte nun sicherlich zum Bersten brachte. Ein Geräusch im Flur ließ sie aufhorchen. Thea griff automatisch nach dem Formular auf dem Beistelltisch, aber nichts rührte sich. Der Wind rüttelte an den Fensterläden, während die Finsternis ihren Garten einhüllte. Erleichtert lehnte sie sich wieder zurück.

Ein Blitz erhellte das Zimmer und erschreckte Thea zu Tode. Gespenstische Schatten glitten über die Wände. Gleich darauf wurde es wieder in Dunkelheit getaucht. In dieser Nacht zog ein weiteres Unwetter über Pendle hinweg und erschütterte mit seinem lauten Donnern die Mauern des alten Anwesens. Myrna hatte das kaputte Fenster sorgsam repariert. Sie hatte eindeutig mehr Talent für solche Dinge als Thea. Nichts vom Regen drang mehr hinein. Auch der säuselnde Wind hatte sich gelegt, seitdem alles dicht verschlossen war. Thea fragte sich, ob sie sich umsonst die Nacht um die Ohren schlug. Ein Blick auf den Handywecker verriet ihr, dass es bereits zwei Uhr war. Fast im selben Moment ertönte die große Glocke der St. Benet's Church, deren Schläge Thea jedes Mal durch Mark und Bein gingen. Schlief dieser Pfarrer eigentlich irgendwann einmal? Sie hörte das Knarren der Eingangstür bei diesem Lärm nicht, sah aber den menschlichen Schatten, der mit dem nächsten Blitz über den Boden wanderte. Es war so weit! Thea setzte sich auf und wartete ab. Sie fühlte ihren Puls im Kopf und knetete ihre Finger. Erneut nahm sie das zusammengefaltete Formular zur Hand, um es wie einen Schatz an ihre Brust zu drücken. Das Buch sank währenddessen in ihren Schoß zurück. Ihr wirkliches Leben war aktuell spannender als jeder Roman. Sie starrte angespannt auf den Schatten, der immer größer wurde und sich vom Studierzimmer aus auf sie zubewegte. Der nächste Blitz zwang Thea dazu, die Augen zuzukneifen. Für kurze Zeit war sie blind. Als sie wieder etwas sehen konnte, beugte sich eine dunkle Gestalt direkt über sie. »Ahhh!«, schrie sie auf und hechtete aus dem Sessel zu einer alten verbeulten Lampe. Sie machte Licht und sah nicht in das Gesicht, das sie erwartet hatte. »Sie? Aber ...«

»Sie haben mit meinem Mann gerechnet, nicht wahr?«, antwortete Katherine Birming kalt. Ihre hellgrünen Augen starrten Thea an und bannten sie an ihrem Platz. »Nun bin ich hier, um das zu holen, was uns gehört.«
Thea stellte sich dumm. »Was meinen Sie?« Immer wenn sie ein paar Schritte ging, machte die zierliche Frau auch welche. Sie benahmen sich wie zwei Tiere,

die sich umkreisten und beschnupperten, ehe eines von ihnen zuschnappte. »Und wieso glauben Sie, dass ich auf John gewartet habe?«

Katherine hielt inne und lachte kehlig. Es klang wie das Lachen einer Hexe. Ihr langes blondes Haar, das sonst seidig und wunderschön ausgesehen hatte, hing ihr strähnig und feucht in der Stirn. Der Regen hatte ihr zugesetzt. Sie hatte ihren Weg durch Pendle wahrscheinlich zu Fuß zurückgelegt.

»Sie haben es selbst so gewollt, Alethea. Genau wie Hope, dieser verfluchte Bastard.« Jedes Wort klang hasserfüllt und voller Abscheu. Theas Puls raste. Sie hatte noch nie in einer Situation wie dieser gesteckt. »Sie wissen doch längst Bescheid, sonst hätten Sie nicht mit Ihrem neuen Beweis geprahlt, den Sie auf Hopes Dachboden gefunden haben. Her mit diesem Antrag!«

Sie streckte ihre Hand danach aus, aber Thea lenkte sie geschickt ab. »Also ist John wirklich der Vater von Hopes Kind gewesen? Hat er sie deshalb ermordet? Ich dachte, er könne keinen Nachwuchs mehr zeugen.«

Wieder das Lachen. Mit Unbehagen sah Thea auf die spitzen Fingernägel der anderen hinab und dann wieder in ihre schaurigen Augen.

»Sie fragen erstaunlich viel dafür, dass Sie der Lösung so nah waren. Und dennoch sind Sie haarscharf daran vorbeigeschrammt. Aber keine Sorge, ich lasse Sie nicht unwissend sterben.«

Alles in Thea zog sich zusammen. Sie hatten auf das falsche Pferd gesetzt und den Bürgermeister ins Visier genommen. Katherine bot ihr den Platz auf dem Sessel an, auf dem Thea ursprünglich gesessen hatte. Vorsichtig bewegte sie sich darauf zu und ließ sich wie in Zeitlupe nieder. Noch immer hielt sie das Formular in den verkrampften Händen. Langsam dämmerte ihr, wie die Geschichte wirklich verlaufen war.

»Hope ist gar nicht schwanger gewesen, sondern hat herausgefunden, dass sie nicht Henrys Tochter ist.« Sie schoss ins Blaue, hatte aber Erfolg.

Katherines Grinsen verflog sofort. »Die Affäre mit Margareth gleich zu Beginn unserer Beziehung hätte ich John jederzeit verziehen. So sind wir Frauen eben. Aber als er mir von Hopes Anschuldigungen und ihrem Versuch, ihn zu erpressen, erzählt hat, habe ich rotgesehen. Sie ließ nicht mit sich reden und wollte immer mehr Geld. Hope hätte uns ewig in der Hand gehabt und drohte damit, ihren Beweis zu veröffentlichen. John hat bis zu ihrem Besuch bei uns nicht einmal gewusst, dass er Vater ist. Margareth hat ihr Kind Henry untergeschoben und die Wogen geglättet, ehe sie entstanden sind.«

»Wie hat Hope es herausgefunden?«

»Ich glaube, sie hat alte Briefe von John in den Sachen ihrer toten Mutter gefunden und so von der Affäre erfahren. Zeitlich passte es ebenfalls. Sie war ihrem Vater außerdem niemals ähnlich. Ihre Ausstrahlung und der viele Charme war Johns Vermächtnis, nicht das von Margareth oder Henry. Sie hat diesen Vaterschaftstest nicht für ihr eigenes Kind, sondern für sich und ihren leiblichen Vater gemacht, um einen Beweis zu haben, mit dem sie ihn weiter erpressen konnte.«

»Sie haben danach gesucht, als alle beim Leichenschmaus waren, oder?«

»Ich bin durch das Fenster der Toilette gestiegen und habe die Gunst der Stunde genutzt, aber jemand war schneller. Sie scheinen mehr Verbündete zu haben, als ich dachte, Alethea.«

»Und die Drohungen auf meinem Blog?«

»Habe ich verfasst. Sie sollten verschwinden und uns in Ruhe lassen. Nur durch Sie wurde Hope überhaupt entdeckt.«

»Eigentlich war das der Sturm.« Katherines eiskalter, todbringender Blick ließ sie verstummen.

Es war nicht der richtige Zeitpunkt, um dieser Furie zu widersprechen, die einen Großteil ihrer Eleganz heute Nacht eingebüßt hatte.

»Hätte John wenigstens eine einzige Sache zu Ende gebracht, hätte es von Hope nichts mehr gegeben, aber er hat ja Angst bekommen, als er frühmorgens ihre Leiche verbrannt hat, und sie lieber vergraben.«

»Also war es wirklich Johns Kugelschreiber, den die Polizei gefunden hat! Ich wusste es!«

»Das war die Krönung des Ganzen. Er hat natürlich erst bemerkt, dass der Stift fehlt, als es schon zu spät war. Dieser Idiot bekommt einfach nichts allein hin!«

»Sie sind also hier, um Ihren Mann zu schützen und die Beweise zu vernichten?«

»So ist es. Und Sie werden sie mir geben.«

Thea weigerte sich noch immer, das Papier auszuhändigen, und fragte stattdessen weiter. »Ich hätte John nicht für so skrupellos gehalten, seine eigene Tochter umzubringen. Wieso hat er sie nicht einfach bestochen? Hope wollte sowieso fort aus Pendle.« Katherines Gesicht verhärtete sich, ehe wieder ein Lächeln erschien. Dieses Mal wirkte es überheblich und fies in einem. »Sie haben es immer noch nicht verstanden, oder? Ich stehe vor Ihnen, erzähle, dass mein Mann ein Idiot ist, der sich erpressen lässt, und Sie zählen eins und eins nicht zusammen? John könnte keiner Fliege etwas zuleide tun. Dafür ist er nicht gemacht.«

Endlich fiel der Groschen. Thea presste sich immer weiter in den Sessel, der ihr auf einmal wie ein Gefängnis vorkam, solange Katherine direkt über ihr stand und ihre hellen Augen sie anfunkelten wie die einer garstigen Katze.

»Sie waren es. Sie sind Hopes Mörderin«, hauchte sie entsetzt. »Die Lösung lag die ganze Zeit direkt vor unserer Nase. Sie haben Ihren Mann geschützt, indem Sie das Mädchen getötet haben. John hat bloß Ihre Scherben aufgesammelt und die Tat für Sie verschleiert.«

»Endlich haben Sie es begriffen. Ich bin damals völlig aufgelöst nach Hause gekommen und habe ihm meine Tat gestanden. Er ist sofort zum Pendle Hill gefahren und hat sie für mich entsorgt. John stand am Beginn einer großen Karriere. Wenn herausgekommen wäre, dass seine eigene Frau seine uneheliche Tochter umgebracht hat, wäre das ein riesiger Skandal gewesen. Ich wäre ins Gefängnis gekommen, während er aus der Politik ausgeschieden wäre, wenn nicht sogar schlimmer. Meine Jungs wären zu Waisen geworden und dem Spott der Gemeinde ausgesetzt gewesen. Das durfte ich nicht zulassen.«

»Dann hätten Sie Hope am besten gar nicht erst ermordet.« Katherine machte einen Satz und entriss ihr das Papier. »Schluss mit dem Kindertheater! Endlich habe ich, was ich wollte.« Sie keuchte und wedelte zufrieden mit dem Formular durch die Luft. »Nun muss ich mir nur noch überlegen, was ich mit Ihnen anstelle. Aber keine Sorge, niemand wird die Totengräberin irgendeiner Kleinstadt in Nordengland vermissen. In zwei Wochen erinnert sich nicht einmal mehr Peter Hughing an die einsame, durchsichtige Alethea Shaw. Die Menschen hier wären sogar froh, wenn sie wieder eine Chance auf das Chamberling-Anwesen hätten.«

»Was macht dieses Haus so besonders? Wieso brennt man es beinahe nieder, nur um mich zu vergraulen?«

»Oh, das mit dem Brand war John, während ich im Stadtarchiv saß und ein paar liebe Nachrichten verfasst habe. Wir wollten das Haus nicht wirklich niederbrennen, sonst hätte er den Beschleuniger aus unserer Garage benutzt. Nein, es ging einzig darum, Sie in Angst und Schrecken zu versetzen.«

»Und mein verwüsteter Vorgarten?«

»Damit haben wir nichts zu tun. Sie scheinen für viele eine Art Hexe darzustellen. Wie gut, dass wir in Pendle leben und die Leute hier noch abergläubisch und altmodisch sind. Aber Sie brauchen sich den Kopf nicht mehr zu zerbrechen. Ich sorge dafür, dass Sie gar keinen mehr haben.« Sie sagte das mit einer Selbstverständlichkeit, als hätte sie Thea soeben ihr Rezept für einen Nudelauflauf gegeben. Katherine Birming war ein Monster, das nur an seinen eigenen Vorteil dachte und für den Ruf seiner Familie über Leichen ging. Sie kam näher, bis ihre Gesichter kaum einen Zoll voneinander entfernt waren. Thea fühlte den warmen Atem. Während sie sprach, landeten feine Speicheltropfen auf ihren Wangen. »Es kann nicht immer nur Gewinner geben, Alethea.« Katherine faltete das Papier auseinander und erstarrte. Sie wendete und drehte es ein paarmal, dann lief ihr Kopf rot an. »Sie haben mich reingelegt!«, fauchte sie außer sich. »Es hat nie Beweise gegeben!« Sie zerknüllte das Blatt und warf es in die Ecke.

»Callans kleine Falle war das Gold aus seinem Topf am Ende des Regenbogens wert. Sie haben sich geirrt und sind direkt hineingetappt wie ein kleines verirrtes Häschen. Das kommt davon, wenn man sich zu sicher ist.«

»Nein!«, schrie sie und raufte sich die Haare. Dann richtete Katherine ihren starren Blick wieder auf Thea. »Du Hexe! Das wirst du mir büßen! Niemand nimmt mir mein Leben weg, schon gar keine dahergelaufene Städterin wie du!«

Sie stürzte sich mit einem Schrei auf sie und legte ihre Hände um Theas Hals. Katherines Wut machte sie bärenstark. Thea keuchte und würgte. Sie war unter dem Gewicht der anderen gefangen, bis es ihr plötzlich wieder von der Brust genommen wurde. Thea rieb sich den schmerzenden Kehlkopf, in den sich Katherines Fingernägel gebohrt hatten.

»Alles in Ordnung bei Ihnen?«, fragte Myrna, die die um sich schlagende Katherine in Schach hielt. »Wurden Sie verletzt?«

Thea tastete Kopf und Hals ab. »Ich glaube nicht.«

»Sie können mir gar nichts! Ich bin die Frau des Bürgermeisters und leiste mir die besten Anwälte des Landes. Die Aussagen von zwei verwirrten Weibern aus der Stadt wird hier draußen ohnehin niemand ernst nehmen.«

»Wie gut, dass man wenigstens auf eine Katherine Birming hört«, meinte Myrna und deutete in die obere Ecke des Zimmers, in der ein rotes Licht blinkte. »Callans Kamera hat ganze Arbeit geleistet.«

Katherine folgte ihrem Fingerzeig und erblasste. Ihre Mundwinkel fielen noch weiter herab, falls das überhaupt möglich war. »Kamera?«, wisperte sie stimmlos und ließ kraftlos die Arme fallen.

»Seit Sie das Haus betreten haben, haben wir live gesendet. Mein gesamter Blog und auch das restliche Internet hat Ihr Geständnis mit angehört, das wir nun auf Band für die Polizei haben.« Thea tätschelte der Erstarrten die Wange und grinste siegesgewiss. »Es kann nicht immer nur Gewinner geben, Katherine.«

Das war zu viel Frechheit auf einmal. »Du ... du ...«, knurrte die Bürgermeistergattin und wollte erneut auf sie losgehen.

Myrna streckte sie mit einem geübten Handkantenschlag nieder. »Es reicht jetzt! Ich hatte genug Action für eine Nacht!«

Katherine fiel in sich zusammen wie ein nasser Sack.

»War das denn nötig?«, fragte Thea nach. »Nicht, dass Sie Ärger mit Ihren Vorgesetzten bekommen.«

Myrna winkte entspannt ab. »Gefahr im Verzug, würde ich sagen. Und falls nicht, habe ich mich eben geirrt. Das passiert den besten Ermittlern.«

Thea hatte das Bedürfnis, die Frau in den Arm zu nehmen, unterdrückte es jedoch. Sie versteckte ihren wahren Gemütszustand, bis Sergeant Harrison mit dem Streifenwagen eintraf und übernahm.

Als niemand auf sie achtete, sank Thea in den Sessel und atmete tief durch. Sie zitterte am ganzen Leib. Freude und Angst wechselten sich in ihr ab. Sie wusste, dass sie auf Abenteuer dieser Art verzichten sollte, doch eine kleine Stimme in ihrem Hinterkopf sagte ihr, dass es nicht der letzte Fall für *Churchyard Crimes* gewesen war. Und ein ganz klein wenig hoffte sie es sogar.

***

Thea und Myrna beobachteten, wie Katherine Birming in Handschellen abgeführt wurde. Eine kleine Menschentraube hatte sich mitten in der Nacht um den blinkenden Streifenwagen gebildet. Schockierte Gesichter beobachteten das ungewöhnliche Geschehen vor der Haustür. Katherine schickte ihr einen letzten hasserfüllten Blick und verfluchte sie damit. Diese Vorstellung ließ Theas Mundwinkel höher wandern.

John Birming würde gleich auf dem Weg eingesammelt und in der Station befragt werden. Der Bürgermeister würde wegen Beihilfe und Verschleierung einer Straftat sein Amt niederlegen müssen.

»Vielleicht wird aus ihr ein besserer Mensch, wenn sie eine Weile im Gefängnis sitzt«, sagte Myrna nachdenklich. Thea musterte sie. »Sie sind viel zu lieb für einen Inspector. Selbst in einer eiskalten Mörderin sehen Sie noch einen Menschen.«

»Und Sie sind viel zu grantig für die Außenwelt. Trotzdem gehen Sie nach draußen«, antwortete Myrna trocken. Zum ersten Mal lachte Thea frei heraus, bis ihr der Brustkorb schmerzte. Das hatte sie nicht kommen sehen. Es steckte also doch mehr in dieser gesetzestreuen Polizistin, als sie für möglich hielt.

»Heute Nachmittag Lust auf ein Ale im Pub?« Thea war erstaunlich munter. »Dort könnten wir über meinen abschließenden Beitrag für ›Churchyard Crimes‹ reden. Meine Leser lechzen geradezu danach, den Ausgang der Geschichte aus meiner Sicht zu hören und die Hintergründe zu erfahren.«

Myrna schob den Ärmel zurück und warf einen strengen Blick auf ihre Uhr. »Ich bin seit fünf Stunden nicht mehr im Dienst. Heute ist mein freier Tag. Von mir aus, gern.«

»Was ist mit Callan? Ohne ihn hätten wir den Fall nie gelöst. Er verdient zumindest eine Cola für seinen heldenhaften Einsatz auf dem Dach eines Verdächtigen.«

»Ich glaube kaum, dass ein Fünfzehnjähriger noch einmal Zutritt zu einem Pub bekommt. Hank wird das nicht gern sehen. Der ist doch noch grün hinter den Ohren. Wie passend, dass er Ire ist.« Thea schmunzelte mit ihr. »So etwas regelt normalerweise die Polizeimarke«, meinte sie zwinkernd und zog Myrna mit sich. »In Pendle tut sowieso jeder, was er will.« Nun verharrte auch auf Myrnas Lippen ein wissendes Lächeln. »Außerdem muss ich mit Ihnen einmal über eine Tür in meinem Haus sprechen. *Churchyard Crimes* könnte die Lösung für mein Problem sein. Dieses Geheimnis ist für einen allein einfach zu groß.«

»Eine Tür? Was für eine Tür?«

»Das, meine liebe Evans, erzähle ich Ihnen nach einer Mütze Schlaf und einem ausgiebigen Frühstück im ›Café Healy‹.«

***

Zwei Wochen später kümmerte sich Thea liebevoll um die Blumenbeete zwischen den Gräbern, die den Weg über die Wiese markierten. Die hochstehende Sonne malte lustige Schatten auf die kargen Steine und ließ sie weniger trist und schaurig erscheinen.

Ihr Blick ruhte für einen Moment auf den frischen Lilien, die jemand auf dem Grab ihres Vaters hinterlassen hatte. »Sind Sie mir böse?«, fragte Reverend Peter Hughing hinter ihr und riss sie aus ihren Gedanken.

»Was meinen Sie?«

»Weil ich Ihnen nichts von Hopes Geheimnis verraten habe.«

»Sie wussten, dass sie nicht Henrys Tochter ist, weil sie es Ihnen verraten hat, oder?« Sein Schweigen deutete sie als Ja. »Machen Sie sich keinen Kopf deshalb. Sie haben nur Ihren Job erledigt. Außerdem haben wir den Fall auch ohne diesen Hinweis gelöst.«

»Ich habe von Ihrer riskanten Aktion gehört. Alle Achtung. Dass ausgerechnet Katherine Birming dahintersteckt, hat mich von den Socken gehauen. Ich habe sonst eine gute Menschenkenntnis. Hier hat sie versagt.«

Sie unterhielten sich noch eine Weile, bis er weiterging und Thea allein ließ. Ein Räuspern ließ sie herumfahren.

Vor ihr stand eine junge Frau. Ihrem bedrückten Gesichtsausdruck nach zu urteilen, hatte sie etwas auf dem Herzen. »Sind Sie die Detektivin von Pendle, die den Mord an Hope Fernsby geklärt hat?«

Thea wäre beinahe der Mund offen stehen geblieben. »Ähm, ja ... Ja, die bin ich«, beantwortete sie die Frage zögernd. Einerseits wollte sie ehrlich bleiben, andererseits fühlte sich diese halbe Lüge zu gut an, um sie nicht auszukosten. Im Grunde genommen war sie Hobbydetektivin, wie Myrna so schön zu sagen pflegte. »Wie kann ich Ihnen helfen?«

»Ich heiße Paula McDuff. Mein Bruder Michael ist vor zwei Wochen spurlos verschwunden. Hier am Pendle Hill. Ich frage mich, wo er abgeblieben ist, und mache mir große Sorgen. Jemand sagte mir, dass die Totengräberin der St. Benet's Church helfen kann.«

Thea richtete sich auf und klopfte ihre Hände an der Latzhose ab. Stolz flutete ihren Körper und ließ sie sogar lächeln. Dann zog sie ihren Pferdeschwanz nach und streckte Paula die Hand hin. »Alethea Shaw, zu Ihren Diensten. *Churchyard Crimes* übernimmt den Fall für Sie.«

ENDE

Nachwort

Vielen Dank, dass ihr meinen Krimi gelesen habt! Ich hoffe, er konnte euch ein paar Stunden vom Alltag ablenken und hat euch eine spannende Zeit beschert.

Wie ihr sicher bemerkt habt, sind einige Informationen über das Borough Pendle in Lancashire Fakt, während andere meiner Autorenfantasie entspringen, um euch das Lesevergnügen so angenehm wie möglich zu machen und euch auf eine spannende Reise rund um Totengräberin Alethea Shaw mitzunehmen.

Nicht alles über Pendle entspricht der Wahrheit, weshalb ich trotz Hexenprozessen und seltsamen Erscheinungen immer zu einem Besuch des urigen Städtchens raten würde. Lasst euch von den herrlichen Landschaften verzaubern, genießt ein Ale im ›Pendle Inn‹ oder wandert rings um den Pendle Hill. Ob ihr ihn betretet, überlasse ich euch, denn bis heute soll es dort spuken … ;-)

Danksagung

Danke an das Team vom dp Verlag für die nette Betreuung und die Chance, endlich einmal wieder in einem Verlag zu veröffentlichen!

Ein besonderer Dank gilt meiner fleißigen Lektorin Katrin Gönnewig, mit der das Arbeiten so angenehm wie möglich wurde. Danke für deine Mühe und das nette Telefonat. Das Buch hat durch dich den letzten Schliff bekommen.

Außerdem möchte ich mich bei Anne Peisler von dp bedanken, die das Projekt wunderbar begleitet hat, und bei Gisela B. Schmidt, die mich durch ihre Reihe erst wieder auf das Genre Cosy Crime brachte.

Ohne euch wäre das Buch nicht das, was es heute ist.